K.

ELISABETH MOTSCH

DIE HEXE VON MIRANGES

Roman

Deutsch von Kerstin Krolak

KINDLER

Die Originalausgabe erschien
unter dem Titel «Le Tribunal de Miranges»
bei Actes Sud, Arles

1. Auflage Juli 2005

Redaktion Jan Valk
Gesetzt aus der Foundry Old Style PostScript
bei Dörlemann Satz, Lemförde
Druck und Bindung GGP Media GmbH, Pößneck
Printed in Germany
ISBN 3 463 40477 x

Für meine Mutter

Im Kapitel über die Lage der Frauen des
letzten Berichts der Kommission für Menschenrechte
in Pakistan wurde 2001 ein Anstieg der Fälle von
Verstümmelungen, Verätzungen und Ehren-
delikten festgestellt.
Le Monde, 21. März 2002

Der Wind zerrt an den schwarzen Baumkronen, die dicht an der Nase des Kutschers vorüberziehen. Der Himmel ist blutrot. Der Reisende versucht, die Entfernung zu schätzen. Sicher ist, dass sie noch ein gutes Stück Weg werden zurücklegen müssen, wenn sie vor dem morgigen Abend in Miranges eintreffen wollen.

Da die Pferde geschont werden müssen, verlangsamen sie ihre Fahrt ein wenig. Dabei können sie die zusammengekauert am Wegesrand lagernden, unglückseligen Gestalten beinahe berühren. Sosehr sich Gevatter Tod auch bemüht, viele springen ihm doch immer wieder von der Schippe. Die Weinberge ziehen sie magisch an. Doch kaum sterben sie nicht mehr vor Hunger, erliegen sie ihren Krankheiten.

Der heiße Atem der Pferde verdampft sofort. Die Nacht bricht zwischen den Bäumen herein. Der Weg schlängelt sich immer steiler den Berg hinauf. Auf jedes dunkle Gebüsch folgt sogleich das nächste. Der Reisende sucht nach Lücken in der Vegetation, tut so, als gelte es, genau an diesen Stellen nach Luft zu schnappen. Mitunter droht er an seinem kindlichen Spiel zu ersticken.

Ein Lied kommt ihm in den Sinn. Er erinnert sich nur noch an den Anfang. *In furore justissimae irae* … Aus Wut über einen überaus gerechtfertigten Zorn. Wie ging der Kirchengesang doch gleich weiter? … *Tu divinitus facis potentem* … Durch deine göttliche Gnade machst du mich stark. Ach, wäre er doch bloß tatsächlich stark! Der Wagen bremst. Ein umgekippter Karren blockiert den Weg.

Der Kutscher macht inmitten der nebeligen Landschaft seinem Unmut Luft. Aller gebotenen Vorsicht zum Trotz steigt der Reisende aus und sieht sich ebenfalls das regungslos am Boden liegende Ungetüm an: ein riesengroßer Kopf, zwei wie Ohren abstehende Räder, das verstreute Heu wie verlaustes Haar an den Schläfen. Zusammen mit den Wachleuten überlegt der Kutscher, wie das Hindernis zu umgehen sei. Seine Stimme ist die eines Säufers, durch billigen Fusel stets gut nachgeölt. Obgleich der Frühling naht, ist die Nacht eiskalt. Seit einigen Jahren schert es die Jahreszeiten nicht mehr, ob ihr Kommen und Gehen die Erde in Aufruhr versetzt. Dafür ist sie ihnen zu krank und zu korrupt. Der Reisende atmet den Duft der feuchten Felder ein und richtet seinen Blick auf das abgrundtiefe Schwarz der Baumstämme am Straßenrand. Er hat keine Angst vor Straßenräubern. Vom Tod hat er nichts zu befürchten. Er weckt in ihm keine besonderen Erwartungen.

Der Kutscher befiehlt ihm wieder aufzusteigen, besinnt sich dann aber und wirkt mit einem Mal ausgesprochen höflich, denn bei Richtern weiß man nie so genau. Gräfinnen zu befördern ist ihm wesentlich lieber. Bevor die Pferde sich wieder in Bewegung setzen, schlagen sie mit dem Schwanz. Gerade zurren die bewaffneten Männer ihre Helme fest, als plötzlich eine laut schreiende Frau auftaucht. Sie steuert direkt auf den angeschirrten Wagen zu, drückt ihr derbes Gesicht gegen das Fenster, weicht zurück und beginnt erneut zu schreien. Sie versucht einen Blick in das Wageninnere zu erhaschen. Der Reisende duckt sich ein wenig, verliert aber nicht die Ruhe. Er glaubt, im Gekreisch der Frau die Melodie des vergessenen Kirchengesangs wiederzuerkennen. Ein berittener Knecht drängt die Hure mit ein paar Tritten in den Rücken wieder an ihren Platz hinter dem Wagen zurück. Schwankend setzt der Zug sich erneut in Bewegung. Er muss sich geirrt haben. Es war nicht die gleiche Melodie.

Der Mond ist eine leuchtende, schmale Sichel, die hoch über den wirren Schattierungen des grauschwarzen Himmels thront. Der Richter denkt über seine Aufgabe nach. Es gibt kein Zurück mehr. Hätte es jemals eines geben können? Der Präsident des Pariser Gerichtshofs hatte ihn während einer Sitzung als vertrauenswürdigen Sachverständigen vorgestellt und ihm in der verschnörkelten, heimtückischen Redensart der feinen Leute zu verstehen gegeben, dass die Wissenschaft in den Dienst der Gerechtigkeit zu stellen sei. Und darauf war er durch den Rat des Königs zum Kontrollbeamten über die Provinzgerichte berufen worden. Worin seine Aufgabe bestehen würde, daran hatte man keinen Zweifel gelassen. Es ging darum, seine Kollegen des Übereifers bei der Durchführung von Hexenprozessen zu bezichtigen. Dass es sich dabei um ein eher inoffizielles Amt handelt, kommt ihm sehr entgegen, denn Prunk ist ihm zuwider, und der bleibt ihm somit erspart. In Miranges wurde sein Kommen als eine schlichte Untersuchung der Funktionsweise der Gerichtsbarkeit in Frankreich angekündigt. Dennoch glaubt er nicht, dass man seinem Besuch gelassen entgegenblickt, denn im Burgund legt man großen Wert darauf, den Ruf einer Hochburg von Recht und Ordnung nicht aufs Spiel zu setzen. Die regelmäßig den Pariser

Gerichtshof erreichenden Meldungen über nicht nachweisbare Fälle von Missachtung des Gesetzes sprechen jedoch eine andere Sprache.

Am Hof ist man zwar nicht um das Schicksal von einigen wenigen verkrüppelten Kräuterweibern besorgt, doch die immer zahlreicher werdenden Scheiterhaufen schaden der Staatsräson. Während ihr Sinn lange Zeit darin bestand, gerissene Zeitgenossen in Zaum zu halten und Bauernaufstände zu vermeiden, kann man nicht mehr umhin, sich einzugestehen, dass sie inzwischen mehr Verwirrung stiften, als sie zu regeln vermögen. Selbst Waschfrauen nehmen sich heraus, ihre Dienstherrinnen anzuzeigen. Die Adeligen können sich nicht mehr in Sicherheit wiegen, Gerüchte bringen die Gesellschaftsordnung durcheinander.

Der Rat des Königs hatte ihn anderen, bewährteren und hoftreueren Kandidaten vorgezogen, denn als Witwer, zudem kinderlos, ohne Besitztümer und vollkommen unbekannt, hatte er nichts zu verlieren. Sollte er von einem Burgunder aufgespießt werden, wer würde ihn schon groß vermissen? Man sagt ihm nach, er sei hartnäckig, stets unzufrieden und allein darauf aus, einen Verfahrensfehler nachzuweisen. Er würde seine Manie also einmal so richtig ausleben dürfen … Vielleicht traut man ihm ja auch zu, den ersten Präsidenten des Obersten Gerichtshofs von Dijon in Verruf zu bringen. Diesen hervorragenden Justizbeamten, der jedoch Paris nicht den gebührenden Respekt zollt. Nur ein winziger juristischer Fehltritt würde, geschickt zur Anzeige gebracht, sein Schicksal besiegeln.

In furore justissimae irae … Ihm fällt ein, dass er das schon als Messdiener gesungen hat.

Die mit Wasser voll gesogenen Achsen kommen unter lautem Ächzen zum Stillstand. Die Herberge *Lion d'Or* schiebt ihr oberes Stockwerk wie einen dunklen Auswuchs hervor. Flankiert von zwei vergitterten Fenstern, durch die fahles Licht auf die Straße fällt, fordert die schwere Eingangstür Habenichtse auf, besser gleich ihres Weges zu ziehen.

Mit der einen Hand drückt er seinen Hut an sich, in der anderen hält er eine Umhängetasche. Auf Männerrücken schwanken seine schweren, dunklen Gepäckstücke wie bei einer Prozession langsam zur Tür herein. Sein Mantel stinkt nach altem Heu. Aus allen Ecken der Schankstube treffen ihn misstrauische Blicke. Es tropft aus seinen Überschuhen. Er hat Hunger.

«Euer Ehren, es ist uns eine große …»

Er hebt abwehrend die Hand. Die Frau bricht ab, wundert sich, sie wollte ihm doch nur eine Freude bereiten. Sie streicht ihre Schürze glatt, fängt sich wieder und ruft in den Raum hinein:

«Schon seit drei Tagen ist Euer Ehren unterwegs!»

Die ihm feindlich gesinnten Säufer lassen sich durch ihren liebedienerischen Tonfall jedoch nicht beeindrucken.

«Ich zeige Euch jetzt Euer Zimmer. Es ist das schönste, das wir haben. Sehr ruhig. Ihr könnt also ganz in Ruhe …» Sie beschreibt kleine Kreise in der Luft, bewegt ihre Hand, als wolle sie damit eine dicke Suppe umrühren. Ekel steigt in ihm hoch. Als sich die Augen der Herbergsmutter wieder auf ihn richten, liest er darin, dass sie füreinander anscheinend sehr ähnlich empfinden.

Er überwacht das Eintreffen der Gepäckstücke auf seinem Zimmer. Selbst vollkommen außer Atem, treibt der Herbergsvater zwei wie Packesel beladene junge Burschen zur Eile an. Der jüngere starrt den Fremden an. Der Mund steht ihm dabei sperrangelweit offen, ein paar seiner Zähne fehlen. «Muss ich dir erst Beine machen?», fährt sein Brotherr ihn an.

«Gegen Dummheit ist eben noch kein Kraut gewachsen!», seufzt die Herbergsmutter, an den Richter gewandt. Dann beginnt sie, auf das Kopfkissen einzuschlagen, um es aufzubauschen. Mit der Tagesdecke verfährt sie ebenso. Der Richter ist müde.

«Herr Justizbeamter», sagt der von seiner eigenen Autorität noch immer wie benommene Herbergsvater. «Wollt Ihr Euer Nachtmahl auf dem Zimmer zu Euch nehmen?»

Der Richter zuckt mit den Schultern.

«Ich kann Euch einen Pauschalpreis anbieten …»

«Ich möchte jeden Abend eine Tagesaufstellung sämtlicher Kosten sehen.»

Sein erster Satz ist somit gefallen. Die Eheleute blicken sich beunruhigt an. Die Wirtin fängt sich als Erste wieder: «Hier laufen zurzeit äußerst interessante Gerichtsverhandlungen, Euer Ehren. Kein Wunder, bei all dem Unheil, das uns widerfährt!»

Der Richter tritt ans Fenster.

«Ich habe doch ausdrücklich gesagt: Ein Zimmer mit freier Sicht.»

«Ach so, ja … Das ist das Haus einer Witwe. Vollkommen ruhig. Ihr werdet schon sehen …»

Statt darüber hinwegzutäuschen, verrät ihre Unbekümmertheit sofort, wie unsympathisch der neue Gast ihr ist. Regungslos presst er die Nase gegen die Fensterscheibe, während sie um die beiden Stühle herumfuhrwerkt.

«Seid Ihr wegen der Frau mit dem Bart zu uns gekommen?»

Sein Blick inspiziert das gesamte Zimmer.

«Ich habe gehört, sie mache selbst in Mainz noch von sich reden!»

Die Augen der Frau bekommen einen leuchtenden Glanz. «Wir nennen sie hier die *Behaarte* oder auch die *Heisere.*» Er legt die Stirn in Falten. «Nein, Ihr habt mich nicht falsch verstanden: die *Heisere* … Wegen ihrer Stimme!»

Sobald man ihn allein lässt, öffnet er seine Koffer und holt die Bücher mit den feucht gewordenen Ledereinbänden daraus hervor. Des Weiteren einige Unterlagen, die er sich auf dem Tisch zurechtlegt, und wollene Kleidungsstücke. Behutsam ordnet er seine Pinsel, die Schweinsblasen, in denen er die Farben aufbewahrt, und die Staffelei, an der er eine Zeichnung befestigt. Die Botanikschautafeln haben die Reise heil überstanden, in den Holzschachteln waren sie gut aufgehoben. Er wird noch klarstellen müssen, dass niemand seine persönlichen Gegenstände anrühren darf.

Zerstreut betrachtet er seine Kohlezeichnungen und Tuschedrucke. Die Skizze eines strahlend weißen Kleeblatts hält er lange Zeit nachdenklich in den Händen. Da der Mensch durch die Erbsünde gebrandmarkt ist, wird er sich immer zum Bösen hingezogen fühlen. Welcher Richter würde es sich anmaßen, zu meinen, er könne den Menschen davon befreien? Jaspart Denvers wendet den Blick ab. Seine Aufgabe ist für ihn eine Herausforderung von gigantischem Ausmaß. Draußen mischt sich das Heulen des Windes mit vereinzelten Stimmen. Der Rauch und der Dunst, die aus der Herberge aufsteigen, wirbeln durch das grünliche Dunkel … Wenn er doch bloß ein Gigant wäre.

Auf der Treppe hallen Schritte wider. Etwas scharrt an der Tür, ein Kratzen wie das eines Tieres. Vielleicht eine Katze oder eine Ratte. Doch der Rhythmus ist viel zu fantasievoll.

Das Kind mit den Zahnlücken kommt herein, setzt sein Tablett ab und stellt sich vor. Es heißt Colomban und redet für sein Leben gern mit den Gästen. Die Zeichnungen findet Colomban sehr schön. Er neigt den Kopf zur Seite und beobachtet den Fremden, der sich die Karaffe mit dunklem Wein gegriffen hat, den Zinnkorken herauszieht, tief einatmet und verkündet, der Wein sei schlecht. Das Kind bricht in schallendes Gelächter aus.

Unten nimmt es die Herbergsmutter mit Flüchen und Besenhieben in Empfang. Ihr Lärm dringt bis nach oben, dann wird es wieder still. Ein lauter werdendes Röcheln verrät dem Herbergsgast, dass die aufgebrachte Frau persönlich im Anmarsch ist.

Sie schwenkt eine dunkle Flasche vor ihrem Gesicht und schimpft über ihren Gehilfen. Niemals käme es dem Wirt in den Sinn, Euer Ehren sauren Wein zu servieren. Der sei bloß für die übrigen Gäste gedacht. Der Richter kenne sich aber gut aus mit Weinen, fügt sie schmeichelnd hinzu. Ohne die Lippen zu bewegen, lacht sie hämisch wie die Fratze eines Wasserspeiers.

«Außer erlesenen Weinen», fährt sie fort, «habe ich Euch übrigens auch erstklassige Dirnen anzubieten. Sanft, gefügig und preiswert …» Sie fingert an ihrem grauen Leinenhäubchen herum und wartet auf seine Antwort. Doch einen Esel, der nicht durstig ist, kann man nicht zum Trinken zwingen. Da sie somit ihren Pflichten als Wirtin nachgekommen ist, verlässt sie hoch erhobenen Hauptes den Raum. Mit den Fingerspitzen malt er einen Kreis auf die beschlagenen Fensterscheiben.

Die Wolken haben sich verzogen und den Blick auf die Sterne freigegeben. Am Platz *Lion d'Or* stehen die Häuser dicht gedrängt. Ihre steilen Ziegeldächer sind zur Straße gerichtet, nur beim gegenüberliegenden Gebäude ist es anders. Es steht frei, und sein Dachgebälk ist zur Herberge hin ausgerichtet. Es ist auch das einzige Haus, in dem ein Fenster erleuchtet ist. Ein Schatten bewegt sich und wird länger. Das ist sicherlich die Witwe, die ihre Küche aufräumt.

Er stellt sie sich klein und gedrungen vor, wie sie gerade Speck klein schneidet oder Nüsse mahlt. Eine Frau mittleren, gar unbestimmbaren Alters. Auf dem Kopf trägt sie ein schwarzes Witwenhäubchen … Von wegen. In diesem Moment steht sie genau in der Mitte des Fensters: Sie ist jung und schlank, und sie hat volles Haar. Ihr Gesicht kann er nicht genau erkennen, doch bestimmt ist es sehr schön. Ein gestickter Gürtel schnürt ihr die Taille. Die Frau hebt den Kopf und hält kurz inne. Dann wendet sie sich ab und geht nach links. Nichts als ein blass schimmerndes Rechteck bleibt zurück.

Statt beim Wasserspeier hätte er sich lieber bei dieser Dame einquartieren sollen. Doch die scheint das Geld nicht nötig zu haben. Wahrscheinlich lebt sie freudlos im Andenken an ihren verstorbenen Ehemann. Die jungen Witwen sind oft so: unerreichbar und stets auf den sie umgebenden Nimbus bedacht.

Sie bläst die Kerzen aus. Im Halbdunkel ist sie nur noch

undeutlich zu erkennen. Eine Handbreit unter ihrer Taille, dort, wo der Gürtel leuchtet, bricht ihr Körper plötzlich ab. Ihm fällt wieder ein, wie das Kirchenlied weitergeht. *Rosa quae moritur* ... Die sterbende Rose. *Unda quae labitur* ... Die sich brechende Welle.

Er wendet sich wieder seinem Zimmer zu, betrachtet die auf ihn wartenden botanischen Schautafeln. Die Nacht taucht sie in blaues Dämmerlicht. Er befestigt einen weiteren Kerzenständer an der Staffelei. Er möchte klare Linien und genaue Umrisse haben.

Die Stadt ist ein Labyrinth aus schmalen Durchgängen, Innenhöfen und Sackgassen. Ihm ist auf Anhieb klar, dass das Gebäude hinter der Abteikirche das Gericht sein muss: Kalksteine und rosafarbene Dachziegel, spiralförmig gewundene und mit Ornamenten überfrachtete Spitztürmchen. In einiger Entfernung thront die wuchtige Burg von Miranges auf ihrem Hügel. Die bizarre Form ihrer Zinnen lässt sie wie ein brüchiges Skelett aussehen. Im Innern muss es geräumige Unterkünfte für die Gefängnisaufseher und reich ausgestattete Folterkammern geben.

Ein bewaffneter Wachmann begrüßt ihn, indem er seine eisernen Absätze übertrieben häufig gegeneinander schlägt und wie wild mit den Ellenbogen herumwirbelt. Erst dann lässt er ihn herein. Im hinteren Teil des Gerichtssaals stehen die hiesigen Autoritäten beisammen und debattieren lebhaft. Er sieht kein bekanntes Gesicht. Sein Herannahen bringt die Gespräche zum Verstummen.

Präsident de La Barelle löst sich von der Gruppe und eilt ihm entgegen. Dem Präsidenten mangelt es nicht an den notwendigen Attributen, um den Richter in den Schatten zu stellen: Er ist ein athletisch gebauter Mann von vielleicht fünfzig Jahren mit kalten blauen Augen und einem erstaunlichen Geschick, jemandem warmherzig die Arme entgegenzustrecken, um sie dann schlagartig zurückzuziehen.

Während sich der Richter der Gruppe von Staats- und Justizbeamten nähert, entbrennt in ihm der Wunsch, sich Achtung zu verschaffen. Das Misstrauen ihm gegenüber hat in diesem erlauchten Kreis viel tiefgehendere Wurzeln als bei den Herbergsleuten. Er ist für sie nichts weiter als ein Eindringling, der unter den hiesig zugelassenen Richtern Staub aufwirbeln will.

Und er ist sich seines Auftrags durchaus bewusst. Er spürt die Bereitschaft des Präsidenten de La Barelle, sein Terrain gegebenenfalls zu verteidigen, das viel zu grelle Licht, das durch eines der hohen Fenster fällt, und die eineinhalb Meter Entfernung, die ihn von der Estrade trennen. Er lässt seinen Blick über die Versammlung gleiten und beschränkt seine Begrüßung auf ein kurzes Kopfnicken.

Der Vorschlag, den man ihm sodann unterbreitet, überrascht ihn.

Es sei hier Sitte, die morgendlichen Sitzungen mit einer kleinen Erfrischung zu eröffnen. Um schon einmal einen kleinen Vorgeschmack zu bekommen, so meint Präsident de La Barelle, gehe doch nichts über ein Gläschen Miranger-Wein. «Ihr werdet sehen: Seine goldgelbe Farbe hält, was sie verspricht ...»

Zum ersten Mal in seinem Leben beginnt der Richter Denvers seinen Arbeitstag mit einem Gläschen Weißwein.

Formvollendet nennt Timothée de La Barelle die Titel, Ämter und besonderen Verdienste der um ihn stehenden Herren und lässt dazu trockenes Gebäck reichen. Dies sei ein Zeichen für gute Verständigung und einen ausgeprägten Gemeinschaftssinn. So und nicht anders sei das Gericht von Miranges in der Öffentlichkeit bekannt.

Zwei in Schwarz und Dunkelrot gekleidete Richter stehen dem Präsidenten hilfreich zur Seite. Zu ihrer Linken befinden sich der Gefängnisvorsteher und der Statthalter, beide in militärischem Aufzug, und ein wenig abseits ein blassgesichtiger Gerichtsschreiber. Am anderen Ende des Tisches stehen zwei religiöse Herrschaften mit den Rücken zueinander, ein Jesuit in Weiß und ein Bußgläubiger ganz in Schwarz. Ein Schachbrett, könnte man meinen.

Der Jesuit bedenkt den Neuankömmling mit freundlichen Worten, doch der Ritter von Yres blickt teilnahmslos zur Decke. Er sei ein Frömmler, erteilt der Präsident Auskunft, Mitglied einer ortsansässigen Glaubensgemeinschaft. Weder katholisch noch protestantisch seien die Bußgläubigen. Sie bewunderten sowohl den Dominikaner Nider, der als Erster den Sabbat beschrieben habe, als auch Luther, für den die Hexen «die Huren Gottes» seien. Vereint durch den bitteren Hass gegen alle Kräfte des Bösen, höben sie sich über sämtliche religiösen Splittergruppen hinweg …

Die Stimme des Präsidenten hallt von der gebohnerten Holzvertäfelung des Sitzungssaales wider, trotz der flämischen Wandteppiche.

«Und Ihr, sehr verehrter Herr Königlicher Kontrollbeamter», fragt der Gerichtspräsident mit plötzlich verändertem Tonfall, «habt also die Botanik zu Eurem Steckenpferd gemacht?» Eine derart unerwartete Frage bringt den Richter Denvers ganz aus dem Konzept. «Mir geht es da ganz ähnlich», fährt der Präsident unbeirrt fort. «Das heißt, meine Begeisterung gilt allein einem winzigen Teil der Botanik: den Pilzen. Das ist natürlich nur ein Bruchteil aller Pflanzen, doch dafür einer der vielfältigsten.»

Dann erteilt er seinen Leuten das Wort.

Der Statthalter berichtet, Informanten hätten ihm zugetragen, die Vorbereitung eines neuen populistischen Schlachtzugs sei im Gange. Die Hebamme Reine Briguette solle der Wasserprobe unterworfen werden. Man wolle sie nackt und gefesselt in den See zu Trèmes werfen, und falls sie wieder auftauche, sei der Beweis erbracht, dass sie mit dem Teufel im Bunde steht. Um der Selbstjustiz des Volkes zuvorzukommen, müsse sich das Gericht mit seiner Urteilssprechung beeilen.

«Auf derartige Methoden greifen wir Justizbeamte doch schon lange nicht mehr zurück», ereifert sich der Gerichtspräsident.

«Weil sie sich als ineffizient erwiesen haben», fügt der Richter Canin hinzu.

«Aber das Volk verlangt nun mal nach so etwas», wirft der Statthalter ein.

Dann kommen die wesentlichen Dinge zur Sprache. Trotz der Scheiterhaufen in der jüngsten Zeit sei die Hexe, die als die Frau mit dem Bart bezeichnet werde, nach wie vor auf freiem Fuß. Das Gericht müsse dringend mit den Untersuchungen fortfahren, um dieser Priesterin eines Teufelskults, dessen Anhänger sich Orgien und kriminellen Handlungen hingäben, habhaft zu werden.

Doch das Gericht lege großen Wert auf äußerste Vorsicht. Trotz der zahlreichen Zeugenaussagen bestehe noch weitgehende Unklarheit bezüglich der wahren Identität dieser Frau, erst gelte es, Widersprüche aus dem Weg zu räumen. Bei den Nachforschungen habe man sich bisher an zwei Hinweisen orientiert: ihrer unziemlichen Behaarung und ihrer anormalen Stimme. Der Statthalter schaue daher systematisch allen Frauen auf das Kinn. Der Gefängnisvorsteher lausche aufmerksamst auf die Schreie der weiblichen Gefangenen. Um eine Verstärkung der Sicherheitsvorkehrungen zu erreichen, würden die beiden ab sofort zu noch drastischeren Maßnahmen greifen.

Die Weingläser sind leer, der Gerichtsdiener beseitigt die letzten Krümel mit einem kleinen Besen vom Tisch. Man geht zur Untersuchung der Fälle über.

Der Richter und Ankläger Canin führt die Hauptverdächtige vor. Sie heißt Anne Dumoulin, ist siebenundzwanzig Jahre alt, körperlich und geistig gesund, katholischen Glaubensbekenntnisses und wohnhaft über der Apotheke auf dem *Place du Lion d'Or.*

Auf dem Place du Lion d'Or …

Canin weist mit Nachdruck darauf hin, dass die Frau, die nun vorgeführt werde, gefährlich sei. Bevor Barbe Minard den Scheiterhaufen bestiegen habe, sei Anne Dumoulin von ihr als Hexe denunziert worden. Sie sei eine Frau mit wachem Verstand, die sogar lesen könne und sich darauf verstehe, ganze Horden von Menschen aufzuwiegeln … Es sei durchaus richtig, dass sie keine bärtige Frau sei, doch hinterlistig, wie der Teufel nun einmal sei, wäre es ihm durchaus zuzutrauen, dass er das Äußere eines Geschöpfs so verändere, dass er es für seine Zwecke einsetzen kann.

Ein zustimmendes Nicken der Gerichtsversammlung bekräftigt diese Aussage. Für Verdachtsmomente sorge besonders die Tatsache, dass ihr Ehemann, Sohn und Enkelsohn eines Apothekers, fünf Wochen zuvor unter mysteriösen Umständen ums Leben gekommen sei. Seither stelle man sich die Frage, ob ihn nicht Anne Dumoulin unter Anwendung von Hexenkünsten und schadhafter Arznei vergiftet habe. Und obwohl die Eheleute bei den städtischen, kirchlichen und medizinischen Behörden immer in gutem Ansehen gestanden hätten, kursiere nun dennoch hartnäckig das Gerücht, die Witwe sei an allem schuld. Fünf Denunzierungsbriefe seien in der Kirche in den Opferstock geworfen worden. Als sie in ihrem Haus vom obersten Ermittlungsbeamten verhört worden sei, habe Anne Dumoulin jedoch alles abgestritten und ihn sogar herablassend behandelt.

«Genug der Vorrede», verkündet Timothée de La Barelle. «Sehen wir uns die Beschuldigte an.»

Bewaffnete Wachleute öffnen die Schwingtüren zum Verhandlungssaal, und sogleich stolpert eine zerbrechliche Gestalt zwischen zwei Stadtknechten herein. Die Frau ist in schwarze Tücher gehüllt, unter denen ein ovales, gespenstisch weißes Gesicht zum Vorschein kommt. Mit zögerlichen Schritten scheint sie sich eher rückwärts als vorwärts zu bewegen. Die bis über beide Ohren gerüsteten Stadtwachen drehen eingeschüchtert den Kopf zur Seite. Unter Anne Dumoulins auseinander klaffendem Mantel fällt dem Richter Denvers auf Taillenhöhe ein goldener Punkt ins Auge.

Alle Blicke richten sich auf die Frau. Wie geblendet schaut sie zu Boden. Richter Canin klingt bissig:

«Anne Dumoulin! Geborene Martin! Geboren in Mâcon!»

«Châlon», berichtigt sie.

«Eine Unterbrechung des Anklagevortrags ist nicht gestattet!», entgegnet ihr der Präsident.

Beschwingt von der Unterstützung durch seinen Vorgesetzten, trägt Canin den entsetzlichen Tatbestand vor: «Die Witwe Dumoulin wird verdächtigt, ihren Ehemann durch das Untermischen von Gift in seine Abendsuppe getötet zu haben. Der vollständige Beweis hierfür konnte nicht erbracht werden, doch alle Verdachtsmomente deuten darauf hin. Niemand in der Stadt trachtete dem Apotheker nach dem Leben, zudem sind Gerüchte im Umlauf.»

«Und wenn ein Gerücht erst einmal seinen Lauf genommen hat …», seufzt der Präsident auf.

Auf das wiederholte Nachbohren des Richters hin antwortet die Angeschuldigte, dass ihr Reine Briguette, eine andere Angeklagte, durchaus bekannt sei. Doch niemals hätten ihre Gespräche Zauberei zum Inhalt gehabt.

Ja, es sei richtig, ihr Mann und sie hätten eine Salbe untersucht, die Reine Briguette einem Kuhhirten verabreicht habe, und seien zu dem Schluss gekommen, dass diese nicht wirksam sei.

Ja, sie habe Hopfen enthalten.

Ja, Hopfen könne durchaus für bestimmte Medikamente als Bindemittel verwendet werden. Er reinige das Blut von bösartigen Körpersäften. Doch müsse er abgekocht verabreicht werden.

Seine Kenntnisse habe ihr Mann an der Universität erworben. Er habe seinen Doktor in Medizin gemacht und seine Heilmittel seien in keiner Weise mit denen der alten Bauersfrauen zu vergleichen.

Nein, sie lehne nicht alle Heilmittel der Bauersfrauen grundsätzlich ab. Ihr Mann habe immer gesagt, sie könnten in bestimmten Fällen durchaus schmerzlindernd wirken.

Der Präsident beugt sich vor zum Richter Denvers.

«Sich auf diese Weise eher für die Schulmedizin als für Mittel der Kräuterweiber auszusprechen ist ziemlich geschickt, nicht wahr?» Der Präsident lächelt, er ist zufrieden. «Wirklich sehr geschickt.»

Ausgesprochen liebenswürdig fragt er die Angeschuldigte: «Hegt Ihr irgendwelche Zweifel an der Existenz von Hexen?»

Es verwirrt sie, plötzlich von jemand anderem verhört zu werden. Das mag aber auch an der im Gegensatz zu Canins rauem Ton fast sanften Stimme des Präsidenten liegen. Die Witwe Dumoulin errötet und presst die Lippen zusammen. Vielleicht ist sie sich darüber im Klaren, dass die Gefahr größer wird. Anders als die meisten anderen Angeschuldigten hat sie das Glück, sich gut ausdrücken zu können. Doch die Frage, ob sie an die Existenz von Hexen glaube oder nicht, ist eine Falle.

Allein, dass sie zögert, weist schon auf ihre Schuld hin.

Der Präsident ergreift erneut das Wort. Es sei besser, wenn man dieses unangenehme Verhör ein wenig abkürzen könnte. Das Gericht wisse den guten Willen der Angeschuldigten und ihre Bemühungen, nichts als die Wahrheit zu sagen, sehr zu schätzen. Im Urteil, denn um ein solches zu sprechen, sei man ja zusammengekommen, werde dies berücksichtigt werden. Die Richter, fährt er in seinen Erklärungen fort, verständen sich darauf, das Strafmaß für diejenigen, die sich als gefügig und reuevoll erweisen, zu mildern.

Timothée de La Barelle blickt mit einem Ausdruck stillen Mitleids von seiner Kanzel herab in das erschütterte Gesicht der Angeschuldigten. Er hat es nicht eilig.

Ein Schaudern erfasst ihren Körper. Als hoffe sie dadurch ihre Fassung wiederzufinden, bringt sie ihre Finger auf der Gerichtsschranke in Stellung. «Die katholische Kirche lehrt uns, dass es bösartige Lebewesen gibt, die mit dem Teufel im Bunde stehen. Diese Menschen bezeichnet man als Zauberer oder Hexen. Aus diesem Grund beantworte ich Eure Frage mit ‹Nein›.»

Die Augen des Jesuiten funkeln. Canins Mundwinkel wandern trotzig nach oben. Die Feder des Gerichtsschreibers hüpft eilig über das Blatt.

«Eine etwas persönlichere Antwort wäre mir lieber», entgegnet Präsident de La Barelle. «Wenn wir die allgemeine Lehre ein wenig aufzufrischen wünschen, können wir uns auch an einen Vertreter aus unserer sehr versierten Expertenrunde wenden.» Mit offenen Händen beugt er sich zu den beiden Würdenträgern hinüber. Entweder glaubt er ihnen zu schmeicheln, oder er will wissentlich nur so tun, als ob. Dann beschließt er, wieder Vorsprung zu gewinnen, und steigert den Rhythmus seiner Fragen.

Ob sie sich einmal den Tod ihres Mannes in Gedanken ausgemalt habe. Ob gewisse schlechte Eigenschaften ihres Mannes ihr besonders zu schaffen gemacht hätten. Ob sie sich vielleicht sogar für ihn geschämt habe und dieses Gefühl womöglich ein für alle Mal hätte beseitigt wissen wollen.

Die Witwe gerät ins Stottern.

Ob er ihr immer ein beispielhafter Ehegatte gewesen sei. Ob sie ihm aber auch rein gar nichts vorzuwerfen gehabt habe. War sie nicht jünger als er? Und doch auch seine Alleinerbin, nicht wahr? De La Barelle bittet sie, etwas lauter zu sprechen, nur keine falsche Bescheidenheit.

War er ein guter Apotheker? Hat er sie in seine Kunst und die geheime Kraft der von ihm verwendeten Mittel eingewiesen? War sie ihm bei deren Zubereitung behilflich? Was hatte er an jenem schicksalsträchtigen Abend als Nachtmahl zu sich genommen? Hat sie denn nicht auch nur ein einziges Mal schlecht über ihn gedacht?

Der Angeschuldigten fällt es anscheinend schwer, sich auf den Beinen zu halten. Der Präsident fordert die Wachen auf, ihr einen Stuhl hinzuschieben. Geduldig wartet er ab, bis sie Platz genommen hat.

Mit aufgerichtetem Oberkörper findet sie die Fassung wieder: «Wenn ich heute an meinen Mann denke, so empfinde ich in meinem Herzen große Trauer.»

«Nun gut, heute. Aber wie war es denn früher?»

Er spricht zu ihr wie ein Vater.

«Ich … ich weiß es nicht mehr.»

«Ihr streitet nicht ab, dass es einmal vorgekommen ist, dass Ihr sündig über ihn gedacht habt.»

«Dass ich einmal sündig über ihn gedacht habe?»

«Versucht Euch zu erinnern … Habt Ihr Euch zum Beispiel vorgestellt, Euer Mann würde einem Reitunfall zum Opfer fallen. Oder er erläge dem Gallenleiden.»

«Nein …»

«War er kerngesund?»

«Nein, er war eher anfällig.»

«Habt Ihr Euch da nicht Sorgen um ihn gemacht?»

«Doch, selbstverständlich.»

«Dann habt Ihr also versucht, Euch vorzustellen, wie das wohl wäre, wenn er eine ernste Krankheit hätte?»

«Das ist schon möglich, doch ich erinnere mich nicht mehr genau.»

«Versucht Euch zu erinnern …»

«Ja, das ist schon möglich.»

«Warum habt Ihr also vorhin mit ‹Nein› geantwortet? Ihr seid etwas aufgeregt, nicht wahr? Dabei ist das doch gar kein Verbrechen, sich den Tod eines Familienangehörigen vorzustellen. Das kann natürlich heißen, dass man sich diesen insgeheim wünscht, doch das muss es nicht. Ich meine, der Wunsch danach ist nicht so stark, als dass man gleich Gift in ein Glas oder in eine Suppe kippen würde, oder?»

«Nein, nein, nein.»

«Warum gleich dreimal ‹Nein›? Erst behauptet Ihr, Eurem Mann niemals etwas Böses gewollt zu haben, und nun so eine heftige Reaktion? Dann habt Ihr vorhin also gelogen, nicht wahr? Aber ist es nicht durchaus verständlich, dass eine Frau, die noch so jung ist und zudem … Verzeiht bitte, werter Ritter … und zudem so schön wie Ihr, von einem ganz anderen Leben träumt? Hat Euer Mann Euch nicht ein kleines Vermögen hinterlassen?»

«Das hat nichts …»

«Auch das wollt Ihr also nicht zugeben?»

«Das gebe ich durchaus zu.»

«Aber Ihr zögert doch sehr, es zuzugeben, so als würde Euch das belasten. Was ist es denn bloß, das Ihr uns zu verheimlichen sucht?»

«Ich habe nichts zu verheimlichen», bekundet Anne Dumoulin unerwartet heftig.

«Ach so, jetzt fangt Ihr also schon wieder an, wissentlich zu lügen ... Aber so glaubt es mir doch, wenn Ihr Euch jetzt entscheidet, alles zuzugeben, habt Ihr ein ruhiges Gewissen. Das ist doch einfacher, als man denkt. Es reicht, zu sagen: Ja, ich gebe zu, dass ich für den Tod meines Mannes verantwortlich bin. Er hätte auch anders sterben können. Doch nun ist er eben auf diese Weise aus dem Leben geschieden. Er wird eben lange vor uns vor den himmlischen Vater treten, und der wird ihm schon keine Vorwürfe machen, dass er nun etwas eher als vorgesehen erscheint.»

Seine ungezwungene Art, mit Widersprüchen und Anspielungen auf die Bibel zu jonglieren, bringt alle leicht aus der Fassung. Als sei ihm auch selbst schon ein wenig schwindelig, lehnt de La Barelle sich kurz mit dem Nacken an die samtene Rückenlehne.

«Anne Dumoulin, habt Ihr dem Gericht nach bestem Wissen und Gewissen mitgeteilt, was Ihr auf dem Herzen hattet?»

«... Nein.»

«Aufschreiben!», befiehlt der Präsident dem Gerichtsschreiber. Dieser Befehl ist überflüssig, denn der Angesprochene hat die Feder bisher nicht einmal sinken lassen.

Auf die Frage nach dem genauen Todestag nennt die Witwe ein Datum aus dem Kirchenkalender. Aber wie nun an jenem Abend der Mond gestanden habe, nein, das wisse sie beim besten Willen nicht mehr. De La Barelle bedrängt sie. Das gehe doch wohl nicht an, dass sie sich nicht für die Laufbahn eines Gestirns interessiere, dessen Einfluss auf die Pflanzen selbst von Wissenschaftlern bestätigt worden sei. Jetzt solle sie aber bitte schön einmal ganz scharf nachdenken … Das war dann also genau nach Sankt-Alexis … Also?

«Am sechzehnten Tag nach Neumond», gibt sie zu. Im Saal wird es unerträglich still. Der Apotheker ist bei Leermond gestorben.

«Es heißt, dass die Hexen an diesem Tag den Hexensabbat abhalten», bemerkt der Präsident sanft.

Das will sie nicht abstreiten. Gar nichts mehr streitet sie ab.

«Es heißt auch, dass die bärtige Frau ihre Anhängerinnen um sich schart und ihnen befiehlt, noch vor dem Morgengrauen zu töten.»

Anne Dumoulin gelingt es, stotternd zu antworten. Sie wisse nichts über diese Frau mit dem Bart. Doch der Präsident braucht ihr nur entgegenzuhalten, dass sie doch sicherlich bereits von ihr gehört habe. Nun so zu tun, als wisse sie von nichts, bestätige bloß den Verdacht gegen sie. Das könne sie wohl nicht abstreiten. Also, was meine sie, wer könnte wohl die Bärtige sein? Reine Briguette? Ist diese Frau eine Kindesmörderin? Was für eine Macht hat sie über die Leute? Wo sind sie sich begegnet?

Der Angeschuldigten fällt das Antworten schwer, sie fühlt sich plötzlich sehr müde. Auch das Gericht kann das Ende dieser endlosen Treibjagd kaum abwarten. Ein Ausdruck des Angewidertseins umspielt die Lippen Jaspart Denvers. Den beiden beisitzenden Richtern ist die Nervosität deutlich anzumerken. Der eine zuckt mit dem Bein, der andere mit der Hand. Auf der Stirn des Präsidenten bildet sich eine tiefe Falte …

Canin kann den Erhalt der letzten Anweisungen kaum abwarten. «Die Angeschuldigte», posaunt er wie erlöst heraus, «wird erneut geladen werden und hat sich solange für die Gerichtsbarkeit auf Abruf bereitzuhalten.» Bevor sie aus dem Saal gezerrt wird, wirft Anne Dumoulin ihm einen verlorenen Blick zu. Hatte sie etwa geglaubt, sie habe schon alles überstanden?

Sie weiß gar nicht, dass ihr das Schlimmste noch bevorsteht, denkt Jaspart Denvers.

An jenem frostigen Morgen im Wald von Miranges bildet sein Atem kleine, vor ihm hertänzelnde Rauchwölkchen. Der Wind fährt ihm von allen Seiten unter die Kleidung, sodass sein wollener Mantel flattert. Auch wenn er dabei ganz außer Atem kommt, geht Jaspart Denvers zügigen Schrittes. Seit fünf Jahren folgt ein eisiger Winter auf den nächsten. Zu all den sonstigen Missständen gesellt sich somit auch noch die Kälte. Dies ist ungerecht und eigentlich nicht nachvollziehbar. Körper und Geist geraten dadurch aus dem Gleichgewicht. Wie soll man da einen klaren Gedanken fassen? Die bärtige Frau macht ihn ganz ratlos. Wem sollte daran gelegen sein, solch ein Monster in die Welt zu setzen? Dem Teufel? Den Menschen? Er zweifelt nicht an der Existenz Satans. Er hält ihn für durchaus in der Lage, einem immer wieder auf unerwartete Art dazwischenzufunken. Doch dieses Geschöpf kommt ihm sonderbarerweise allzu menschlich vor …

Der Boden ist mit Eichenblüten übersät. Eine bunte Mischung aus männlichen und weiblichen Blüten. Vielleicht werden die noch jungen, erst achtzigjährigen Bäume in ein paar Jahrhunderten den Sieg des Guten über das Böse miterleben … Jaspart Denvers glaubt nicht daran, selbst wenn für ihn von den drei theologalen Tugenden die der Hoffnung am meisten zählt …

Was ihm am heutigen Morgen wichtig erscheint, ist zum Glück etwas viel Einfacheres. Da das Gericht nicht tagt, hat er endlich einmal Zeit. Er hätte anfangen können, seinen Bericht zu schreiben oder sich all die Fragen zu notieren, die er dem Jesuiten stellen möchte. Doch er wandert für sein Leben gern, vor allem im Wald, vor allem, wenn er hofft, die für ihn wertvollste aller Pflanzen zu finden …

Er ist frei und allein, denkt laut nach und summt vor sich hin. *In furore justissimae irae.* Aus Wut über einen überaus gerechtfertigten Zorn … *Rosa quae moritur.* Die Rose, die sterben muss … *Unda quae labitur.* Die Welle, die sich bricht. Was würde er darum geben, den berühmten Krokus zu finden, den es nur in Bayern und im Burgund gibt, wenn man den Abhandlungen über Pflanzenbestimmung Glauben schenken darf. Davon würde er sich ein Exemplar mitnehmen, es auf seinem Zimmer abzeichnen und es dann als Aquarell malen.

In Paris kopiert ein Künstler der Flämischen Schule seine Zeichnungen auf Holztafeln, radiert sie und fertigt von ihnen Tuschedrucke an. Mit ungeduldiger Vorfreude verfolgt er jeden der einzelnen Arbeitsschritte.

Am Ende des Tunnels aus Bäumen und Dickicht stößt er auf die strahlend leuchtende Öffnung einer Waldlichtung … Erst ist es nur eine Vision, doch dann erkennt er es ganz deutlich: Dort liegt ein weißer, märchenhaft bestückter Sternenteppich. Auf die Entfernung sieht er nichts als die weiß schillernden Blumen. Er beschleunigt den Schritt. Uralte Bäume scharen sich um ein ganzes Meer von weißen Krokussen …

Doch was ist das? Am hinteren Ende der Waldlichtung befindet sich ein Mann. Splitternackt steht er vor einer hoch gewachsenen Buche. Deutlich hebt sich seine weiße Haut von dem aschfarbenen Baumstamm ab, den er umklammert hält. Sein Körper bewegt sich auf und ab, er hechelt. Er hat einen kräftigen Rücken und zerzaustes, blondes Haar. Die Kälte scheint dem Mann nichts auszumachen. Er stöhnt, während er in das Dunkelgrün der alle anderen Bäume im Wald überragenden Baumkrone blickt. Er wirkt sanft und gleichzeitig auf brutale Art verrückt. Auf dem weißen Blütenteppich bilden seine herumliegenden Kleidungsstücke hässliche Löcher. Das Gestöhne wird immer lauter. Vollkommen ungeniert schreit er zum Himmel herauf. Seine Hüften rutschen am glatten Baumstamm auf und ab. Dann biegt sein Körper sich und schmettert ein irres Frohlocken dem eisigen Wald entgegen. Ein seliges Glucksen zerreißt die Stille. Die Schultern entspannen sich wieder und wiegen sich genüsslich in den letzten Zügen vollkommener Verzückung.

Nach und nach verebbt das Grunzen des befriedigten Mannes. Er lässt den Baum wieder los, streichelt ihn mit beiden Händen und sammelt seine zerlumpten Kleidungsstücke ein.

Als er aufblickt, bemerkt er Jaspart, doch ihn scheint dessen Anwesenheit nicht sonderlich zu irritieren. Er hat ein schönes Gesicht, erstaunlich glasklare Augen, und sein Bart ist wohlfrisiert. Jaspart glaubt nicht an Satyrn, doch dieser Mann scheint ihm fast so etwas zu sein. Mit einem einzigen Satz verschwindet er im dunklen Dickicht der Bäume und wackelt dabei mit den Hüften. Es dauert, bis die weiße Spur, die er auf dem glatten Baumstamm hinterlassen hat, wieder verblasst.

Die Waldlichtung scheint in Stille und Abwesenheit versunken zu sein. Jaspart bückt sich, pflückt eine Pflanze und brummt: «Schon wieder ein Verrückter. Davon wimmelt es ja hier förmlich …» Die Krokusse sind so zart, dass er sie sich nicht in einem Herbarium eingesperrt vorstellen kann. Er betrachtet den langen Hohlstängel der Blume mit ihren dicht aneinander gedrängten Blütenblättern, die sich trichterförmig öffnen. Ganz nach ihrem eigenen Gutdünken. Mit einem Finger legt er die drei gelben Staubbeutel frei, befühlt die grasförmigen Blätter, ihre feine vom Wurzelstock an verlaufende Äderung. Dann entreißt er die Pflanze sanft der sie nicht zurückhaltenden Erde. Er legt sich die Zwiebel in die geöffnete Hand, die Wurzelfäden schieben sich zwischen seine Finger hindurch, der Stängel ragt wie ein Federbüschel nach oben.

Da ist jemand.

Er spürt es.

Das ist nicht der Verrückte.

Er dreht sich um und sieht eine Frau. Sie rührt sich nicht. Sie hält den Arm angewinkelt, ihr Handballen ruht auf der Rinde einer Birke. Er glaubt zu träumen. Wo kommt sie plötzlich her?

Sich am äußeren Rand der Waldlichtung haltend, kommt Anne Dumoulin auf ihn zu. Entweder will sie die Blumen nicht zertreten oder sie fürchtet den geradlinigen Weg. Er beobachtet, wie sie sich von einem Baum zum nächsten hangelt und nur stoßweise vorankommt. Ihr Rock aus schwarzem Plissee wippt bei jeder Bewegung auf und ab. Ihre Haube rutscht von rechts nach links. Gleich wird sie bei ihm sein.

Der Krokus zwischen seinen Fingern sieht aus wie ein Vogelnest auf einer Vogelscheuche.

Sie hebt zur Begrüßung die Hand. Mit seiner freien Hand erwidert er ihren Gruß.

Sie wölbt die Augenbrauen leicht nach oben.

«Ihr sammelt also auch Pflanzen? … Es gibt jetzt noch so gut wie gar nichts. Der Winter will einfach nicht enden. Aber zumindest die Krokusse sind schon da …»

Ihre Stimme klingt hell und klar, fast kindlich. Dieser Umstand nimmt ihn so sehr gefangen, dass er Acht gibt, möglichst nur banale Dinge anzusprechen.

«Ja, die Krokusse sind schon da.»

«Ich suche vor allem nach Flechten.»

Sie spricht mit einer ganz anderen Betonung als am Vortag. Um sich ein weiteres Mal davon zu überzeugen, fragt der Richter:

«Ihr interessiert Euch also für Flechten.»

«Wegen ihrer besonderen medizinischen Eigenschaften.»

«Wie steht es mit Euch? Ich meine, was die Krokusse angeht.»

«Ich zeichne. Nur so für mich.»

Er bückt sich und steckt die Pflanze vorsichtig in ein kleines Holzkästchen.

Watteartiger Nebel beginnt sie einzuhüllen. Die Frau rührt sich nicht vom Fleck. Er steht genau vor ihren Schuhspitzen. Er wäre jetzt lieber allein.

«Seit meiner Hochzeit komme ich regelmäßig hierher. Mein Mann hat mir gezeigt, wie man viele der Pflanzen bestimmen kann. Einen Teil seiner Pflanzen besorgte er sich in Dijon. Doch am liebsten hatte er alles ganz frisch …»

Jaspart Denvers will über diesen Mann überhaupt nichts wissen. Die Unterhaltung gerät ins Stocken. Er erwacht aus seiner Lethargie und schiebt mit einem entschlossenen Ruck den Riegel des Kästchens zu.

«Die Ulmen blühen schon», sagt Anne Dumoulin mit trauriger Stimme. «Und das trotz der Kälte. Das ist ein gutes Zeichen.» Sie zeigt ihm einen Blütenzweig voller weißer Knospen und wiederholt: «Das ist ein gutes Zeichen.»

Ihm fällt auf, welch perfekte Linie ihr Mund beschreibt. Und dass sie schon viel zu lange beieinander stehen.

«Der Gerichtspräsident treibt sich manchmal auch hier im Wald herum», fährt sie beharrlich fort. «Er interessiert sich für Pilze. Aber wirklich nur für Pilze. Also kommt er natürlich vor allem im Herbst. Schon seit Jahren läuft er mir immer wieder über den Weg. Doch Euch sehe ich heute zum ersten Mal.»

Bewusst antwortet er erst nach einer kurzen Pause.

«Ja. Ich bin nicht aus der Gegend hier.»

«Ihr kommt aus Paris. Das sieht man sofort.»

Er sieht vor allem, dass er sich in einem sonderbaren Wald befindet und einer wunderschönen Frau gegenübersteht, die ihn nicht gehen lassen möchte. Bestimmt will sie ihn um Hilfe bitten. Was auch sonst? Er ist weder reich noch schön, aber Richter.

«Ich verstehe nicht, was mir geschieht», eröffnet sie ihm mit entwaffnender Aufrichtigkeit. «Haben die überhaupt Beweise gegen mich?»

«Bis jetzt nicht, glaube ich.»

«Wenn also gar nichts gegen mich vorliegt, was sollen dann die ganzen Verhöre?»

Er blickt zur Seite. Was soll er ihr darauf bloß antworten? Sie rafft ihre Röcke zusammen, ist zum Aufbruch bereit. Ihr Korb ist randvoll mit Flechten gefüllt. Sie zeigt auf das schwarze Kästchen des Richters und sagt:

«Ich dachte, in Paris mag man eher aufwändige Blumensträuße. Leblos und perfekt.»

«Das gilt nicht für mich», versichert er ihr, sehr erleichtert, dass die Unterhaltung eine neue Wendung genommen hat. «Ich bin da ganz von der alten Schule. Mein Vorbild ist *Das große Rasenstück* von Dürer.»

Sie nickt mit dem Kopf wie ein noch sehr unerfahrenes, durch berühmte Namen zu beeindruckendes Mädchen. Schweigen drängt sich zwischen sie. Er wartet darauf, dass sie endlich geht. Sie fügt sich mit einem Kopfnicken. Oder sollte das ein Abschiedsgruß sein? Sie murmelt noch leise etwas über den Wald und verschwindet dann. In die gleiche Richtung wie der Verrückte.

Für den Rückweg hat er eine von Norden her zurück in die Stadt führende Route gewählt. Er macht nirgends mehr Halt. Die Wege sind zerrissen von Furchen und Kerben. Alles Wunden, die der Winter zurückgelassen hat. Wein rankt die steinigen Abhänge entlang, doch an den krummen Weinstöcken hängt kaum ein grünes Blatt. Wohl schon lange nicht mehr bestellte Felder ersticken fast unter dem alles überwuchernden Dornengestrüpp. Hier und dort begegnen ihm Weinbauern, die, umgeben von beißenden Rauchwolken, in einem Feuer aus Blättern und Ranken herumstochern. Er schlägt einen von Walderdbeeren gesäumten Weg ein.

Schüchtern traut sich die Sonne hervor. Weit im Hintergrund sieht man erst undeutlich die wuchtige Burg auftauchen, dann den Lanzettbogenturm von *Saint-Marcel.* Jaspart Denvers versucht, an nichts zu denken, und hat Erfolg. Zügig zu gehen hilft ihm, nicht ständig nur auf sein deutlich hörbares Herzklopfen zu achten. Sein Krokus springt in dem schwarzen Kästchen hin und her. Fast wie ein junges Tier.

Das Läuten der Glocken von *Saint-Bénigne* verkündet die Mittagsstunde. Schwarz gekleidete Frauen drängen eilig durch das Portal ins Innere, als fürchteten sie, bei dem ohrenbetäubenden Lärm ihr Gehör zu verlieren.

Gleich daneben wird im *Lion d'Or* fast genauso viel Krach gemacht, denn durch die große, geöffnete Tür hindurch steht die Kundschaft fast bis auf die Straße.

Obgleich der Richter in Zivil gekleidet ist, weichen die Gäste bei seinem Eintreffen respektvoll zurück. Sein schwarzes Schächtelchen löst ein sich wellenartig ausbreitendes Gemurmel aus.

Dienstag ist Fleischtag, da ist das Lokal immer gut besucht. Der Wirt und seine Frau stehen vor dem riesigen Kamin und erteilen Anweisungen. Der Wirt, flink und rund wie ein Kreisel, sticht mit einem Spieß in das über dem Feuer schmorende Schaf, sodass brauner Saft daraus hervorspritzt. Er schneidet es zwischen den Rippen an, stopft zu einer Kugel zusammengepresste Kräuter hinein und überschüttet zugleich seinen Gehilfen mit Flüchen. Seinen Posten verlässt er dabei nicht. Colomban hat sich mit seinem Hinterteil im Türrahmen festgeklemmt und zieht mit aller Kraft an dem geschmierten Seil, das den Mechanismus des Drehspießes in Gang hält. Währenddessen tauscht die Wirtsfrau mit lauerndem Blick saftige dünne Fleischscheiben gegen klingende Münzen ein. Der Boden aus gestampfter Erde ist voll gesogen mit Blut und ranzigem Fett, die Hunde schnüffeln daran herum. Das aufgespießte Schaf knistert in den Flammen, der Saftt spritzt in Strahlen aus ihm hervor, was unter den purpurrot angelaufenen Trinkern immer wieder zu Heiterkeitsausbrüchen führt.

«Oh, Euer Ehren!», ruft die Herbergsmutter zu ihm herüber, «wir haben Euch das Herz und die Leber aufbewahrt! Der Wirt wusste gar nicht, wohin Ihr entschwunden seid. Ich habe ihm gesagt, ich wüsste es auch nicht …»

Sie sieht das schwarze Kästchen, schnüffelt kurz daran. Er blickt suchend um sich. Sie wirft ihm abschätzende Blicke zu. Er würde gern weitergehen. Doch der wuchtige Frauenkörper versperrt ihm den Weg. Wie eine feine Dame weist sie dezent mit dem Kinn auf einen Gast: «Da ist ein Herr, der Euch sprechen möchte …»

In einer Ecke der Schankstube sitzt der Jesuit und begrüßt ihn mit freundlichem Kopfnicken.

«Wollt Ihr an meinem Tisch zu Mittag essen?»

«Er will wissen, ob Ihr hier unten zu Mittag esst», mischt sich die Herbergsmutter ein.

«Oben bei mir auf dem Zimmer haben wir es ruhiger», antwortet er Carache d'Autant. «Aber nur, wenn es keine Umstände macht.»

«Aber ganz im Gegenteil, es ist mir eine Ehre.»

Der Jesuit hat sich bereits von seinem Platz erhoben.

Dampfende Teller tragend, steigt Colomban mit ihnen zum Zimmer hinauf. Er versetzt der Tür von innen einen heftigen Fußtritt, sodass sie ins Schloss fällt. «Ich habe ein Bild gemalt! Darf ich es Euch zeigen?»

«Später», antwortet der Jesuit.

Der Junge beißt sich auf die Lippen und konzentriert sich darauf, den Tisch zu decken. Er rückt Teller, Krüge und Besteck zurecht, murmelt den Namen eines jeden Gegenstands, mit dem er gerade hantiert. Dann ruft er laut: «Es ist angerichtet!»

«Du kannst gehen!», antwortet ihm Carache d'Autant. Dann wendet er sich an den Richter: «Also, was haltet Ihr vom Gerichtshof von Miranges? Seid auch Ihr voll Bewunderung für das Savoir-faire von de La Barelle? Wie er das Wild in die Enge treibt? Wirklich stilvoll. Er ist zusammen mit den Prinzen von Burgund aufgewachsen, bestimmt wird er Euch davon erzählen ... Und dann hat er auch noch einen Mann wie Canin an seiner Seite. Man könnte meinen, ich hätte mir das selbst ausgedacht. Solange sich da nichts tut, muss das Volk eben leiden. Seid Ihr ein Gesandter des Königs?»

«Der Rat des Königs hat mich entsandt», antwortet Jaspart Denvers kurz und bündig. Er unterlässt es, auf den ihm angebotenen kameradschaftlichen Tonfall einzugehen. Die Tatsache, dass d'Autant Jesuit ist, stimmt ihn erst einmal misstrauisch. Und seine elegante Kritik an der Hexenjagd heißt noch lange nicht, dass er bereit ist, Risiken auf sich zu nehmen.

Das Tischgebet vereint die beiden Stimmen der Männer zu einem tiefen Gemurmel. Zugleich lässt ein Lichtstrahl die dargebotenen Speisen weniger fad erscheinen.

Nach dem Austausch der üblichen Höflichkeitsfloskeln setzt Jaspart Denvers zu einer Erklärung an: «Ich muss einen Bericht über den Missbrauch von Gerichtsurteilen einreichen und möchte dazu einige Zeugenaussagen sammeln.»

Zu seiner großen Erleichterung scheint Carache d'Autant sogleich zu verstehen. «Ich kann Euch von der letzten Hinrichtung berichten. Die von Barbe Minard. Ich verdächtige diese Schwachköpfe, sie allein aufgrund ihres Namens verurteilt zu haben.»

«Ihr wollt also sagen …»

«Die Frau mit dem Bart ist hier in der Gegend so eine Art Attraktion.»

«Merkwürdig.»

«Wisst Ihr, die Gemeinden werden immer ärmer. Scheiterhaufen sind eine kostspielige Angelegenheit. Also veranstaltet man sie immer seltener, verbrennt dafür aber mehr Leute auf einmal. Und als Zugabe bekommt das Volk diese Geschichtchen über die Frau mit dem Bart. Das sind so richtige Leckerbissen.»

Der Richter bietet ihm Wein an und schenkt sich selbst auch ein Glas ein.

«Hat es auch Hinrichtungen gegeben, die Euch ganz besonders ungewöhnlich vorgekommen sind?»

Auf Jasparts Frage folgt ein fast feindseliges Schweigen. Doch schließlich antwortet der Jesuit: «Ihr seid auf unerhörte Tatsachen aus. Die Fantasie der Entscheidungsträger verlangt nach Sensationen. Soso. Nur ein gewöhnlicher Scheiterhaufen, das lässt die Menschen in der Hauptstadt kalt …»

Jaspart Denvers geht nicht auf die Bemerkung ein.

«… In der Tat bin ich einmal Zeuge einer – sagen wir – äußerst sonderbaren Hinrichtung geworden. Das war vor der Fastenzeit. Am Aschermittwoch, um genau zu sein. Ich befand mich auf dem Weg nach Dijon und ritt gerade durch Mignault, den Kopf voller unwichtiger Dinge, als ich plötzlich auf dem menschenüberfüllten Platz einen mindestens zwei Meter hohen Scheiterhaufen sah. Sieben verlorene Seelen standen bereits oben, sechs Frauen und ein junger Mann von sechzehn oder siebzehn Jahren. Ich stieg von meinem Pferd, und da sah ich drei Kinder, die man am Fuße des Scheiterhaufens gefesselt hatte. Jemand gab mir die Auskunft, dass es die Kinder von Magdeleine Dugrand seien, einer der Verurteilten. Das Älteste der Mädchen, es mag vielleicht zehn oder zwölf Jahre alt gewesen sein, trug eine Mitra auf dem Kopf. Ein Offizier spielte einen Trommelwirbel, dann verlas er das Todesurteil. Die Menge hörte ihm schweigend zu. Der Henker betrat den Schauplatz. Mit einer langen Fackel zündete er den Scheiterhaufen an. Kaum loderten die ersten Flammen, ging er auf die Kinder zu und schlug mit einem Stock auf sie ein. Die Menge der zahlreich erschienenen Zuschauer begann die Älteste zu verspotten, Verleumdungen gegen sie wurden laut. Ich wollte die Leute um mich herum zum Schweigen bringen. Doch Frauen riefen mir zu, dass dies ein böses Mädchen sei, es habe Neugeborene verflucht. Als ich mich nicht gefügig zeigte, sprachen Männer Drohungen gegen mich aus. Mir wurde schnell klar, dass ich besser daran tat, schnellstens das Weite zu suchen …»

Der Jesuit holt tief Luft. Der Richter notiert sich, was er soeben gehört hat.

Colomban kommt gerade recht, um die angespannte Atmosphäre ein wenig aufzulockern. Auf der Holzplatte mit Käse, die er hereinträgt, liegt ein braunes Blatt Papier mit gewölbten Rändern.

Die beiden Männer beugen sich über die Zeichnung. Jaspart erkennt eine Pflanze wieder, die er selbst gezeichnet und die das Kind haargenau kopiert hat – bis auf ein etwas irritierendes Detail.

«Was hast du denn da gemacht?», seufzt der Jesuit und zeigt am Knöterich auf etwas, das wie Hörner und Stiefel aussieht.

Colomban bricht in ein merkwürdiges Gelächter aus.

«Ein Knöterich hat keine Hörner», belehrt ihn Jaspart.

«Oh doch, dieser schon! Hab ich mit meinen eigenen Augen gesehen!»

Der Jesuit blickt das Kind ernst an. «Du solltest nicht so einen Unfug reden! Man könnte dir sonst ganz entsetzliche Dinge vorwerfen!»

«Aber jetzt rede ich doch hier nur mit Euch.»

«Du kennst uns doch kaum», flüstert Jaspart.

«Doch, natürlich kenne ich Euch. Ich weiß immer sofort, mit wem ich es zu tun habe.»

«Trotzdem», schimpft der Jesuit. «Ich verbiete dir, so etwas zu malen! Haben wir uns verstanden?»

Colomban nimmt sein Bild wieder an sich, glaubt noch immer nicht, einen Fehler begangen zu haben, und verschwindet.

«Selbst die Kinder sehen schon überall den Teufel», seufzt d'Autant.

«Also streitet auch Ihr nicht ab, dass gewisse Leute vom Teufel besessen sind.»

«Ich bin überzeugt, dass es nicht Aufgabe der Menschen ist, die Gerechtigkeit Gottes walten zu lassen. Am Tag des Jüngsten Gerichts wird Gott, und zwar er ganz allein, über die Menschheit richten.»

«Aber die Menschen wollen auch selbst Gerechtigkeit ausüben. Wie wollt Ihr sie vom Gegenteil überzeugen?»

«Mir ist aufgefallen, dass diejenigen, die den Teufel bekämpfen wollen, es plötzlich nicht mehr so eilig damit haben, wenn ihnen das Geld ausgeht. Oder wenn sie befürchten, es könne ihnen selbst an den Kragen gehen. Der Henker von Tournages, der zu Hause acht Mäuler stopfen muss, hat sich bei mir darüber beklagt, dass er für die letzten drei Hinrichtungen nicht bezahlt worden sei … ‹Dem Himmel sei Dank›, habe ich ihm geantwortet.»

Bénédict Carache d'Autant steht hektisch von seinem Platz auf.

«Wir müssen dieser Schlachterei um jeden Preis ein Ende bereiten! Und Ihr habt ganz Recht: Was wir brauchen, sind Zeugenaussagen. Jede Menge Zeugenaussagen! Solche, die einem unter die Haut gehen und dennoch glaubwürdig sind! Durch sie muss es den Leuten klar werden, dass niemand etwas von diesem Blutwahn hat! In den Flammen der Scheiterhaufen verbrennt am Ende noch die ganze Welt!»

Dann verstummt er wieder, wie vom Groll übermannt. Überrascht blickt Jaspart Denvers ihn an. Er hatte sich also in ihm getäuscht.

Es läutet zur Abendandacht. Auch in der Herberge wird es plötzlich lauter, so als hätten die Tische und Stühle und Krüge sich entschlossen, in das Lärmen der Glocken einzustimmen und sich nicht übertönen zu lassen.

Gemeinsam gehen die beiden Männer zur Kirche *Saint-Marcel.* Die Luft ist feucht und kalt. Die Hüte tief ins Gesicht gezogen, schlendern sie die *Rue des Petits-Ciseaux* hinauf, in der sich lärmende Schneider, ein paar Friseure und jede Menge halbseidenes Volk tummeln. An den Häusern aus grauem Kalkstein scheint die Zeit spurlos vorüberzugehen. Dennoch zerfällt der naturbelassene Stein zu dünnen Blättern, die an die Seiten eines Buchs erinnern.

Eine Dame grüßt sie respektvoll. «Das ist meine Vermieterin», sagt Carache d'Autant. «Rührend, wie sie sich um mich kümmert …»

Die Kirchenglocke ruft die noch fehlenden Gläubigen zu sich.

«... Und dabei ist sie gleichzeitig eine der eifrigsten Denunziantinnen. Anne Dumoulins Hauptanklägerin sozusagen.»

«Hat sie ihre Aussage nicht gerade erst widerrufen?»

Ein spöttisches Lächeln umspielt mit einem Mal die Lippen des Jesuiten. «Die Beichte spielt auch in diesem Zusammenhang eine nicht unwesentliche Rolle.»

«Umso besser.»

«Doch wer einmal gesündigt hat, könnte es jederzeit wieder tun.»

«Ihr meint also ...»

«... dass sie in der Lage ist, ihre Widerrufung zu widerrufen ...»

«Und dann?»

«Und dann muss sie wiederum zur Beichte.»

Frauen drängen sich um das Eingangsportal. Sie sind alt oder gehören der besser gestellten Schicht an. Jedenfalls haben sie Zeit an den Herrgott zu verschenken. Mitten unter ihnen entdecken sie die Witwe. Sie setzt sich in eine der linken Bankreihen, nicht weit vom Altar entfernt. Eine schmächtige, schwarz gekleidete Person. Die beiden Männer knien sich hin. Der Priester, der den Gottesdienst abhält, stimmt das Abendgebet an. Die Frauen murmeln säuselnd mit, die Männer unterstützen sie mit ihren tiefen Stimmen, so gut sie können. Dann tritt Stille ein. Die einen beten, die anderen warten. Der Jesuit bedeckt mit den Händen sein Gesicht. Der weiße Betstuhl verschwindet vollständig unter seinem Leinengewand. Die schwarze, kniende Gestalt der Witwe sehen sie im Halbprofil. Sie rührt sich nicht. Es passiert absolut nichts, und das gleicht fast einem Wunder.

Die Zeit hat sich in sich zurückgezogen, gerade so, als bete sie auch.

Zurück in seiner Kammer, schlürft Jaspart in aller Eile eine Gemüsesuppe mit Brot und betrachtet dann seinen Krokus. Die Blume hat sich auf der Suche nach Licht und Wasser geöffnet. Diese bittende Haltung würde er gern auf dem Papier festhalten. Er wird es später tun. Jetzt muss er sich erst seinem Bericht widmen.

Er arbeitet schnell, zögert nicht lange bei der Wahl der Worte. Hin und wieder blickt er zum Fenster. Im Haus gegenüber brennt nirgends Licht.

Von unten dringt Gegröle hinauf. Eine Rauferei scheint ausgebrochen zu sein, offenbar heftig … Plötzlich wird es wieder still. Jaspart überfliegt noch einmal seinen ersten Entwurf. Er kann überhaupt keine Namen nennen. Gemurmel ist von unten zu hören, doch er will sich nicht ablenken lassen.

Als er von seinem Blatt aufblickt, entdeckt er einen Lichtschein, der durch den Holzfußboden dringt. Er tritt näher heran und stellt fest, dass es in der Nähe seines Koffers eine kleine Öffnung gibt, durch die er in die Schankstube blicken kann. Die Trinker haben eher erschrockene als erschreckende Gesichter. Was haben sie gesehen, das er nicht sieht?

Dann beginnt er zu verstehen. In der Nähe des Kamins steht eine hoch angesehene ganz in Schwarz gekleidete Person. Der Ritter von Yres. Er lässt sich ein Glas Wasser bringen. Ein Wink mit dem Zeigefinger genügt, und schon stellen die Gäste des Wirtshauses sich hintereinander auf … Alle treten sie nacheinander vor ihn hin. Jeder legt ihm etwas in die geöffnete Hand. Ein Geldstück, was sonst? Jaspart Denvers entgeht es nicht, wie ungewöhnlich schnell der Ritter den Arm ausstreckt und wieder zur Hosentasche führt. Rein, raus. Rein, raus.

Als alle ihn bezahlt haben, ohne dass auch nur ein einziger Laut zu vernehmen gewesen wäre, öffnet der Bußgläubige seinen Wanst bis zu den Hüften. Auf seinem nackten Oberkörper ist ein blankes Holzkreuz zu sehen. Aus seinem Überrock holt er eine Bibel hervor, legt zwei Finger auf das Kreuz und sagt an:

«Buch der Könige! Kapitel neun!»

Niemand rührt sich.

«Als Jehu nach Jesreel kam und Isebel dies erfuhr, legte sie Schminke auf ihre Augen, schmückte ihr Haupt und schaute durch das Fenster hinab. Jehu befahl den Eunuchen: Werft sie herunter! Sie warfen sie herunter, und Isebels Blut bespritzte die Wand und die Pferde, die sie zertraten. Dann ging Jehu hinein, um zu essen und zu trinken. Schließlich befahl er: Seht nach dieser Verfluchten und begrabt sie; denn sie ist eine Königstochter. Doch als sie hinkamen, um sie zu begraben, fanden sie von ihr nur noch den Schädel, die Füße und die Hände. Und sie kamen zurück, um es ihm zu melden. Er aber sagte: Das ist das Wort, das der Herr durch seinen Knecht Elija aus Tischbe verkündet hat: Auf der Flur von Jesreel werden die Hunde das Fleisch Isebels fressen. Die Leiche Isebels soll wie Mist auf dem Feld in der Flur Jesreels liegen, sodass man nicht mehr sagen kann: Das ist Isebel.»

Der Ritter knüpft den Wanst wieder zu und schließt das Buch. Alle werfen sich auf die Knie oder flach auf den Boden. Der Ritter geht um die Körper herum oder steigt über sie hinweg. Er spuckt dreimal auf den Boden und geht hinaus.

Er ist schon den dritten Tag in Miranges.

Im großen Sitzungssaal serviert der rührige Gerichtsdiener jedem ein Glas Miranger-Wein. Nachdem man die dazugehörigen Appetithäppchen verzehrt hat, stellt der Richter Bouchard einen neuen Fall vor.

Selbstverständlich handelt es sich dabei wieder um eine Hexe.

Jeanne Bourg hat bereits gestanden, dass sie zum Hexensabbat auf den Wolfshügel ausfährt, und die Namen ihrer Gespielinnen hat sie auch verraten. Man ist sich allerdings nicht sicher, ob sie tatsächlich die gesuchte Frau mit dem Bart ist. Die Beschreibung scheint durchaus auf sie zu passen, und der Gefängnisaufseher will auch gehört haben, dass sie merkwürdige Laute von sich gibt, so etwas wie ein Fauchen oder Plärren, fast wie ein Erkennungszeichen … Allerdings ist es Jeanne Bourg nicht wirklich zuzutrauen, dass sie imstande ist, das Volk aufzuwiegeln.

Der Gerichtspräsident zupft seine mit Grauhörnchenfell gefütterte Robe zurecht und macht es sich in seinem vergoldeten Sessel bequem. Dann fragt er das hohe Gericht, ob er die Sitzung eröffnen könne. Alle begeben sich in Kampfstellung.

Denvers hebt die Hand. Zur allgemeinen Verwunderung bittet er vor dem Verhör der Angeschuldigten um nähere

Auskünfte. Möglichst beherrscht antwortet der Gerichtspräsident, dass dagegen natürlich nichts einzuwenden sei. Der Richter würde gern wissen, wie das Gericht zu dem Geständnis über die Teilnahme am Hexensabbat gekommen ist. Alle Blicke wandern zum Statthalter.

«Erster Grad der Tortur!»

«Selbst beim Foltern herrschen geordnete Verhältnisse», grummelt der Jesuit.

«Das ist nur eine ganz leichte Form der Folter», raunt ihm der Gefängnisvorsteher erklärend zu.

«Diese Liste mit den Namen der Gespielinnen», fragt der Richter weiter, «wann und wo hat sie Euch die ausgehändigt?» Wieder wandern alle Blicke zum selben Ziel.

«Im Kerker!»

«Und dafür wurde ihr dann eine Gegenleistung versprochen», schlussfolgert Denvers.

«Die würden doch sonst nie etwas zugeben», erklärt der Gefängnisvorsteher dem Richter.

«Mit einem Mal», freut sich Statthalter Châtaigne bescheiden, «hat sie keinen Augenblick gezögert, uns bereitwillig zwölf Namen zu nennen. Ha! Zwölf Verdächtige auf einen Streich und alle gar nicht uninteressant.»

«Zuweilen ist die Justiz flink wie ein Wiesel», bemerkt Canin.

Doch der Kontrollrichter hat ihnen längst den Spaß verdorben. «Was wirft man ihr denn überhaupt vor?», bohrt er weiter. «Ich meine, außer dem Ausfahren zum Hexensabbat.»

«Die Angeschuldigte gibt ihre Teufelsbuhlschaft offen zu», erwidert leicht verärgert der Präsident. «Und gleich hier und jetzt möge sich bitte jeder selbst einen Eindruck davon verschaffen.»

Jeanne Bourg steht gekrümmt da und krallt sich mit beiden Händen an ihrem Hemd fest. Eine Hexe, wie sie im Buche steht: Sie hat zotteliges Haar und ist so dreckig, dass es einem den Magen umdreht. Mit dem linken Auge schielt sie, und mit dem anderen lugt sie einen von unten herauf an. Ihr Kinn ist mit schwarzen Haarbüscheln übersät.

Für diese Frau kommt jede Hilfe zu spät, denkt sich Jaspart Denvers.

Die Stimme der alten Frau schmerzt regelrecht in den Ohren. Wenn sie dreckig sei, wendet sie sich krächzend an den Präsidenten, der ihr dies zum Vorwurf gemacht hat, so liege das daran, dass sie in ihrem Verlies außer Ratten und Ungeziefer keinerlei Gesellschaft habe.

«Adoratio diaboli!», beginnt aufs Geratewohl Richter Bouchard, immer wieder einen Blick in den offiziellen Fragebogen werfend. Ob die Angeschuldigte wisse, wie man über jemanden einen Fluch verhänge. Und ob sie sich auf Schadenzauber verstehe.

«Ob ich einen Fluch verhängen kann? Ha! Ich weiß sogar, wie man schneller als alle anderen zum Hexensabbat ausfährt. Darin kenne ich mich besser aus als Abel!»

«Hat die Angeschuldigte sich an den Tänzen beteiligt? Wer war noch dabei? Hat sie Handlungen, die wider die Natur sind, begangen oder beobachtet? …»

Jeannes rechtes Auge leuchtet auf und fixiert Richter Bouchard. «Tanzen dürfen nur die Eingeweihten! Danach heißt es sich aneinander reiben und es miteinander treiben, bis der Leibhaftige sich zu uns gesellt …»

Allein an diesem feindlichen Ort, ist sie den Vertretern des Gesetzes und der Kirche hilflos ausgeliefert. Da sie allesamt Schriftgelehrte sind, die von wahrer Magie keine Ahnung haben, weiß Jeanne Bourg genau, was ihr blüht.

Sie weiß, dass man sie töten wird. Sie hat mit angesehen, wie Barbe Minard zum Scheiterhaufen geführt wurde. Es ist aussichtslos, ihnen entkommen zu wollen. Also erlaubt sie sich wenigstens diesen letzten Spaß und tischt ihnen eine Geschichte nach der anderen auf. Sie macht sich lustig über sie, kippt ihnen haufenweise Unsinn vor die Füße. Dabei spart sie nicht an Einzelheiten.

«Der große Satan fährt höchstpersönlich zum Hexensabbat aus … Er ist in schwarz-goldene Gewänder gehüllt. Auf dem Kopf hat er fünf Hörner, drei große und zwei kleine. Selbst auf dem Hals wachsen ihm welche. Es ist gefährlich, sich ihm zu nähern … Er hat lange, spitze Finger. Seine Stimme klingt wie der Schrei eines Esels. Unter seinem langen Schwanz verbirgt er seine gewaltigen Hoden. Manchmal wedelt der Leibhaftige damit melancholisch durch die Luft. Wir erweisen ihm unseren ehrfurchtsvollen Gruß. Die Mädchen knien vor ihm nieder. Der Leibhaftige lässt sich ausgiebig bewundern, und die Schönsten dürfen ihn sogar berühren. Die Tochter der Fanchons, ihr homosexueller Sohn Raoul, Frau Montran, Reine Briguette, die Witwe Dumoulin und die kleine Aldegonde sind mit von der Partie. Am ersten Sabbattag küssen sie ihn auf den Mund und die Brustwarzen. Dann wandern die Küsse immer weiter nach unten, bis zu den Schamteilen. Wenn er schlechte Laune hat, will er, dass man ihm den Hintern küsst. Anders lässt er sich in einem solchen Fall nicht beruhigen. Die Ketzer zieren sich da nicht lange. Die, die an Jesus Christus glauben, schon. Aber vor allem will er sein Lieblingsweib sehen, damit sie ihm so richtig einheizt und ihn auspeitscht …»

Genussvoll kratzt Jeanne sich am Busen. Dann am Rücken und ganz zum Schluss am Hintern. Richter Bouchard sieht sie voller Empörung an.

«Wer um alles in der Welt ist denn dieses ... Lieblingsweib?»

Die Richter werfen sich vielsagende Blicke zu. Jeanne Bourg hört auf sich zu kratzen, schüttelt mit aller Kraft den Kopf und wird hochrot im Gesicht:

«Des Teufels Lieblingsweib ist die Frau mit dem Bart!»

Sie vergewissert sich mit ihrem schielenden Auge, ob ihre Worte auch die gewünschte Wirkung erzielen. Der Gefängnisvorsteher kaut auf seinem Bart herum und beißt sich dabei fast in die Wangen. Der Präsident beugt sich weit nach vorne.

«Sie tritt nur selten in Erscheinung. Sie lässt gerne auf sich warten. Doch wenn sie kommt, zieht sie alle in ihren Bann! Ihre Bluse ist mit Tausenden von Goldstücken besetzt! Ihr luftiger Rock ist mit Seidenbändern verziert! Sie lüftet ihren mit Edelsteinen verzierten Bart. Das erregt den Teufel natürlich sehr. Doch noch mehr stacheln ihn ihre Schreie an. Am sechzehnten Tag nach Neumond ist ihr Gekreische kaum auszuhalten. Niemand hier im Saal könnte das ertragen. Doch beim Hexensabbat bleiben alle bis zum Schluss! Nachdem sie lang genug wie eine abgestochene Sau geschrien hat, widmet sie sich voll und ganz dem Leibhaftigen. Sie kriecht vor ihm auf dem Boden. Von den Haarspitzen bis hinunter zu den großen Zehen versetzt sie ihn in Verzückung. Sie beißt in seine Lippen. Mit ihrer Zunge liebkost sie seinen Leib, vor allem seinen dicken Schwanz. Sie streichelt ihn mit ihrem Bart. Sie leckt ihn, bis sein Geschlechtssteil sich aufbäumt. Beim Kopulieren dringen sie ganz und gar ineinander ein und zerreißen sich fast. Dabei brüllt sie ihm Liebesgesänge ins Ohr.»

«Und dann? Was geschieht dann?» Richter Bouchard fällt es schwer, seine Erregung zu verbergen.

Die alte Jeanne lacht hämisch und nimmt ihn mit ihrem einen Auge fest ins Visier. «Und dann … ist es vorbei! Hähä! … Der Teufel wird danach zahm wie ein kleiner Junge. Ein Chorknabe mit einer piepsigen Stimme. Denn dann zieht die Dämmerung herauf. Und die Liebe wird fad. Die Liebe tut den Frauen weh …»

«Und was …»

Sie fällt ihm ins Wort.

«Die Liebe tut den Frauen weh. Deshalb beeilt sich der Teufel, die mitgebrachten Päckchen auszuteilen: verschiedene Puder und Krötenaugen, die man miteinander verrühren muss. Mit den ersten Sonnenstrahlen verschwindet er. Er vergeht wie schmelzende Butter. Die Frauen, die einen Mann haben, kehren zurück ins Ehebett. Sie kuscheln sich an ihren Schatz, der von alldem nichts bemerkt hat. Die anderen, die alten Weiber und falschen Jungfrauen, bleiben bis zum bitteren Ende. Sie wissen mit sich selbst nichts anzufangen. Sie starren auf ihre Füße. Sie saugen an ihren Fingern. Wenn sie dann wieder in ihren Häusern sind, fangen sie an zu warten …»

«Worauf warten sie denn?»

«Darauf, dass es von Neuem beginnt!» Jeanne zuckt die Schultern. Plötzlich wird ihre Stimme tiefer: «In der dritten und letzten Sabbatnacht vollbringt die Frau mit dem Bart wahre Wunder. Sie wendet sich an den Mond: ‹Steh auf!›, schreit sie. Doch der Mond rührt sich nicht. Erst will er seinen Sold sehen. Er fordert Tote und Katastrophen. Die Frau mit dem Bart sagt ihm, die habe er doch bereits bekommen. Aber das reicht dem Mond noch nicht. Sie versucht, ihn abzufertigen, und wird wütend. Sie verlagert sich aufs Feilschen. Das geht daneben. Eifersucht kommt ins Spiel. Denn der schwarze Mond begehrt in Wahrheit die Sonne. Und die

Frau mit dem Bart begehrt den Teufel. Beide haben Angst, der andere könne ihnen ihre Liebschaft ausspannen. Deshalb werfen sie sich die wüstesten Beschimpfungen an den Kopf. Sie streiten sich wie die Kesselflicker ...»

«Und ... rein äußerlich ... wie sieht die Frau mit dem Bart überhaupt aus?»

«Die Frau mit dem Bart ist sehr dick. Sie hat ein rotes Gesicht. Ihr Mund steht offen. Ein großes ‹O› mit Barthaaren drum herum. Ihre Brüste sind riesengroß und beben auf und ab, wenn sie singt.»

Der Präsident kann Jeanne Bourgs Schamlosigkeit nicht länger ertragen. «Stimmt es», erkundigt er sich, «dass sie wie eine Kröte oder ein quietschendes Wagenrad singt?»

Die Hexe wird nachdenklich.

«... Durchaus. Doch nachdem sie es mit dem Satan getrieben hat, ist ihre Stimme sanft und warm. Sie klingt wie eine Mischung aus einer Männer- und einer Frauenstimme. Sie spendet den traurigen Herzen Trost. Deshalb gehen die Leute zu den Zeremonien. Die Schönheit ihrer Stimme erinnert an eine wunderschöne Beerdigung. Sie spendet Trost, obwohl wir sterben müssen. Sie setzt sich über den Tod hinweg.»

«Klingt ihre Stimme nun sanft oder unerträglich? Zumindest darauf muss es doch eine eindeutige Antwort geben!», meldet Bouchard sich ungehalten zu Wort. Jeanne räuspert sich kräftig und schreit aus voller Kehle:

«Beides! Das Gute und das Böse sind unzertrennlich! Das Glück liebt den Schmerz!»

«Was sind denn das für Redensarten?», erkundigt sich Bouchard und reckt die Arme.

«Vom Dualismus ist die Rede, mein Herr», mischt sich der Jesuit ein. «Diese Person erklärt uns die Theorie von der

Dualität aller Dinge. Eine Theorie, die sich von unserem Glauben an die Dreifaltigkeit unterscheidet …»

«Ein Meineid also!», schreit Bouchard, den die Selbstsicherheit des Jesuiten aus der Fassung bringt. «Hab ich nicht Recht, Ritter?»

Der Bußgläubige lässt seine Fingergelenke knacken und erklärt: «Die Lehre von der Dreifaltigkeit Gottes, der zufolge Gott aus drei untrennbaren Wesen besteht und Jesus die Personifizierung des Herrn ist, steht nicht eindeutig in der Bibel …»

Bouchard wird mucksmäuschenstill. Wie konnte er bloß diese theologischen Streitfragen vergessen?

«… Doch was den Begriff des Meineids betrifft», fährt der Bußgläubige fort, «so ist der gar nicht mal so unangebracht, denn alles gibt zu der Annahme Anlass, dass es sich im vorliegenden Fall um wirkliche Teufelsorgien handelt. Viele Anhänger scheinen sich unter der Schirmherrschaft von vier Mächten daran beteiligt zu haben: Mond, Sonne, die Frau mit dem Bart und der Teufel!»

«Also ein Fall für die Heilige Quadratur», säuselt der Jesuit.

Die widerspenstige Alte ist durch die Fragentortur nicht kleinzubekommen. Da es sie anstrengt, nicht richtig verstanden zu werden, wird sie jedoch immer einsilbiger. Stille breitet sich im Verhandlungssaal aus, nur das pausenlose Kratzen der Feder des Gerichtsschreibers auf dem Papier ist noch zu hören. So als ginge die Verhandlung niemals zu

Ende. So als würde der Teufel noch viele Jahrtausende lang sein Unwesen treiben.

Plötzlich schwankt die Hexe. Die Beine sacken ihr unter dem Körper weg. Mit den Händen bekommt sie gerade noch einen Wächter am Jackenzipfel zu fassen. Daran klammert sie sich mit hervortretenden Adern so fest wie möglich. Der Wächter bietet einen erstaunlichen Anblick. Auf der linken Seite steht er wie abgesackt, rechts jedoch leistet er erfolgreich Widerstand. Schließlich muss er doch in die Knie gehen, um den ihm entgleitenden Frauenkörper aufzufangen. Eine Sekunde lang sieht es so aus, als kämpften die beiden miteinander. Doch dann löst sich mit einem schnellen Ruck der abgemergelte Leib von dem kräftigen Soldatenkörper in voller Montur. Jeanne wird nach hinten geschleudert. Mit ihren knochigen Fingern findet sie auf den rutschigen Tonfliesen kaum Halt. Still und wütend ordnet der Mann seine Kleider und klopft an sich herum, als versuchte er, den widerlichen Gestank der Frau zu vertreiben. Jeanne Bourg findet ihr Gleichgewicht wieder. Sie hockt am Boden und versteckt ihr Gesicht unter ihrem Hemd. Wie eine Kröte ohne Kopf. Die Wächter trauen sich nicht in ihre Nähe. Sie haben Respekt vor ihr.

Die beiden beisitzenden Richter wenden sich wieder dem Präsidenten zu, der schon eine ganze Weile nach einem gelungenen Schlusssatz sucht, den er nun von sich geben könnte.

Während die Zeit also stillsteht, geschieht plötzlich etwas Unerwartetes. Carache d'Autant erhebt sich von seinem Platz.

Sein weißes Gewand schleift über die Stufen der Zuhörertribüne nach unten. Mit betont aufrechtem Gang nähert er sich der Angeklagten. Alle Blicke richten sich auf den Jesuiten. Er kniet sich zu ihr nieder. Er flüstert ihr etwas ins Ohr. Nichts geschieht. Dann hebt die Frau den Kopf. Sanft greift er ihr unter die Arme und hilft ihr mit einem einzigen energischen Ruck wieder auf die Beine. Sie schwankt ein wenig. D'Autant stellt sich hinter sie. Er überragt sie um mehrere Köpfe. So wie ein Kind, dem man das Laufen beibringt, führt er sie zu einer Bank, die man an die Wand gerückt hat. «Bringt ihr zu trinken», befiehlt er dem Diener. Der Mann verlässt eiligen Schrittes den Saal und kehrt mit einer Schale voll Wasser zurück. Jeanne Bourg trinkt in gierigen Zügen. Dann rülpst sie.

Endlich erteilt der Präsident den Befehl, die Angeschuldigte abzuführen. Nun scheint alles wieder seinen gewohnten Gang zu gehen. Das Verhalten des Jesuiten hat alle in Verlegenheit gebracht. Und damit macht man sich hier keine Freunde. De La Barelle wird mal ein ernstes Wort mit den Kirchenoberen sprechen müssen. Seit mehr als zwanzig Jahren ist das Gericht von Miranges ein Zivilgerichtshof. Vertreter der Kirche, die selbstverständlich den Verhandlungen beiwohnen dürfen, haben sich zurückzuhalten und sollten ihre moralischen Belehrungen nur dann erteilen, wenn der Gerichtspräsident sie ausdrücklich darum bittet. Dies ist zum Beispiel der Fall, wenn er einen Geistesblitz auf die passenden Glaubensargumente zu stützen wünscht.

Doch nun wird er erst einmal adäquat reagieren müssen. Er könnte den Zwischenfall als eine Lappalie, eine kleine geschmackliche Verirrung abtun. Doch ihm ist nicht nach Besonnenheit. Noch vor dem Erscheinen der weiteren Angeklagten und Zeugen will er allen ins Gedächtnis rufen, wer im Haus das Sagen hat. Sonst würde ihm bald jeder auf der

Nase herumtanzen. Er bläht sich wieder zu seiner vollen Größe auf und fegt mit seinen weiten roten Ärmeln durch die Luft.

«Die Angeschuldigte hat wiederholt, was sie bereits unter Folter gestanden hat. So kamen ihr also dieses Mal die Geständnisse freiwillig über die Lippen. Aufbauend auf der ersten, ist dies eine ganz andere Art der Beweisaufnahme. Ein jeder hat sich davon überzeugen können, dass Frau Bourg nicht im Geringsten gezögert hat, dem Gerichtshof selbst allerschmutzigste Einzelheiten anzuvertrauen. Das ist natürlich größtenteils der Arbeit des Richters Bouchard zu verdanken. Übrigens eine ganz vorzügliche Arbeit, das muss man schon sagen.» De La Barelles Zeigefinger schiebt sich zwischen den Falten des Seidenstoffs hervor und deutet auf den Feind. «Meine Herren, nur wenige Meilen von hier entfernt werden Teufelsorgien abgehalten! Und diejenigen, die dabei ihre Hände mit im Spiel haben, davon habt Ihr Euch selbst überzeugen können, zeigen keinerlei Reue! Die Bevölkerung steht unter ihrem Einfluss. Das Böse breitet sich aus. Bald wird ganz Burgund infiziert sein!»

Der Präsident ist von seinen eigenen Worten so ergriffen, dass er keine Sekunde lang spürt, welch heimtückisches Übel seinen Beisitzern zu schaffen macht. Canin kann es nicht verwinden, mit welchen Komplimenten Bouchard bedacht wird. Und Bouchard weiß im Grunde genau, dass er alles andere als siegreich über die Hexe war.

Jeanne Bourg, so bringt Canin mit neiderstickter Stimme hervor, schiele auf dem einen Auge. Dies spreche eindeutig für das Beherrschen von Hexenkünsten. Genau wie Klumpfüße, Hautflecken, Hasenscharten ... Doch die Haare auf ihrem Kinn seien einfach nicht zahlreich genug, als dass sie die Frau mit dem Bart sein könnte.

Bouchard hält dagegen, dass man nicht gleich eine ausgeprägte Mähne haben müsse, um als behaart zu gelten. Er würde durchaus auf die Bourg tippen.

So leicht gibt Canin sich nicht geschlagen. Er habe weiterhin eher die Witwe in Verdacht. Die alte Bourg habe die Beschreibung der bärtigen Frau mit unzähligen Einzelheiten ausgeschmückt. Fast als spreche sie über ihre Nachbarin. Das beweise doch wohl eindeutig, dass sie selbst nicht die Frau mit dem Bart sein könne. Das entscheidende Argument aber sei nach wie vor, dass Luzifer sich nie im Leben für ein derart abstoßendes Frauenzimmer interessieren würde.

All die Einzelheiten, mit der Jeanne Bourg die Bärtige zu beschreiben wisse, so fällt Bouchard ihm wiederum ins Wort, weisen doch wohl eher darauf hin, dass sie selbst die beschriebene Kreatur sei.

Es gebe noch eine dritte Verdächtige, erinnert sie der Präsident, damit endlich wieder Ruhe einkehrt. Ihn beeindrucke es vielmehr, wie sehr die verschiedenen Aussagen miteinander übereinstimmen. Was denn der Herr Kontrolleur darüber denke?

«Ich frage mich ernsthaft, ob die Angeschuldigte wohl tatsächlich über ihre eigenen Erfahrungen spricht oder einfach nachplappert, was andere ihr erzählt haben.»

«Wenn das so wäre, könnten wir uns die Vernehmungen ja gleich sparen!», faucht Bouchard. «Unsere Arbeit wäre ja ein Kinderspiel, wenn wir alle Aussagen einfach nicht für bare Münze nehmen!» Er wendet sich seinem Präsidenten zu, harrt dessen väterlicher, tröstender Worte und wird nicht enttäuscht:

«Wir müssen in allen Fällen mit einem ausgeprägten Sinn für Genauigkeit vorgehen, auch wenn die Wahrheit manchmal unangenehm ist.» Dann wendet er sich an Denvers: «Da wir immer nur an der Schattenseite der Dinge herumschnüffeln, machen wir uns selbst verdächtig. Am Ende trifft gar uns der Vorwurf der Hexerei! Oh nein! … Das war nur ein Scherz, Herr Kontrolleur. Weder um Licht noch um Schatten, sondern einfach nur um die Wahrheit geht es uns.»

Statthalter Châtaigne lacht. Gefängnisvorsteher Malot runzelt die Stirn. Solch hochtrabende Rede verunsichert ihn.

«Aber lassen wir das», fährt Timothée de La Barelle fort. «Die Angeschuldigte entspricht in jeder Hinsicht der Beschreibung einer Hexe, wie sie im *Malleus maleficarum* steht. Wer daran zweifelt, kann es gerne noch einmal im *Hexenhammer* nachlesen …»

«Und was genau steht darin, das auf die Angeschuldigte zutrifft?», fragt der Jesuit.

Der Präsident verdreht die Augen. *(Immer diese Nörgelei! Wann endlich schafft man uns diese aufgeblasenen Pfaffen vom Leib?)* Doch zuckersüß gibt er zur Antwort: «Oh, Herr Pater! Ihr seid mit dem Werk sicherlich genauso vertraut wie ich. Nehmen wir nur ein Beispiel: Da steht über die Fleischeslust der Frauen geschrieben, dass sie unersättlich sei. Nun, ich finde, das kann man ganz gut nachvollziehen, wenn man dieser Alten zuhört, die anscheinend für ihr Leben gern über solche Dinge redet. Hat Euch das gar nicht beeindruckt?»

«Was steht denn sonst noch so in diesem Buch?», will Gefängnisvorsteher Malot wissen. Statthalter Châtaigne knufft ihm lachend in die Seite. Der Präsident weist sie zurecht, dass das alles andere als lustig sei. Eines Tages könnten auch sie ein Opfer dieser Frauen werden, die es auf männliche Geschlechtsteile abgesehen hätten, um sie in Eisenschachteln und Vogelnestern zu verstecken, wo sie sich wie Würmer krümmen und winden …

Der Gefängnisvorsteher plustert seine dicken Wangen auf und macht große Augen.

Der Statthalter hüstelt, reagiert aber wie ein ganzer Kerl:

«Wir nehmen alle Eisenschachteln in Beschlag und durchsuchen alle Vogelnester.»

«Das könnte schwierig werden», seufzt de La Barelle.

Doch Statthalter Châtaigne ist ein Mann der Tat. «Zehn Wachen werden für diesen Einsatz abkommandiert. Das Volk wird nicht länger jammern, dass die Gerichtsbarkeit sie im Stich gelassen hätte. Wir machen Jagd auf die Hexen. Ihre Gegner brauchen sich nicht zu beschweren. Die ganze Stadt werden wir nach ihnen durchkämmen.»

«Ein hervorragender Plan», schließt der Präsident lakonisch.

Den ganzen Tag über jagt ein Verhör das nächste. Eine nervtötende Angelegenheit. Die Anzahl der Verdächtigten und der Zeugen wird immer unübersichtlicher. Die Aussagen sind niemals eindeutig, häufig sogar wirr und unzusammenhängend. Timothée de La Barelle gibt sich redlich Mühe, sich bei seiner Arbeit auf die Benennung von Schuldigen und die Gegenüberstellung der Zeugenaussagen zu konzentrieren. Schließlich geht es vor allem darum, der Seele der großen Verschwörung auf die Spur zu kommen. Solange er nicht weiß, wer die Frau mit dem Bart ist, wird der Gerichtspräsident dafür Sorge tragen, dass die Mühlen des Gesetzes nicht stillstehen, so wahr ihm Gott helfe.

Als die Nacht hereinbricht, schließt Jaspart sich in seiner Kammer ein.

Er hat sich seine Staffelei unter das Licht der an einem Balken hängenden Lampe gerückt. Trotz der dicken Wollsachen, die er sich übergezogen hat, fühlt er sich wie starr vor Kälte. Von Zeit zu Zeit summt oder pfeift er leise vor sich hin. Auf dem rauen weißen Papier entsteht ein Krokus aus dem Nichts. Bald wird die ganze Pflanze zu sehen sein, mit ihren weichen Umrissen und ihrer milchigen Konsistenz. Dann gilt es, das Innere der Blüte darzustellen, die drei Staubgefäße und die drei Glieder des Griffels mit ihren ausgefransten Rändern. Ganz behutsam wird er vorgehen, ganz exakt, denn nur auf diese Weise, so sagt es der große Dürer, gelingt wahre Schönheit.

Gegenüber flackert ein Licht im Fenster auf. Er sieht, wie es sich im Glasschirm seiner Lampe widerspiegelt. Obwohl er mit dem Rücken zum Fenster steht, kann er dem sich bewegenden Lichtschweif folgen. Er selbst rührt sich nicht, konzentriert sich ganz auf sein rechtes Handgelenk, das die Rundungen des opalfarbenen Blütenkelchs zu erfassen sucht. Die Witwe ist in dem Zimmer, das sich genau gegenüber der Herberge befindet. Schatten huschen über das Kaminfeuer oder über eine Kerze … Wieder sieht man, wie sich etwas auf seinem Lampenschirm widerspiegelt. Doch das, was da den Schatten hervorruft, ist jetzt kleiner als vorhin, will sich nicht klar zu erkennen geben. Es bleibt unvollendet wie seine Zeichnung. Der Stängel der Blume, von dem die Blätter abgehen, ist so gerade, dass man ihn mit dem Lineal nachziehen könnte. So als wolle die Blume auf dem kürzesten Weg zum Himmel hinauf.

Es klopft an der Tür. Er antwortet nicht, denn er möchte nicht gestört werden. Die Tür öffnet sich. Er schickt sich an zu protestieren, doch dann sieht er Colomban, der mit einem schweren Korb voll Brennholz eintritt.

«Für den Kamin! Sonst wird es hier oben eiskalt! … Oh! Eine Blume!» Er klatscht vor Bewunderung in die Hände. «Ich kümmere mich ums Feuer. Das haben wir gleich wieder. Ich sag den Zauberspruch auf, und das Feuer wird mir antworten.»

Im Nu ist das Feuer wieder entfacht. Colomban tritt einen Schritt zurück, macht aber keineswegs Anstalten, den Raum zu verlassen. Er tritt ans Fenster und seufzt auf: «Ich möchte wirklich gerne wissen, was sie treibt.»

Jaspart konzentriert sich ganz auf den Blumenstängel.

«Ihr Mann war ein böser Mensch.» Colomban dreht sich um und stellt fest, dass er die Aufmerksamkeit des Richters geweckt hat.

«Da hat sie goldrichtig dran getan, sich ihn vom Leib zu schaffen.»

Jaspart zuckt die Schultern. Was würde er darum geben, wenn Colomban den Raum wieder verließe. Doch er hat gerade einfach nicht die Kraft, ihn fortzuschicken.

«Er hatte ständig schlechte Laune. Er schnauzte die Kinder an. Wir haben ihm hinter seinem Rücken die Zunge rausgestreckt. Und außerdem trug er stets viel zu enge Kleider.»

Colomban bricht in schallendes Gelächter aus. Jaspart hebt den Kopf und sieht vor sich einen Mund, in dem es fast mehr Lücken als Zähne gibt. Als Findelkind hat er sicherlich viele Schläge einstecken müssen …

«Ach herrje! Wie ihm der Bauch aus dem Hosenbund hervorquoll!» In Anbetracht der tadelnden Miene des Richters fügt er schnell hinzu: «Ist ja schon gut, ich bin ruhig.» Er hält sich mit der Hand den Mund zu, plappert jedoch fröhlich weiter. «Der mischte Medikamente, mit denen man Leute umbringen kann! Ein paar davon hatten eine heilende Wirkung, doch andere waren tödlich. Er ist gestorben, als er sie probieren wollte. Er hat sich geirrt! Oder aber seine Frau hat sie gemischt. Absichtlich. Es gibt immer mehr Leute, die behaupten, sie habe ihn umgebracht.» Colomban sieht den Richter an, will sich vergewissern, ob er weiterreden darf. «Sie hatte vollkommen Recht.» Jetzt spricht er nur noch zu sich selbst gewandt. Er dreht sich noch nicht einmal mehr zu ihm um. «Ich hätte sie gerne als Mutter ... So eine Mutter müsste man haben. Einen Vater habe ich auch nicht ...» Dann, in einem sehr bestimmten Tonfall: «Euch hätte ich gerne zum Vater.»

Jaspart zeichnet. Colomban hört nicht auf zu reden und sieht dabei nach draußen. Er denkt nach, stellt Fragen und beantwortet sie sich selbst. Seine Stimme wird immer leiser, ist nur noch als leises Zwitschern zu vernehmen, ein fortwährendes Gemurmel. Doch von Stille kann noch immer nicht die Rede sein. Jedenfalls nicht so, wie Jaspart sich das vorgestellt hatte.

«Du solltest jetzt besser wieder runtergehen», rafft er sich schließlich auf zu sagen.

«Ja. Da unten fangen sie schon an herumzuschreien. Hört Ihr es?»

Er hüpft auf seinen breiten Hühnerkrallen auf und ab und ist mit einem Satz aus dem Zimmer. Jaspart Denvers widmet sich wieder ganz seiner Zeichnung. Der Krokus ist schon halb zum Leben erweckt.

Ich glaube, sie hat uns so einiges über die Witwe zu berichten ...», freut sich der Präsident, während er in seinen schweren Mantel schlüpft, den ihm sein Diener hinhält. «Allzu zahlreich sollten wir da eigentlich nicht aufkreuzen, aber für Euch könnte es sehr interessant werden ...» Um so viel Aufmerksamkeit nicht unerwidert zu lassen, beeilt auch der Richter sich in die Ärmel des Mantels, den man ihm entgegenstreckt. Sie werden sich jetzt also wie sehr fortschrittliche Richter aufführen, die sich gleich an Ort und Stelle einen realistischen Eindruck über die Prozessakten verschaffen.

Die Witwe und Reine Briguette, was mag es da nur für einen Zusammenhang geben, überlegt Denvers. Er zieht in Erwägung, den Präsidenten zu befragen, doch allem Anschein nach schickt dieser sich an, eine seiner liebsten Kunststücke vorzuführen, und will sich da auf gar keinen Fall dazwischenfunken lassen.

Die *Rue des Vignerons* geht schräg vom Gerichtsplatz ab. Sie ist schmal wie eine Gasse, führt aber weit bis zu den Vororten hinaus. Durch sie hindurch schreiten sie an dicht aneinander gereihten, weinrot getünchten, hohen Gebäuden vorüber. Eine Girlande von Vordertreppen ragt über die Kellereingänge hinaus und verschattet sie. Als sie sich nähern, verebbt das Geräusch der über das Pflaster kullernden Weinfässer. Die Hilfsarbeiter starren sie an. Schon hier schlägt ihnen der Lärm entgegen, der aus dem großen Waschhaus dringt.

Je näher sie kommen, desto brutaler klingen die lauten, rhythmischen Schläge der Wäscheklopferinnen. Die Frauen hauen drauflos, als hieße es, den Teufel auszutreiben. Dabei müssen sie sich tief über das fließende Wasser beugen. Regelmäßig spritzen ihnen die eiskalten Tropfen ins Gesicht. Der seltsame Aufmarsch zwingt die Frauen, die Köpfe zu heben. Groll zeichnet sich auf ihren Gesichtern ab. Die Frauen von Miranges mögen keine Richter. Und erst recht nicht den kleinen militärischen Geleitschutz, der ihnen auf dem Fuß folgt. Vier bis über beide Ohren bewaffnete Stadtknechte und ihr Statthalter, auf dessen Umhang das Stadtwappen zu erkennen ist. Sie fürchten sich vor dem hageren Mann, der sich an den Soldaten vorbei nach vorn drängelt. Er verbirgt seinen Kopf unter einer flachen, grauen Mütze. Sein Rücken krümmt sich unter dem Gewicht der prall mit Gegenständen gefüllten Säcke.

«Wir müssen sie auf frischer Tat ertappen», sagt Timothée de La Barelle. «Ja, genau den Moment abpassen, in dem die fette Henne ein Ei legen will», pflichtet Canin ihm bei, in der ihm eigenen unflätigen Art. Für Denvers fügt er erklärend hinzu: «Ihr werdet sehen! Die ist nicht so ein dürres Gehopse wie die Bourg!» Statthalter Châtaigne, der es lustig mag, treibt hinter ihren Rücken seine Späße: «Wenn man die zur Wasserprobe in den See werfen würde, wäre da auf einen Schlag nichts mehr drin!»

Am Ortsausgang wechseln Holzbaracken sich mit alten Herrenhäusern ab. In ihre Mauern sind Bogenfenster eingelassen. Da sie nach innen schräg zulaufen, lassen sie ohne großen Wärmeverlust Licht herein. Von außen sehen sie einfach nur wie längliche Schlitze aus. Sie sind ein idealer Beobachtungsposten, von dem aus man selbst nicht gesehen wird. In den Nischen lauern sehr wahrscheinlich verängstigte Gesichter, die sie möglichst schnell wieder in weiter Ferne verschwinden sehen möchten. Bettler kauern in den Mauerwinkeln. Sofern sie nicht die Pest haben, dürfen sie sich in der Stadt aufhalten. Doch wer schwach wird, muss fort und anderswo sterben.

«Wie lauten die Hauptanklagepunkte?», fragt Richter Denvers, ohne seinen Schritt zu verlangsamen. «Das geht in alle Richtungen», antwortet der Präsident. Ein Ehepaar wirft ihr vor, bei der Beerdigung seiner Tochter gelacht zu haben. Ein frisch gebackener Ehemann behauptet, sie habe ihn an seinem Hochzeitstag mittels eines Zaubers seiner Manneskraft beraubt. Uns geht es vor allem darum, die Spur zurückzuverfolgen. Wir haben sie dem ersten Grad der Tortur unterzogen. Sie hat Namen verraten, unter anderen den von Anne Dumoulin. Doch nach jeder Sitzung zieht sie alle ihre Aussagen zurück, und wir müssen wieder von vorne beginnen. Zudem ist sie Hebamme und Heilkundige. Wie Ihr seht, an Verdachtsmomenten mangelt es also nicht …»

Um nicht in abgestandene Wasserpfützen zu treten, hüpft der kleine Trupp die Gasse hinab, rutscht aber dennoch immer wieder auf dem glitschigen Boden aus. Während sie sich dicht an den rosafarbenen Mauern entlang vorwärts hangeln, fährt de La Barelle unbeirrt fort: «So zumindest stellt es die Klägerseite dar.» Der Zug kommt vor einem niedrigen Haus mit einem verfallenen Dach aus Lavagestein zum Stehen.

«Aufmachen!», ruft ein Stadtknecht und klopft mit seiner Faust gegen das Schloss. Nichts rührt sich. Der Statthalter befiehlt, die Tür einzutreten.

Reine Briguette starrt gebannt auf die Menschengruppe, die sich durch die Tür hereinschiebt. In der linken Hand hält sie ein Federvieh mit aufgeschlitztem Bauch, in der rechten ein Messer. Zu ihren Füßen flattern die Federn noch tänzelnd zu Boden. Dicht bei der Feuerstelle hockt ein alter Mann und presst seine Pfeife fest gegen die Brust. Beide stehen wie versteinert.

Statthalter Châtaigne erklärt die Örtlichkeiten für beschlagnahmt. «Alles durchsuchen!», brüllt er seinen Männern zu. Reine Briguette lässt das Tier und das Messer fallen, welches noch ein paar Meter weiter über den Boden hüpft. «Was um alles in der Welt …?», stottert sie. Ein gegen den Rauchfang gelehnter Teller wird heruntergerissen und zerspringt in tausend Teile. Dahinter gab es nichts zu verbergen. Aus der Vorratsnische in der Wand kullern Gemüse und Tonschälchen hervor. Von der Trockenstange dicht beim Feuer wird die Wäsche heruntergerissen. Mit ein paar Schwerthieben verschaffen die Stadtwachen sich Überblick. Drei Körbe fallen um und kullern auf die feuchten Wäschestücke.

Das Ausräumen des Schrankes übernehmen die Stadtwachen. Sie stoßen auf mehrere Reihen mit Steingutgefäßen. Der Statthalter reicht de La Barelle eines davon. Der Präsident öffnet es, riecht daran und sagt, dass er sie mitnehmen wird. In der angrenzenden Vorratskammer erregt ein kleines Fläschchen mit brauner Flüssigkeit große Aufmerksamkeit. Canin bekommt leuchtende Augen. Behutsam legt er es zu den anderen Beweisstücken in einen Koffer, den die Stadtwachen mitgebracht haben. Über den Rand eines Zubers hängen unordentlich zum Trocknen ausgebreitete Pflanzen. Er nimmt sie mit den Fingerspitzen und wirft dem Präsidenten vielsagende Blicke zu. Den scheinen die

Pflanzen an etwas zu erinnern: «Ihr kennt Euch doch mit Heilkräutern aus ...»

Denvers beugt sich über den Zuber, betastet die Pflanzenblätter und riecht daran. «*Althoea officinalis* ... *Allium schoenoprasum* oder auch Zibetkatzenknoblauch ... *Thymus vulgaris*.» Er hebt den Kopf. «Gegen Leberbeschwerden ... *Tilia cordata* oder Lindenblüte ... *Sorbus domestica*. Seht Ihr, die Blätter, die einundzwanzig symmetrische Untergliederungen aufweisen, ... eignen sich hervorragend zum Destillieren ... *Juniperus communis* oder Wacholder: Dioscoride empfahl Wacholderbeeren gegen Übelkeit und Magenschmerzen ... Was das hier für eine Pflanze ist, weiß ich allerdings auch nicht ...» Sie wollen ein Urteil, keinen Unterricht in Botanik. Da kann Denvers ihnen nicht weiterhelfen. Die Kräuter wandern also zu all den anderen sonderbaren Dingen in den Koffer. Nach ausgiebiger Inspektion und Verwüstung muss man sich eingestehen, dass es in diesem Haus um Beweisstücke für Zauberei eher dürftig bestellt ist.

Enttäuscht begibt sich der Blick des Präsidenten ein letztes Mal auf Beutefang und bleibt an dem Besucher hängen, der nicht rechtzeitig in einem Spalt zwischen den Steinen hat verschwinden können. Was hat denn der hier eigentlich verloren? Der Mann rollt erschrocken mit den Augen, grunzt und sucht sich durch Gesten zu entschuldigen. Er kann nicht sprechen. Um ihnen das begreiflich zu machen, reißt er den Mund weit auf. Dann laufen ihm die Tränen in Strömen die Wangen herunter. Verärgert erkundigt sich der Präsident: «Ist er stumm? Was ist denn mit dem?»

«Das ist ein armer Mann», sagt Reine Briguette.

«Wer hat ihm die Zunge herausgeschnitten?»

«Die Spanier und die Partisanen der Heiligen Allianz.»

«Ihr seid ihm behilflich?»

«Er bringt mir Gemüse, und ich koche es ihm.»

«Kann er nicht selber kochen? Sind es nicht eher gewisse Ratschläge, die er bei Euch bekommt?»

Er seufzt tief auf. Die Beute ist mager ausgefallen, die Hexe ist störrisch. Nichts wird sie zugeben, sofern man sie nicht dazu zwingt. Ganz anders als Jeanne Bourg, der es Spaß bereitet, von ihren Teufelsorgien zu berichten. Diese Hexe hier ist jünger und gerissener. Er bedeutet Canin, ihn abzulösen.

Reine Briguette habe vielen Frauen geholfen, ihr Kind auf die Welt zu bringen … Auch solchen, deren Kind bei der Geburt gestorben sei, spöttelt Canin. Das sei der Wille Gottes, verteidigt sie sich. Ungewöhnlich viele Kinder würden bei der Geburt sterben, beharrt Canin. Weil ihnen die Kraft zum Leben fehle, entgegnet Reine Briguette. Und diese ganzen Kräuter, die sie sammelt? Die tue sie in die Suppe. Und der stumme Mann, glaubt er durch eine Suppe eine neue Zunge zu bekommen? Das liege allein in Gottes Hand. Und gibt es auch noch andere Leute, die herkommen, um von der Suppe zu probieren? Nur der stumme Mann. Warum dann also gleich so viele Kräuter? Sie sagt, es komme durchaus vor, dass sie ihren Nachbarinnen davon abgebe. Canin fragt sie nach den Namen ihrer Nachbarinnen, lockt sie in eine Falle.

Die Frau mit dem Bart, also nein, die würde sie nun ganz bestimmt nicht kennen! Sie schwört, dass sie mit dieser Furie nichts zu tun habe. Gehört habe sie von ihr, ja, aber nur ganz flüchtig, deshalb würde sie noch lange nicht Bescheid wissen. Sie habe sie auch nicht gesehen, diese Geschichten interessierten sie einen feuchten Kehricht. Ja, sogar widerlich finde sie die. Sollte die ihr einmal über den Weg laufen, diese Frau mit dem Bart, so würde sie dieses Teufelsweib in ihren Kamin schubsen!

Denvers kann sich bereits ausmalen, wie der Grund der Anschuldigung lauten wird. Reine Briguette ist eine starke Frau, eine, auf die die anderen Leute hören. Nicht etwa so eine Einzelgängerin wie die alte verrückte Jeanne oder auch Anne Dumoulin. Es fehlt ihr nicht an der nötigen Kraft, sich zu verteidigen. Es ist ihr durchaus zuzutrauen, dass sie die Leute scharenweise zum Hexensabbat lockt und sie allesamt als Frau mit dem Bart in ihren Bann zieht.

De La Barelle ist noch lange nicht zufrieden, doch um im Programm voranzukommen, gibt er dem Mann mit der grauen Mütze einen Wink. Letzterer holt aus seinen Beuteln eine große Zange, einen Hammer, drei Nadeln von unterschiedlicher Länge, Fußeisen und eine Halskrause hervor. Er legt alles auf dem Tisch zurecht, der nach dem Einsatz der Stadtwachen leer gefegt ist. Reine Briguette beginnt am ganzen Leib zu zittern. Der Stumme drängt sich dicht an den Kamin.

«Nur eine kleine Kostprobe», informiert der Präsident. Er befiehlt dem Statthalter mit eiskalter Stimme: «Haltet sie bereit!»

Sie setzt sich kaum zur Wehr, denn sie weiß, dass sie gegen fünf kräftige Männer nichts ausrichten kann. Sie reißen ihr die ordentlichen, selbst genähten Kleider vom Leib. Ihr Körper kommt zum Vorschein. Nackt, milchig weiß und obszön. Unnötig straff binden sie ihr ein Tuch vor die Augen. Lederriemen umfassen ihre Hand- und Fußgelenke. Sie legen sie lang gestreckt auf den Boden und schnallen sie an allen vieren fest. Sie zittert wie Espenlaub. Auf ihrem rundlichen, blassen Körper zeichnen sich an mehreren Stellen rote Flecken ab. Ihr voller Busen und die stark behaarte

Scham sorgen bei den Wächtern, die sich über sie beugen, sichtlich für Erregung. Mit einem Schwerthieb zwingt der Statthalter sie zurückzuweichen.

Der Folterknecht hat sich die großen Zangen gegriffen und kneift Reine Briguette damit in die Schulter. Sie stößt einen Schrei aus. Er lässt wieder etwas lockerer und sieht den Präsidenten an. Sie verständigen sich mit einer Handbewegung oder durch ein Verziehen des Gesichts. Allem Anschein nach sind sie gut aufeinander eingespielt. Der Mann mit der grauen Mütze macht sich an anderen Körperteilen zu schaffen: Hüfte, rechter Busen, Oberschenkel … Sobald die Frau schreit, hört der Mann seelenruhig auf, und man kann zusehen, wie sich neue rote Flecken bilden.

Dann wendet der Folterknecht eine andere Methode an. Er lässt eine große Nadel über ihrem Körper baumeln und entscheidet erst nach geraumer Zeit, wo genau er zustechen wird. Wenn es so weit ist, bemisst er jede seiner Bewegungen sehr genau. Nach dem Einstich krümmt und windet sich der Körper, obwohl er an Armen und Beinen festgezurrt ist. Auch wenn die Nadel keine Spur hinterlässt, beginnt sie stark zu bluten. Eine Stadtwache sucht mit einem in Essig getränkten Lappen die Blutung zu stillen. Die Situation wird unerträglich. Die Folterer sind mit wachsender Begeisterung bei der Sache. Der Präsident zeigt mit dem Daumen nach oben. Daraufhin nickt der Scharfrichter und sticht mit der Nadel in der Leistengegend zu. Der Körper reagiert nicht. Er sticht noch ein weiteres Mal zu, ganz in der Nähe des Bauchnabels. Die Nadel bohrt tiefer und tiefer, doch die Frau rührt sich nicht. Sie wirkt unerreichbar. Nach all den Schmerzen ist sie wie ohnmächtig.

De La Barelle errät von selbst, was wohl der Kontrolleur denken mag. Er dreht sich zu ihm und fordert ihn auf, sich das ruhig ganz genau anzusehen. Der Peiniger sticht mit der Nadel in die linke Brust, und Reine Briguette stößt einen markerschütternden Schrei aus. Ein Beweis, dass sie durchaus noch bei Bewusstsein ist. Danach geben ihre Muskeln nach, und ihre Gedärme entleeren sich. Sie behält nichts bei sich. Niemand hält mit seinem Ekel hinter dem Berg. Der Präsident verzieht das Gesicht, wedelt sich mit der flachen Hand Luft zu und bittet darum, die Türen zu öffnen. Damit ist die Folterstunde beendet.

Er wartet draußen, bis man die Angeschuldigte auf den Abtransport zum Gericht vorbereitet hat. «Lasst mich! Ich flehe Euch an», schreit sie. «Ich habe nichts getan! Ich flehe Euch an!»

Timothée de La Barelle kneift die Augen zusammen und beißt sich auf die Lippen. Diese nackte, stinkende Frau scheint sich überhaupt nicht darum zu scheren, dass er sie abstoßend und erbärmlich findet.

Reine Briguette wird von zwei Stadtwachen auf dem Schinderkarren quer durch die ganze Stadt gezogen. Die anderen Wachleute tragen den Koffer mit den Beweisstücken. *Beweisstücke, die eigentlich gar nichts beweisen,* denkt sich im Stillen der Präsident, während Richter Denvers sich die Frage stellt, ob Schmerzunempfindlichkeit an bestimmten Körperstellen vor einem weltlichen Gericht als ein belastendes Beweismittel gelten kann. Richter Canin und der Folterknecht traben hinter ihnen drein und denken an gar nichts. Der Zug zieht wieder am Waschhaus vorüber, doch dieses

Mal ist es die Gefangene, welche die neugierigen Blicke auf sich lenkt. Die Waschfrauen schauen möglichst unbeteiligt drein, aus Angst, das Unglück könne sich ihnen an die Fersen heften. Sie bekreuzigen sich. Dann wenden sie sich wieder ihrer Wäsche zu und schlagen noch heftiger darauf ein als zuvor.

Im Gerichtsgebäude wandert der Jesuit unter den ungehaltenen Blicken der Stadtwachen ungeduldig auf und ab. Als der kleine Trupp endlich eintrifft, gibt er den Weg frei, grüßt keine Menschenseele und blickt Reine Briguette prüfend ins Gesicht. Betont gelassen eröffnet ihm der Präsident, dass die Schmerzunempfindlichkeit der Angeschuldigten nun schon zum zweiten Mal nachgewiesen wurde, und zudem vor unterschiedlichen Zeugen. Er dreht sich zum Kontrollrichter, der ihm nicht widerspricht. «Ja», fährt de La Barelle fort, «gleich an zwei Körperstellen ist sie absolut schmerzunempfindlich. Und dabei ist ihre Reaktionsfähigkeit ansonsten alles andere als eingeschränkt!»

Bénédict Carache d'Autant starrt unentwegt das Opfer an. Der Kopf der Frau ist nach hinten abgeknickt, ihr Mund steht sperrangelweit offen.

«Ihr seid also dem Teufel dicht auf den Fersen», presst er zwischen den Zähnen hervor. «Na, so ein Schlingel! Dieses Mal hat er sich aber verdammt schnell in die Karten gucken lassen!»

Selbst Richter Denvers ist überrascht. Wie kann denn ein Vertreter der Kirche auf eine solche Art und Weise über den Erzfeind reden?

«Was würde ich darum geben», fährt der Geistliche fort, «die Art von Macht des Teufels über diese unglückliche Person zu kennen. Dass er seine Pfoten nach ihr ausgestreckt hat, beweist doch noch lange nicht, dass sie ihm auch gehört und den Herrgott nicht mehr zu würdigen weiß.»

«Auf diese Frage», mischt Canin sich ein, «wird sie uns natürlich antworten, dass sie ihm jeden Tag huldigt. Auf eine Lüge mehr oder weniger kommt es bei der doch gar nicht mehr an!»

«Dafür gibt es ja den Gebetstest ...», wirft der Präsident ein und tut so, als habe er all die anderen Anspielungen des Jesuiten völlig überhört.

«Kennt die Angeschuldigte die Gebete nicht auswendig», hechelt dienstbeflissen Canin, «so ist der Beweis erbracht, dass sie den Gottesdienst versäumt oder dass gar der Leibhaftige sie davon abhält.»

Alles schart sich um Reine Briguette. Die Richter stört es nicht im Geringsten, sie auch dieser Prüfung zu unterziehen. Dazu bedarf es keinerlei technischer Hilfsmittel, sie nimmt nur wenig Zeit in Anspruch und wird alle überzeugen. Canins Spürsinn läuft auf Hochtouren, und so gibt er noch zu bedenken, dass sie ihre Gebete vielleicht tatsächlich auswendig wisse, dank einer Zauberei, für eine Hexe sei das ja nur ein Klacks. Mit einer ungeduldigen Handbewegung wischt der Präsident den Einwand vom Tisch. Der Übereifer seines Stellvertreters geht ihm manchmal ganz schön gegen den Strich.

Eine der Wachen greift der Angeschuldigten unter die Achseln und zieht sie nach oben. Eine andere bringt einen Betstuhl herbei und schiebt ihn ihr unter die geschwollenen Beine. Sie dreht ihr Gesicht zum Präsidenten und stöhnt. Während er wartet, wundert er sich selbst über seine vorbildliche Geduld, die er, das muss er zugeben, erst im Zuge seiner langen Laufbahn erworben hat.

«Los!», befiehlt Canin.

Das Stöhnen verebbt. Das erste Gebet schallt die hohen Saalmauern hinauf.

«Gegrüßet seist du, Maria, voll der Gnade, der Herr ist mit dir …» Sie ringt nach Luft, dann fährt sie mit zitternder Stimme fort. «Heilige Maria, Mutter Gottes, bitte für uns Sünder, jetzt und in der Stunde unseres … Todes.»

«Das Glaubensbekenntnis», murrt der Präsident.

«Das Glaubensbekenntnis?», fragt sie zurück.

«Ich glaube an Gott», hilft der Jesuit ihr auf die Sprünge.

«Ach so, ja, richtig, ich weiß schon. Ich glaube … Ich glaube an Gott, den Vater, den Allmächtigen, den Schöpfer des Himmels und der Erde. Und an Jesus Christus, seinen eingeborenen Sohn, unseren Herrn, empfangen durch den Heiligen Geist, geboren von der Jungfrau Maria, gelitten unter Pontius Pilatus, gekreuzigt …, gekreuzigt …, gekreuzigt …» Hilfe suchend blickt sie den Jesuiten an.

«Gestorben», eilt er ihr mit leiser Stimme zur Hilfe. «Und begraben, niedergefahren zur Hölle …»

«Am dritten Tage», fährt Reine Briguette fort, «am dritten Tage …» Sie ist verloren. Sie weiß nicht mehr, was am dritten Tag passiert.

«Also, was am dritten Tag?», beharrt de La Barelle in grimmigem Tonfall. Sie weiß es nicht. Sie ist verloren. Sie weint. Der Präsident wendet sich dem Jesuiten zu. Der schweigt.

«Seht Ihr!», sagt de La Barelle, der dramatische Situationen nicht ausstehen kann. «Sie weiß es nicht! Sie weiß es nicht!»

Bénédict Carache d'Autant wirft ihm einen herausfordernden Blick zu. «Und Ihr, Herr Präsident, wisst Ihr, wie es weitergeht?»

Timothée de La Barelle antwortet mit undeutlichem Gemurre, wird purpurrot im Gesicht und schickt sich an, den respektlosen Flegel auf einem spitzen Speer aufzuspießen.

«Ihr wisst also nicht, wie es weitergeht, Herr Präsident?», lässt der Jesuit nicht locker.

De La Barelle verschlägt es den Atem. Natürlich weiß er, dass nach dem Tod die Auferstehung folgt, aber wie war doch noch gleich der genaue Wortlaut? Er kann sich einfach nicht mehr daran erinnern! Der Präsident des Gerichts hat in aller Öffentlichkeit eine Gedächtnislücke! «Mein Herr, ich muss gestehen», ringt er nach Worten, «die katholische Liturgie gehört nicht zu meinem Aufgabenbereich!» Doch auch das kann nichts mehr daran ändern: Der Nimbus der Allwissenheit ist getrübt. De La Barelle hat offen eine peinliche Niederlage erlitten.

«Wenn das so ist», spuckt er verächtlich aus, «wenn wir also auf den absoluten Beweis um keinen Preis verzichten können, werden wir ihn herbeiführen.» Damit gibt er zu verstehen, dass die strenge Lektion, die der Jesuit ihm erteilt hat, lediglich dazu beitragen wird, das Schicksal des Opfers noch zu verschlimmern.

Andererseits möchte Timothée de La Barelle beweisen, dass in seinem Gericht jeder, der das Protokoll und seine Autorität respektiert, ein gern gesehener Gast ist. Deshalb hakt er sich bei Richter Denvers unter und zieht ihn mit sich ins Kellergeschoss. All die anderen sind plötzlich Luft für ihn.

«Euch interessiert es doch sicherlich, wie wir in unserem Hause die Folter praktizieren», sagt er sehr beherrscht. «Das werde ich Euch jetzt zeigen. Doch Ihr braucht keine Angst zu haben, ich werde mich damit begnügen, Euch jeweils den Ablauf zu schildern. Für heute reicht es nämlich allmählich … Ihr seid ja nicht so einer wie der Jesuit. Ach! Mit was für Leuten man sich abgeben muss! Immer muss der sich in unsere Angelegenheiten einmischen! Was versteht der schon von der Justiz?»

Der Präsident öffnet eine niedrige Tür, die in einen hohen Raum mit dicken Mauern führt. Der Henker eilt ihnen entgegen. Ein Mann in speckigen Lederhosen, der sich beim Gehen in den Hüften wiegt. Während er die ihm zugeflüsterten Befehle entgegennimmt, sieht Jaspart Denvers sich den Raum genauer an. In der Mitte steht ein Bottich für das Feuer, in dem die letzte Glut verglimmt. Daneben befinden sich drei mit Eisenstangen durchbohrte Tische, kleinere Foltergeräte, grob geschmiedete Eiseninstrumente. An der Wand sind zwei Vorrichtungen mit Ketten und Rollen angebracht.

«Oft reicht bei den Angeschuldigten schon der bloße Anblick all dieser Gerätschaften, um sie geständig zu machen. Bei ihnen brauchen wir dann noch nicht einmal den Scharfrichter. Der Fall ist rasch erledigt und kostet uns so gut wie gar nichts.»

De La Barelle wird bei seinen eigenen Worten ganz nachdenklich. Selbstverständlich habe die sanfte Methode so ihre Vorteile. Doch sie funktioniere nur, wenn die Betroffenen sich darauf einließen. Sie müssten eben ihren Teil dazu beitragen und bräuchten den unbedingten Willen, der Qual zu entkommen …

«Sofern das nicht ausreicht», redet er kopfschüttelnd weiter, «greifen wir zu härteren Mitteln. Dabei sind dreierlei Dinge zu entscheiden, könnte man sagen, auch wenn es dann wiederum unzählige Variationen geben kann.» Er wählt seine Worte mit Bedacht, will sich so genau wie möglich ausdrücken … «Festschrauben, Aufhängen, glühende

Eisen. Das Festschrauben bewerkstelligen wir mit Schnürstiefeln. Dafür sind wir hier Spezialisten. Seht Euch das nur an: Diese beiden zusammenschraubbaren Eisenplatten sind dazu gedacht, die Beine zu zerquetschen. Erst wird nur das Fleisch in Mitleidenschaft gezogen, doch sobald man die Platten fester zusammenschraubt, wird der Schienbeinknochen zermalmt. Die Deutschen tragen sich mit der Absicht, unser Modell nachzubauen. Was das Aufhängen angeht, so haben wir unsere Anregungen hierfür von einem Kollegen aus Spanien. Dort hält man viel aufs Hängen und Strecken. Uns hingegen ist da der Wippgalgen viel lieber. Für diese Methode werden dem Angeschuldigten Gewichte ans Bein gebunden, und der Körper wird nach oben gezogen, könnt Ihr mir folgen? Allgemein ist das eine böse Sache. Ich will damit sagen: Entweder der Betroffene zeigt sich gefügig oder … das war's dann eben. Das ist durchaus schon vorgekommen. Doch ich erteile den Knechten immer strikte Anweisung, so gemach wie möglich vorzugehen. Es geht uns ja nicht ums Töten, sondern um Geständnisse, versteht Ihr?»

Da er den Wunsch geäußert hat, auch einen Blick in die Zellen zu werfen, wird Richter Denvers auf die Festung geführt – in der Kutsche von de La Barelle, der sich allmählich vor Aufmerksamkeiten fast überschlägt. «Das Gericht von Miranges kann ruhig warten», verkündet er gelassen.

In der Begleitung des Gefängnisvorstehers und einiger Aufseher steigen sie in die feuchten Kellergewölbe hinab. Der Präsident lässt jede der schweren Zellentüren öffnen und stellt den Gefangenen jeweils namentlich vor, fasst knapp den Grund seiner Inhaftierung zusammen und erteilt die Anweisung, ihm kurz die Lampe näher ans Gesicht zu halten. Im Licht der Fackeln ähneln alle Gefangenen eingesperrten, wilden Tieren. Aber krank ist niemand unter ihnen: Wer krank wird, hat eine Nacht Zeit zum Sterben …

Die letzte Zelle ist die von Jeanne Bourg. Die alte Frau liegt da wie ein schlafendes Kind, ganz in sich zusammengekauert, das Gesicht zu Boden gedrückt. Jaspart Denvers versteift sich. Der Aufseher schickt sich an, sie wach zu machen. Der Präsident hält ihn zurück. Das würde doch zu nichts führen. Dem Richter fällt wieder ein, wie der Jesuit sie vom Boden aufgehoben hat. Doch in diesem Fall verhält de La Barelle sich vollkommen richtig.

Bevor sie gehen, dreht Denvers sich noch einmal zu ihr um. Jeanne Bourg hat den Kopf leicht bewegt und kurz die Augen aufgeschlagen. Sie schläft überhaupt nicht. Ihre Augen sind zwei kleine schwarze Schlitze. Sie will sich nicht von ihnen anstarren lassen. Sie verriegeln die Zellentür wieder und steigen schweigsam die jahrhundertealten Treppenstufen, die von den Schritten der Verurteilten und der Aufseher schon ganz ausgetreten sind, zurück nach oben.

Im Verhandlungssaal gehen die Männer auf und ab. Sie warten auf den Präsidenten. Erst wenn er zurück ist, beginnen die Mühlen des Gesetzes wieder zu mahlen.

Reine Briguette wird von zwei Männern gestützt. Denvers beißt sich angespannt auf die Lippen. Carache d'Autant kocht vor Wut. De La Barelle fordert ihn auf, sich doch bitte etwas mehr zurückzunehmen, so wie es sich für ihn gezieme. So sähen es nun einmal die Bestimmungen vor, und wenn er sich nicht daran halte, so sähe er sich in seiner Eigenschaft als Gerichtspräsident verpflichtet, ihn des Saales zu verweisen. Der Jesuit zieht eine Augenbraue hoch.

«Ihr wollt mich also hinauswerfen?»

«Sehr richtig!»

Die beiden Männer werfen einander vernichtende Blicke zu. Der Präsident erwägt das Für und Wider, nimmt bewusst einen Moment der Ungewissheit in Kauf, entscheidet sich für Aufschub, räuspert sich und eröffnet den Prozess.

Er wartet ab, bis Reine Briguette auf einem Stuhl Platz genommen hat, besteht darauf, dass man sie bequem zurechtrückt, und übernimmt ihr Verhör persönlich. Er tut so, als sehe er gar nicht, wie stark ihre Schmerzen sind, und eröffnet ihr einschmeichelnd, dass sie durchaus auf eine Begnadigung hoffen dürfe, sofern dies ihr Wille sei. Sie müsse sich dazu nur ein wenig kooperativ zeigen.

«Es scheint, als hättet Ihr mit Anne Dumoulin zu tun gehabt, und zwar zu einem Zeitpunkt, da sie noch nicht Witwe war. Wie es heißt, habt Ihr von ihr eine … Zurückweisung erfahren. Selbstverständlich ist es richtig, dass Ihr nicht auf der Universität gewesen seid und daher nicht den Anspruch erheben könnt, ebenso viel wie ihr Ehegatte zu wissen, zumal Letzterer ein ausgesprochen gelehrter Mann gewesen ist. Doch sofern ich das richtig verstanden habe, verfügt Ihr über nicht unerhebliche Kenntnisse im Mischen von Salben und Tinkturen …»

Reine Briguette beginnt sich zu bewegen.

«Anne Dumoulin», fährt der Präsident fort, «ist allerdings der Ansicht, dass Eure Verfahren häufig nicht bloß nutzlos, sondern bisweilen sogar schädlich seien. Ein Heilmittel, das eine Frau zubereitet habe, die sich damit nicht auskenne, könne sogar – sagen wir es in aller Deutlichkeit – eine giftige Wirkung haben … Teilt Ihr diese Meinung? … Ferner behauptet die Witwe Dumoulin, sie selbst könne gar nicht die Frau mit dem Bart sein, da eine Frau von ihrem Stand sich niemals für solche Verwandlungsspiele hergeben würde. Indem sie das so zum Ausdruck bringt, will sie unterstellen, dass diese äußerst ungewöhnliche Hexe eigentlich nur eine Frau aus dem gemeinen Volk sein könne, die sich dadurch hervorheben wolle … Was meint Ihr dazu, Reine Briguette?»

«Ich verstehe nicht, was die Witwe Dumoulin damit sagen will.»

«Sie hat dabei sicherlich diese furchtbaren Engelmacherinnen – oder auch Sukkuben – im Sinn, die sich so gut darauf verstehen, Menschenmengen durch Worte zu betören, ihnen den Kopf zu verdrehen und ihnen nichts als schlechte Dienste zu erweisen …»

«Die sollte sich mal lieber um ihre eigenen Angelegenheiten kümmern.»

«Reine Briguette, es stimmt doch, dass Ihr Geburtshelferin seid. Zudem eine exzellente Rednerin, so sagen die Leute, und stets zu allen hilfsbereit.»

Wut verzerrt die Gesichtszüge der Angeschuldigten. Will ihr die Witwe etwa unterstellen, sie sei die Frau mit dem Bart? Die wird doch wohl nicht glauben, so könne sie sich aus der Affäre ziehen. Reine Briguette sammelt ihre gesamten Kräfte und schreit mit einer Stimme, die wie abwesend klingt: «Wenn eine sich mit Gift auskennt, dann ist es eher sie selbst, so gebildet, wie sie ist. Und da wagt sie es, mich zu verdächtigen? Ist das wahr? Ich werde von ihr verdächtigt!»

Briguette hat bereits genug gesagt. Der Präsident braucht sie nicht weiter und gibt dies mit einer müden Handbewegung zu verstehen.

Dabei würde die Hebamme nun gern von ihrem Unglück berichten, sich verteidigen. Zu verstehen geben, dass sie

Opfer übelster Nachrede geworden ist, obwohl sie sich überhaupt nichts vorzuwerfen hat. Obwohl sie immer anderen Leuten geholfen hat. Und was diese Geschichte mit dem Friedhof angehe, sie wolle noch einmal darauf hinweisen, dass sie da nur zufällig vorbeigekommen sei, an dem Tag, als die Tochter der Bénards zu Grabe getragen wurde. In dem Moment, da der Trauerzug den Friedhof betrat, habe eines der Pferde so heftig geschissen, dass alle einen Spritzer davon abbekommen hätten. Natürlich war das nicht der richtige Moment zum Lachen, doch selbst die Verwandten hätten gelacht, hätten es sich einfach nicht verkneifen können, trotz des traurigen Todesfalls. Und das mit der verlorenen Manneskraft, also damit habe sie nun wirklich nichts zu tun. Aus purer Boshaftigkeit habe man sie angeschwärzt. Wenn nun dieser Thomas ein Organ wie ein Ochse habe, was könne sie denn dafür? Um Ochsen habe sie sich ihr Lebtag nicht gekümmert. Noch nicht einmal angerührt habe sie die, rein gar nichts wisse sie über diese Tiere!

Doch niemand interessiert sich für ihre Geschichten.

Bei Hexenverfolgungen mangelt es einem grundsätzlich nie an belastenden Zeugenaussagen», erklärt de La Barelle. «Außerdem ist der beste Zeuge grundsätzlich derjenige, der selbst unter Verdacht steht. Ihn beflügelt die Hoffnung, durch tatkräftige Mitarbeit die eigene Haut zu retten. Hat er anfänglich noch Skrupel, so wird ihm schnell klar, dass es, wenn er erst einmal eine Person verraten hat, keinen Grund mehr gibt, nicht auch die anderen ins Unglück zu stürzen.»

Zwischen zwei Anhörungen steht er jetzt immer gern mit dem Kontrolleur zusammen, erklärt ihm seine Methoden und in welchen Fällen er wie entscheidet.

«Aber an dem Tag, an dem ich endlich diese berüchtigte Frau mit dem Bart, oder jedenfalls die, die man so nennt, zwischen die Finger bekomme, wird es all dies natürlich nicht mehr geben. Wenn ich die erst einmal erwischt habe, muss ich nur noch am rechten Faden ziehen, und dann sitzen sie alle in der Falle!»

Ein jüdisches Ehepaar wird aufgerufen. Die beiden stehen unter dem Verdacht, allein um dem Schicksal ihrer Glaubensbrüder zu entgehen, zum Christentum übergetreten zu sein. Nach der Messe bekreuzigen sie sich wie wild, doch den Gerüchten nach befolgen sie noch immer ihre eigenen Riten, in einer Synagoge, von der niemand weiß, wo sie sich befindet. Eindeutig als Juden zu erkennen seien sie unter anderem daran, dass sie ungeniert Wucher betrieben. Ein Christ würde nie von einem Schuldiger verlangen, ihm außer den Schulden auch noch Zinsen zurückzuzahlen! ... Höchstens noch den Calvinisten an den Schweizer Seen sei dergleichen zuzutrauen.

Der Mann und die Frau drücken sich verängstigt aneinander. Die Fragen des Richters treffen sie vollkommen unvorbereitet.

«Kennt Ihr die Frau mit dem Bart?», fragt de La Barelle sie ohne lange Vorrede.

«Die Frau mit dem Bart? Nein, sagt uns überhaupt nichts. Die kennen wir nicht.»

«Wie ist das denn möglich? Die ist hier doch stadtbekannt! Lebt Ihr denn so zurückgezogen? Unterhaltet Ihr Euch denn nie mit den Einwohnern von Miranges?»

«Oh doch! Die ganze Zeit! Wir unterhalten uns viel!»

«Also, dann kennt Ihr doch auch sicherlich die folgenden drei Frauen: Anne Dumoulin, Jeanne Bourg und Reine Briguette. Könnt Ihr mit diesen Namen etwas anfangen?»

Bestürzt blicken sie sich an. Wenn sie doch bloß mit «Ja» antworten könnten, doch eine Lüge wäre sicherlich zu gefährlich. Der Präsident hilft ihnen auf die Sprünge.

«Anne Dumoulin ist die Frau vom Apotheker …»

«Ach so! Der Apotheker! Aber selbstverständlich! Den kennen wir. Wir haben sogar davon gehört, dass er verstorben ist. Seine Witwe, also, ihr Name war uns entfallen, aber die kennen wir natürlich! … Wegen seiner Kurzatmigkeit musste mein Mann …»

«Also, Ihr kennt weder Jeanne Bourg noch Reine Briguette, aber Anne Dumoulin …»

«Ja, genau! So ist es!»

Sie bekennen sich mit Nachdruck zu dieser Version, denn sie sind davon überzeugt, dass es nicht verkehrt sein kann, die Ehefrau des Apothekers gut zu kennen. Ganz offensichtlich ahnen sie nicht einmal, was ihre Aussage für Folgen haben könnte. Denn jeder weiß: Gleich und Gleich gesellt sich gern.

Doch ihnen mangelt es an Auskünften über die Witwe, da hilft kein guter Wille. De La Barelle spürt, dass es bei diesen Zeugen, denen das Geschehen der Stadt so unendlich fremd ist, nichts zu holen gibt. Er kommt auf die Drohungen zu sprechen, die die Eheleute gegenüber Bauern ausgesprochen haben sollen, die ihre Zinsen nicht rechtzeitig bezahlt haben. Bagatellen. Er beginnt sich zu langweilen. Er übergibt an Staatsanwalt Canin.

So manches Mal empfinde er seine Arbeit doch eher als lästig. Das müsse er schon zugeben. Ob Richter Denvers wohl ein Gläschen Miranger-Wein zu sich nehmen wolle? Nur sie beide allein, drüben im kleinen Kabinett? Der Präsident glaubt, dringend mal eine Pause machen zu müssen. Mit diesen Wucherern habe er seine Zeit vertan. Hätte er die mal lieber gleich an Canin übergeben. Juden zu befragen macht Canin immer ungeheuren Spaß. Aber er könne da nichts dran finden, denn meistens wüssten die sowieso nichts. Ach! Wenn er doch bloß genaue Angaben über Ort und Uhrzeit des Hexensabbats hätte! Dann könnte er ganz diskret Statthalter Châtaigne mit seinen Männern nach der Frau mit dem Bart ausschicken … Und dann … ja, dann! Höchstpersönlich würde er sich um dieses Frauenzimmer kümmern. Jawohl, er in höchsteigener Person. Er sehe das förmlich schon vor sich, wie er sie ausquetsche, Tag und Nacht, in einem fort …

Aber was denn Richter Denvers darüber denke? Es verstehe sich ja von selbst, viel dazu sagen könne er nicht. Er solle ja bloß beobachten. Aber worin genau bestehe denn nun seine Aufgabe? Solle er über die Tatsachen berichten? Ein Gutachten über den derzeitigen Stand der Hexenprozesse verfassen? Wahrscheinlich solle er doch wohl eine Einschätzung vornehmen, wie schlimm es darum nun in Frankreich bestellt sei, nicht wahr? Er solle die verschiedenen Regionen miteinander vergleichen, feststellen, in welchen die Zaubererei am stärksten um sich greife. Alles Dinge von außerordentlicher Wichtigkeit …

Doch sein Gesprächspartner erweist sich als eher schweigsam. Der Präsident zerbricht sich den Kopf, wie er den zum Auftauen bringen kann. Vielleicht, indem er es etwas mehr auf der persönlichen Ebene versucht … Richter

Denvers sei also gebürtig aus Paris, nicht wahr? Wahrscheinlich doch wohl auch aus einer Anwaltsfamilie, oder? Ach so, also nicht … Ja, das komme immer ganz auf die Leute an … Also er, Timothée de La Barelle, er wäre schon in der Wiege für das Amt des Richters bestimmt gewesen …

Nach einem weiteren Gläschen Miranger-Wein, denn die Länge einer Pause könne ihm ja niemand vorschreiben, beginnt der Präsident von seinen goldenen Jugendjahren zu plaudern. Ja, er stamme aus einer aristokratischen Großfamilie, die mütterlicherseits mit den Burgunder Herzogen verwandt sei. Da habe er dann wie alle jüngsten Familiensprösslinge das Amt des Richters angetreten. Es verstehe sich natürlich von selbst, dass er von der Aussicht, arbeiten zu müssen, erst nicht begeistert gewesen sei, aber man gewöhne sich ja schließlich an alles. Heutzutage empfinde er seine Arbeit als geistig anregend, selbst wenn sie ihn mit sehr vielen mittelmäßigen Menschen in Berührung bringe. Und schließlich habe er ja auch immer wieder mit Leuten aus bester Gesellschaft zu tun, vor allem, wenn einer unter ihnen dringend seiner Hilfe bedürfe …

Bevor die Hauptverhandlung wieder aufgenommen wird, stürzt er eilig noch ein drittes Glas Wein herunter. Nun werde es garantiert wieder etwas spannender werden, verspricht er. Er fühle sich nun so richtig in Schwung. Im Leben gehe doch nichts über Überraschungen.

Sie trägt wieder die gleichen schwarzen Kleider wie beim ersten Mal, tritt jedoch ganz anders auf. Die beiden Stadtwachen, die sie in ihre Mitte genommen haben, wirken fast wie ihre Dienstboten. Als Anne Dumoulin bei dem Podest angelangt ist, auf dem die Richter thronen, hebt sie den

Kopf und sieht den versammelten Herren fest in die Augen. Ihr Blick ist ängstlich, aber direkt. Diese leichte Veränderung macht Jaspart Denvers stutzig. Mit klarer Stimme beantwortet sie die Fragen zu ihrer Person. Ihre relative Unbefangenheit und zurückhaltende Eleganz müssten Timothée de La Barelle eigentlich gefallen. Doch er zeigt sich ihr gegenüber ganz im Gegenteil sehr ablehnend, wohl um deutlich zu machen, dass es zwischen ihr und ihm außer der natürlichen gegenseitigen Ablehnung zwischen Verbrecherin und Richter keinerlei Gemeinsamkeiten geben kann.

Sie wird nun angeklagt und nicht länger nur verdächtigt, ihren Ehemann vergiftet zu haben. Canin macht auch Anspielungen auf zwei weitere Opfer, die schlecht über ihren Ehemann gesprochen hätten. Die Witwe habe sie aus Rache umgebracht. Der Startschuss zur Hetzkampagne ist gefallen. Es gibt kein Zurück mehr, Anne Dumoulin ist sich dessen bewusst. Mit ausdrucksloser Stimme fragt sie:

«Was meint Ihr denn nun: Wollte ich meinen Mann töten oder ihn verteidigen?»

«Das eine schließt doch das andere gar nicht aus!», kläfft Canin. «Indem Ihr Euren Mann verteidigt, verteidigt Ihr Euren Namen, und dann schafft Ihr ihn Euch vom Leibe.»

«Vom Leibe schaffen …», murmelt die Witwe.

Der Präsident wendet sich Bouchard zu und raunt: «Diese Witwen haben es ja noch faustdicker hinter den Ohren als die Geburtshelferinnen. Und wir haben es gleich mit beidem zu tun …»

«Glück muss man haben», spottet der Jesuit.

«Reden kann sie ja», gibt der Präsident anerkennend zu. «An Bildung mangelt es ihr nicht.»

«Und sie bellt nicht», stichelt Carache d'Autant. Diese erneute Spitze des Jesuiten zwingt Canin, sich in einer fulminanten Anklagerede auszutoben.

«Der sehr fromme Herr Dumoulin, mit Vornamen Gaston, ein im Ort vielrespektierter, pflichtbewusster Mann, hat Euch gepflegt, als Ihr krank ward ... Eine Fehlgeburt, nicht wahr? Hättet Ihr Euch gewünscht, dass dieses Kind das Licht der Welt erblickt? ... Euer Ehemann hätte also gerne Nachkommen gehabt? ... Und Ihr selbst? Habt Ihr nicht diese gewissen Frauen aufgesucht, die einem dazu verhelfen können, eine Schwangerschaft klammheimlich zu beenden? Wie meint Ihr? Solche Frauen kennt Ihr gar nicht? Na, Reine Briguette zum Beispiel kennt Ihr doch! Wie man sich erzählt, ist sie Expertin für Eingriffe aller Art. Nicht alle Frauen, die zu ihr gehen, bringen ihr Kind tatsächlich zur Welt ... Über Reine Briguette wollt Ihr hier also nichts aussagen. Ganz wie Ihr wünscht. Doch es spricht nicht gerade für Euch. Wenn man nichts zu verbergen hat, kann man über alles ruhigen Gewissens reden ... Also, weiter zu Gaston Dumoulin. Er war älter als Ihr, nicht wahr? War er ein guter Ehemann? Ein Mann, mit dem man Kinder in die Welt setzen möchte?»

Dem Präsidenten ist schon wieder danach, sich einzumischen. Er würde ihr gern Fragen zur Pharmazie stellen, mit ihr den äußerst heiklen Punkt klären, welches Gift sie denn verwendet habe. Durch ihren Mann sei sie also mit der Verwendung von Heilkräutern bei der Herstellung von Heilmitteln durchaus vertraut. Dabei handele es sich um eine Medizin, die nichts mit Zauberei zu tun habe, sehe er das ganz richtig? Ob sie das vielleicht beweisen könne?

«Die Menschen haben den Umgang mit Heilkräutern erst nach und nach erlernt», bemüht sich die Witwe, laut und deutlich zu antworten. «Doch dann kam sehr schnell der Aberglaube mit ins Spiel ... Beispielsweise ist die Pfingstrose für pharmazeutische Zwecke ausgesprochen wertvoll. Kaum wurde sie in Frankreich eingeführt, waren alle Heilkundigen ganz wild danach. Sie haben sie völlig falsch angewendet. Nach der Meinung des flämischen Arztes Dodonaeus ...»

Plötzlich gerät sie ins Stocken. All die Gesichter, die sich auf sie richten, sind verschlossen. Die Worte wollen ihr nicht mehr über die Lippen. Der Präsident zuckt freudig zusammen: Ob jetzt wohl auch die Witwe plötzlich eine Gedächtnislücke hat?

Sie fängt sich wieder: «In der Medizin kennt man für die Pfingstrose fünf verschiedene Anwendungen ... Getrocknet und aufgekocht, helfen ihre Wurzeln gegen Magenschmerzen ... Im Wein aufgelöst, bringen zehn oder zwölf ihrer roten Samenkörner die Regelblutung zum Stillstand ... Die schwarzen Samenkörner unterdrücken melancholische Träume ...» Ihr Tonfall ändert sich erneut, denn eine Art Herausforderung schwingt darin mit: «Nur wirkliche Fachkundige kennen sich mit all diesen Dingen aus. Dodonaeus zog seine Anregungen aus den Schriften arabischer Ärzte, die uns in solchen Dingen schon immer um eine Nasenlänge voraus waren.» Plötzlich fällt ihr wieder ein, dass sie vor ihren Richtern und nicht vor einer Gruppe von Schülern steht: «Hier in unserer Gegend verwendet man eher Brennnesseln, die natürlich weniger kostspielig sind. Doch selbst wenn man sie mit Rabenkot und Hasenblut vermischt, haben Brennnesseln einfach nicht die gleiche Wirksamkeit.»

So viel Gelehrtheit macht den Präsidenten wütend. Er

möchte endlich wieder die Zügel an sich reißen und in eine ganz andere Richtung losstürmen. Vor allem will er endlich wieder auf die Frau mit dem Bart zu sprechen kommen. Deshalb überlegt er nicht lange, ob es passt oder nicht, und fragt: «Könnt Ihr den Schrei einer Katze nachahmen?»

Canin schnappt die Frage auf. «Könnt Ihr das?»

Die Witwe mustert sie alle beide mit finsterem Blick.

«Na, dann vielleicht den Schrei eines Esels?», beharrt Canin.

«Ich bin eine ehrbare Frau.»

«Singt Ihr in der Kirche?», attackiert der Richter weiter, der genau verstanden hat, worauf der Präsident hinauswill.

«Nein!», sagt sie.

«Nie?», ergreift de La Barelle nun wieder das Wort.

«Doch, wenn Kirchenlieder gesungen werden.»

«Werden denn in der Kirche auch noch andere Lieder als Kirchenlieder gesungen?»

«Wohl kaum.»

«Und Singen macht Euch also Spaß, ja?»

Sie denkt nach, spürt instinktiv, dass ihr schon wieder eine Falle gestellt werden soll.

«Ich singe sehr gern das ‹Vaterunser›.»

Das Verhör wird unerbittlich fortgesetzt. Es hagelt Andeutungen. Als sie endlich mit ihr durch sind, teilen sie der Witwe mit, dass sie nun gehen kann. Allerdings bleibe der Haftbefehl bestehen. Ihr Blick geht ins Leere, sie wirkt abwesend.

Kaum hat sich die Tür zum Sitzungssaal hinter ihr geschlossen, fragen sich die Richter verärgert, worauf sie sich eigentlich etwas einbilde. Sie halte sich für stark. Mag ja sein, dass sie das tatsächlich ist. Der Ritter von Yres, der sich bisher in hochnäsiges Schweigen gehüllt hat, erhebt sich von seinem Platz. Er ist hochrot im Gesicht. Er zeigt mit dem Zeigefinger auf den nun leeren Verhörstuhl oder vielleicht auch auf die Unschuldigen, die auf dem flämischen Wandteppich abgebildet sind.

«Stolz ist eine der sieben Todsünden! Er gehört auch zu den vier natürlichen Charakterschwächen der Frau. Die Witwe Dumoulin suhlt sich darin wie einst die Hure Babylon!» Wie benommen von seinen eigenen Worten, leiert der Bußgläubige: «Oh, weh, oh, weh! Oh, du gewaltige Stadt Babylon, oh, du großes Reich. In nur einer Stunde war dein Urteil gefällt!»

Besorgt fasst der Gefängnisvorsteher ihn sanft am Arm. So pflegt er mit wütenden Gefangenen umzugehen, wenn sie mit dem Kopf gegen die Wand stoßen. Manchmal beruhigt sie das. Doch was dann folgt, setzt auch ihn außer Gefecht. «Weichet von mir!», schreit der Gläubige. «Weichet von mir!»

«Der Ritter fürchtet sich vor der Ansteckungsgefahr», erklärt der Präsident, den diese Art von Phobien nicht weiter aus der Ruhe zu bringen vermag. Bis der Gefängnisvorsteher seine Finger akribisch untersucht und der Gläubige sich wieder gefangen hat, stellt er ihnen die ihm einzig wichtige Frage: «Und die Frau mit dem Bart? Was meint Ihr? Könnte sie sich unter den gefälligen Zügen dieser Frau verbergen?»

«Viele sagen, Anne Dumoulin sei ein leichtfertiges Frauenzimmer, auch wenn sie so fein tut», ist Canin schnell mit einer Antwort zur Stelle. «Sie begebe sich ganz allein in den Wald. Spricht man nicht von teuflischer Schönheit? Sie ist damit geschlagen. Zudem ist sie Witwe. Und noch jung! Es bleibt nicht auszuschließen, dass sie mit dem Teufel im Bunde steht und seine Lieblingsfrau ist.»

«Wer hässlich ist, macht sich verdächtig, und wer schön ist, erst recht», knirscht der Jesuit.

Canin stampft auf den Boden:

«Ich wusste, dass Ihr schon wieder etwas gegen mich sagen würdet!»

«Ich soll richten über die Richter», murmelt Carache d'Autant und blickt zu Boden.

An Sankt Klementia, dem Tag vor Frühlingsbeginn, sind beide Kirchen von Miranges gut besucht. Neben der Herberge läuten die Glocken von *Saint-Bénigne* zur Virgilie.

Von seinem Zimmer aus kann Jaspart Denvers ihre Schwingungen blind mitverfolgen. Das Mönchlein, das sich darum kümmert, hat eine sichere Hand. Einschmeichelnd überlagern sich die dissonanten Töne: Das Schlagen des Klöppels entlockt der tiefsten Glocke einen dumpfen, bauchigen Ton. Die kleinste von allen bimmelt wie ein Kuhglöckchen. Das Läuten der mittleren ist kräftig und klar und klingt lange nach. Dann folgt wieder die tiefe Glocke, die kleine, die wie ein Kuhglöckchen bimmelt, die mittlere mit dem erstaunlichen Klang, die tiefe, die kleine, die mittlere …

Der Mond begibt sich auf seine Reise durch die Nacht. An diesem zwanzigsten Abend im März ähnelt er einer geöffneten Hand, in deren Innenfläche eine schwarze Kugel liegt.

Jaspart Denvers sieht, wie im gegenüberliegenden Fenster ein helles Licht angeht. Der ganze Platz liegt mit einem Schlag im Dunkeln. Alles konzentriert sich nur noch auf diesen einen Punkt. Der Mond ist nicht mehr zu sehen. Was bleibt, ist das Schwingen der Kirchenglocken.

Dann geht alles ganz schnell. Die Witwe öffnet das Fenster und blickt in den Nachthimmel. Sie kreuzt die Arme und klammert sich mit den Händen an den Fenstergriffen fest. Jaspart beobachtet sie und macht ihre Bewegungen nach. Er öffnet die beiden Fensterflügel und atmet still die feuchte Abendluft ein.

Als er sieht, dass sie mit dem Kopf nickt, ist er ganz aus dem Häuschen. Gleich einem Spiegelbild erwidert er ihren Gruß. Er gibt sein Einverständnis, weiß aber nicht, wofür.

Dann schließt sie das Fenster und zieht die Gardinen zu. Sogleich wird die Fassade des Hauses wieder mausgrau und verkriecht sich zwischen den anderen Gebäuden. Der Mond wird deutlich sichtbar und scheint auf das Haus der Witwe.

Alte Weiber stolpern über den nächtlichen Platz, Trinker, die sich kaum noch auf den Beinen halten können, rempeln sie an ... Dann plötzlich eine junge Frau. Er hat es geahnt. Die Witwe hat sich ihren schwarzen Umhang übergeworfen und ist nach draußen geeilt. Sie zeigt sich ihm. Er soll wissen, dass sie ausgegangen ist und sich unten auf dem Platz befindet, jedoch nicht lange dort bleiben wird, wegen der Gerüchte. Er sieht ihr zu, wie sie in ihrem dunklen Gewand den Platz verlässt. Er kann sich sehr gut vorstellen, wohin sie gehen will.

Er denkt an seinen Bericht, den er unbedingt weiterschreiben muss, an seinen Auftrag, der ihm gerade nur noch sehr verschwommen vor Augen steht, und an die Herbergsmutter, die ihm nachspioniert.

Er greift nach Hut und Mantel und zieht sich seine Stiefel an. Schon ist er ausgehbereit. Gleich wird er unten auf dem Platz sein. Er wird ihn überqueren und in Richtung Süden losmarschieren.

Er folgt ihr. Er kann sie nicht erkennen, sie muss ihm schon um einiges voraus sein. Doch er geht den gleichen Weg wie sie. Die Bäume sind viel größer als am Tag und stehen viel dichter beieinander. Der Weg führt zur Waldlichtung, er erkennt ihn problemlos wieder. Obwohl er es nicht sehen kann, weiß er, dass es die Überreste des Winters sein müssen, gegen die er tritt: alte Eicheln, Geröll, abgestorbene Blätter und Zweige. Plötzlich taucht der Schatten eines Tieres auf und verschwindet wieder, ein Reh oder ein einsamer Wolf.

Die Lichtung muss sich jetzt ganz in der Nähe befinden, sie ist lange nicht so leuchtend, wie ihr Name es verspricht, doch schön wie ein Schloss am Ende einer langen Allee. Die durchscheinenden Krokusse schimmern in der Dunkelheit. Auf der entgegengesetzten Seite des Kreises, dort, wo das Krokusbeet zu Ende ist, ragt der Baum des irren Mannes in den Himmel. Es wundert ihn nicht, sie genau dort stehen zu sehen, wo neulich der Verrückte stand: unter der riesigen Buche. Haargenau an diesem Fleck.

Dieses Mal wartet sie auf ihn. Dieses Mal ist es an ihm, auf sie zuzugehen. Er geht mitten durchs Beet und stößt dabei achtlos gegen die Krokusse, als seien sie der Wellenschaum an einem Strand. Unter seinen Füßen gibt der frische Moosboden nach.

Vor dem Baum bleibt Jaspart stehen. Er sieht sie deutlicher als sie ihn, denn er wendet dem Mond den Rücken zu. Ihr Gesicht ist sehr blass, doch es ist nicht die gleiche Blässe wie am Nachmittag im Gericht. Es wirkt beinahe durchsichtig. Ihre Augen sind groß und hellgrau. Erst jetzt fallen sie ihm auf. Sie spricht als Erste.

Ihre Stimme hat einen tiefen Klang. Sie spricht ganz leise. Sein Herz schlägt so laut, dass er sie kaum noch hört. «Unsere Begegnung», raunt sie ihm zu, «stand in den Sternen.» Sie spricht von Vorbestimmung. Er hört ihr zu und weiß nicht so recht, ob er derselben Meinung sein soll. Außer am Anfang und am Ende der Welt haben die Sterne im christlichen Glauben keinen Platz. Anne Dumoulin spricht auch über den Einfluss der Sterne auf die Menschen. Er findet, dass sie Recht hat.

Um sie zu spüren und sicherzugehen, dass das alles nicht nur ein Traum ist, legt er ihr seine Hand auf den Arm. Forsch lässt er sie weiter nach unten wandern. Wie zufällig berührt er dabei ihre Hände, lässt sie aber sogleich wieder los.

Anne verschränkt die Arme, krallt sich vielmehr mit dem einen Arm am anderen fest und verbirgt dadurch ihren Gürtel. Ob er ihr wohl raten wird, auf dieses Accessoire während des Prozesses lieber zu verzichten? Oder wird er ihr gestehen, wie schön und elegant er diesen Gürtel findet? Mit allen zehn Fingern fährt er über ihre von schwarzem Plisseestoff umhüllten Hüften und über die weiße Spitze, die ihre Handgelenke bedeckt. Wenn ihm doch jetzt die passenden Worte einfallen würden! Wiederum hilft sie ihm aus der Verlegenheit und haucht ihre Frage in einem einzigen Atemzug hin.

Er wisse doch bestimmt, was sie aussagen solle. Diese Geschichte mit der Fehlgeburt, nie hätte sie geglaubt, dass davon jemals wieder die Rede sein würde. Ihre Stimme überschlägt sich. Soll sie zugeben, dass ihr Mann das Kind nicht haben wollte? Und dass er alles andere als ein Heiliger war?

Jaspart lässt ihre Hüften wieder los. «Nein», antwortet er ihr, «bloß nicht.» Sie solle besser bei der ersten Version bleiben, alles sei eben Schicksal gewesen. Fatalität sei immer noch die beste Verteidigung. Dadurch erübrigten sich alle weiteren Erklärungen. Die Fehlgeburt. Der plötzliche Tod des Ehemannes. Weiter sei dem nichts hinzuzufügen. Sie solle denen bloß keine Angriffsfläche bieten. Annes Lippen beginnen zu zittern. Sie hat Angst, sagt, sie sitze in der Falle. Diese Angst halte sie einfach nicht mehr aus. Er nimmt sie in seine Arme, drückt sie gegen seine Brust. Er spricht mit ihr, gibt ihr noch weitere Ratschläge. Sie kann sich daran nicht satt hören. Sie stellt mehrmals die gleichen Fragen, versucht die richtigen Antworten auswendig zu lernen, zittert noch immer. Um sie zu beruhigen, nimmt er ihren Kopf in seine Hände. Sie beginnt zu weinen, beruhigt sich dann jedoch wieder. Ihr Gesicht entspannt sich. «Ich bin unschuldig», murmelt sie. Er glaubt es ihr.

Schon sehr bald nehmen sie Abschied. Sie rät ihm, noch etwas zu warten, bevor er sich auf den Heimweg begibt, man dürfe sie auf keinen Fall zusammen sehen. Dann schürzt sie ihre Röcke und läuft davon. Er beobachtet, wie sie unglaublich schnell auf dem von der Waldlichtung abzweigenden Weg davonläuft. Bilder von einer Hetzjagd im Wald kommen ihm ins Gedächtnis. Wohl noch aus seinen Kindertagen. Entsetzlich. Nun ist sie nicht mehr zu sehen. Er schlingt die Arme um den glatten Stamm der Buche. Er klammert sich an ihm fest, denn das gibt ihm den Mut zu warten. Wird er am Ende noch selbst verrückt? …

Auf dem Rückweg ist er innerlich so aufgewühlt, dass er kaum noch auf den Beinen stehen kann und sich an jedem Baum kurz festhalten muss. Er fühlt sich verloren. Mit einer solch kläglichen Gestalt, wie er sie gerade ist, könnte er fast Mitleid bekommen. Auf jeden Fall ist er ohne Zweifel für immer verloren. Gegen sich selbst hat er nichts ausrichten können. Wie kann er nur die Stunde wieder ungeschehen machen, die soeben verstrichen ist?

Er eilt in die Kirche *Saint-Marcel.* Klagegesang mischt sich mit dem Gemurmel der Betenden. In den Haupt- und Nebenschiffen der Kirche geben sich die verschiedenen Arten der Glaubensbekundung ihr Stelldichein. Er schleicht sich zwischen Bänken und Säulen mit ihren uralten Kapitellen hindurch nach vorne und stört dabei die fieberhaft betenden Gläubigen. In der Herz-Jesu-Kapelle halten dicht unter den bunten Kirchenfenstern die Engel ihre leuchtenden Fackeln in die Höhe. Carache d'Autant ist nah bei der Sakristei. Es ist schwer zu sagen, ob der Jesuit gerade betet oder die Kreuzigungsszene auf dem vor dem Altar aufgebauten Triptychon betrachtet. Speziell für die Vigilie wurden die Holzvertäfelungen geöffnet, damit alle treuen Christen sie sich anschauen können.

Die Jungfrau in Ockergelb und der heilige Johann in Karminrot geben ein schönes Paar ab. Neben dem mageren, grauen Leichnam Jesu wirken sie beinahe hieratisch. Rechts und links blickt man in die verzerrten Gesichter der Henker, deren Namen von den Evangelisten nicht überliefert sind. Ebenso wenig ist bekannt, ob sie tatsächlich so hässlich waren, wie man sich das gerne vorstellt.

Ein Meer von Bigotten drängt sich zwischen Carache d'Autant und ihn. Mit denen ist nicht zu spaßen. Sie zwingen zwar niemanden, ihre Gebete aufzusagen, doch sie wollen unbedingt verhindern, dass man ihnen in ihre himmlischen Beziehungen funkt. Jaspart Denvers gelangt dennoch bis an sein Ziel, sagt dem Priester etwas ins Ohr und zieht ihn mit sich fort.

Bei den Taufbecken wechseln sie kurz ein paar Worte miteinander. Jaspart sagt ihm, er habe sich nun selbst eine Falle gestellt, spiele fortan ein doppeltes Spiel und wolle deshalb Buße tun.

Carache d'Autant fragt ihn, was er denn nun genau verbrochen habe.

Sehr verlegen versucht Jaspart Denvers, es ihm zu sagen. Auf der Stirn des Jesuiten bildet sich eine tiefe Furche: «Bis hierher kann ich daran nichts Unkatholisches finden.»

So leicht lässt Jaspart sich nicht beruhigen. Er habe einen Fehler begangen, das sei nicht zu bezweifeln.

Doch Sünde sei es nicht gewesen, Carache d'Autant bleibt dabei.

Jaspart Denvers sieht ihn an, fasst wieder ein wenig Mut.

«Es ist keine Sünde gewesen», wiederholt der Priester in ernstem Tonfall. «Doch wie könnt Ihr als Richter einen solchen Fehltritt verantworten?» Wie es denn sein könne, dass er daran überhaupt nicht gedacht habe? Die Wut der Menschen sei weitaus mehr zu fürchten als die Wut Gottes. Er trägt ihm auf, zehnmal das «Vaterunser» und das «Gegrüßet seist du Maria» aufzusagen, und rät ihm, der Frau aus dem Weg zu gehen. «Sofern das überhaupt möglich ist», setzt er zweifelnd hinzu.

«Sofern das überhaupt möglich ist», wiederholt Jaspart wie benommen, wobei er die Perlen des Rosenkranzes durch seine Finger gleiten lässt.

Als er seine Kammer betritt, sieht er dort lang gestreckt einen Körper liegen … Er geht dichter heran und erkennt den kleinen Jungen. Verängstigt sieht er ihn sich genauer an. Colomban schläft. Jaspart atmet erleichtert auf. Der Junge war bestimmt hierher gekommen, um sich die Botaniktafeln anzuschauen. Er atmet schnell und gleichmäßig, ein wenig abgehackt. Irgendwie rührt es ihn, das Atmen des schlafenden Kindes zu hören. Er tritt ans Fenster. Der Platz ist dunkel und leer. Zum ersten Mal fühlt er sich allein.

Sanft weckt Jaspart den schlafenden Jungen, erklärt ihm, dass er nicht in seinem Zimmer schlafen könne, dass er nicht recht daran getan habe, in seiner Abwesenheit hierher zu kommen.

Colomban reißt die Augen weit auf und verteidigt sich. Er könne aber unmöglich unten schlafen. Ständig schnarche der Herbergsvater, während sie heftig gegen die Wand trete, damit er endlich Ruhe gebe! Aber er sehe ein, dass der Richter ihn nicht bei sich behalten könne. Er würde also gegenüber schlafen gehen. «Gegenüber?», wiederholt Jaspart. Ja, im Glockenturm der Kirche, hinter der Apotheke. Dahin ziehe er sich oft zurück. Dort sei er ungestört, bis zum Morgen.

Einige Minuten später vernimmt Jaspart die Vogelschreie des Jungen. Colomban hat ihn vorgewarnt: Dort oben liegt ihm die Nacht zu Füßen, und er fühlt sich wie der Großherzog persönlich.

Präsident de La Barelle macht es sich zwischen den vergoldeten Armlehnen bequem, hebt den Kopf und freut sich schon im Voraus auf seine kleine Inszenierung. Dann befiehlt er den herausgeputzten Stadtwachen, die mit ihren Lanzen den Saaleingang versperren: «Bringt ihn herein!»

Das Militärballett kann beginnen. Lanzen hoch, die Wachen weichen einen großen Schritt zur Seite. Quietschend werden die Riegel aufgeschoben, die beiden Türflügel öffnen sich. Fünf kräftige Stadtwachen zerren den Angeklagten herein, Rüstungen blinken auf, jemand schlägt wild um sich. Eine schwere Kette wird von Hand zu Hand weitergereicht. Der Gefangene wird bis in die Mitte des Saals gezerrt.

Sofort erkennt Richter Denvers den Mann aus dem Wald. An seine Lumpen hat er sich Tierfelle geknotet. Der Mann sieht sich um und scheint nicht recht zu verstehen. Ratlos blickt er den Richter an.

Als säße er im Käfig fest, beginnt er sich um die eigene Achse zu drehen. Dabei zieht er die Wachen, die ihn immer noch an der Kette festhalten, hinter sich her. Als einer von ihnen versucht, die Kette so kurz zu fassen, dass er sich nicht mehr bewegen kann, läuft der Mann aus dem Wald hochrot an und beißt ihm ins Handgelenk. Der Wächter brüllt vor Schmerz, doch der Verrückte presst die Zähne so fest zusammen, wie er kann. Zwei der Wachleute schlagen mit den Schäften ihrer Lanzen auf ihn ein, während sechs kräftige Hände die mächtigen Kiefer stückweise auseinander zerren.

«Los, fesselt ihn von Kopf bis Fuß!», bellt Canin.

«Schlagt ihm die Zähne ein!», brüllt Bouchard.

Gebieterisch hebt der Präsident die Hand: «Nehmt ihm die Ketten ab.»

Die allgemeine Verwunderung ist groß.

Der Befehl wird betont langsam ausgeführt. Im Saal herrscht absolute Stille.

Sobald er wieder vollkommene Bewegungsfreiheit genießt, wirkt der Waldmensch wesentlich ruhiger. Er dreht sich noch immer um sich selbst, wirkt nach wie vor verstört, aber nicht mehr gefährlich.

«Hier seht Ihr ein ausgesprochen interessantes Exemplar, meine Herren.» De La Barelle zeigt mit dem Finger auf ihn. «Das ist ein Wolfsmensch. Er heißt Abel. Er selbst behauptet, er habe sich durch Zauberei in ein wildes Tier verwandelt.» De La Barelle vergewissert sich mit einem kurzen Seitenblick, ob der Kontrolleur ihm auch zuhört: «Doch ich habe dieses Wesen nicht hierher bestellt, um Euch ein Beispiel von Lykanthropie vorzuführen. Oh nein, er selbst ist es, von dem wir eine Menge zu lernen haben. Geistesgestörte sehen mitunter Dinge, von denen wir nicht die leiseste Ahnung haben. Denn ähnlich wie fast blinde Tiere haben sie andere, verborgene Sinne, die ihnen ganz genau zeigen, wo sich ihre Beute befindet. Diese außergewöhnliche Empfindsamkeit für besondere Stimmungen oder Umstände kann dem Gericht sehr nützlich sein ...»

Seit de La Barelle ihn als Wolfsmenschen bezeichnet hat, kommt es Jaspart Denvers tatsächlich so vor, als verfüge der Mann über die Eigenschaften eines Raubtiers. Seine grünen, mandelförmigen Augen sind ungewöhnlich groß, und seine leuchtenden Pupillen haben einen erstaunlichen Glanz. Schon im Stehen geht er leicht in die Knie. Wenn er sich hinsetzt, nehmen seine Beine automatisch eine Haltung wie beim Schneidersitz ein. Mit den Unterarmen stützt er sich auf dem Boden ab. Eine verfilzte Mähne wallt ihm bis zu den Schultern herab: ein wirres Geflecht aus Haaren, Flaum und Lianen.

Nachdem jeder sich den Gefangenen ganz in Ruhe angeschaut hat, gibt der Präsident seinen Leuten ein Zeichen. Die Vorstellung kann weitergehen. Die Wächter eilen zum Saaleingang zurück. Knarrend öffnen sich die Türflügel. Dahinter stehen gleich mehrere Personen beisammen.

Jaspart Denvers traut seinen Augen nicht. Nebeneinander betreten Reine Briguette, Jeanne Bourg und Anne Dumoulin den Saal. Sie sind zwar nicht gefesselt, doch um sie herum sorgen bewaffnete Männer dafür, dass sie aus einem bestimmten Bewegungsradius nicht ausbrechen. Die Erste hält sich die Hüfte. Die Zweite geht gebückt. Die Dritte schreitet aufrecht und ist sehr blass. Sie werden alle drei hinter die Gerichtsschranke gebracht.

Der Wolfsmensch beobachtet aufmerksam, wie die Frauen durch den Saal geführt werden, zeigt jedoch keine Reaktion. Es wird kein einziges Wort gesprochen, und niemand wagt es, sich zu bewegen. Timothée de La Barelle ist auf die Wirkung dieses Aufeinandertreffens sehr gespannt. Die Zeit ist mitten in dem Aufruhr stehen geblieben. Der Mann aus den Wäldern wippt leicht mit den Schultern.

Der Präsident wendet sich einschmeichelnd an ihn: «Abel, Ihr wisst weder Euer Alter noch wo Ihr getauft worden seid. Ihr könnt weder rechnen noch lesen. Stattdessen kennt Ihr den Wald, die Tiere, den Regen, den Wind …»

Jeanne Bourg schnalzt leise mit der Zunge. Auf der Gerichtsschranke verkrampfen sich Anne Dumoulins Finger.

«… Was habt Ihr sonst zu Eurer Person auszusagen?»

Abel steht wieder auf und antwortet mit erstaunlich weicher Stimme: «Mir ist die Mutter Gottes in Begleitung des Propheten Daniel erschienen. Sie haben mir gesagt, dass ich übernatürliche Kräfte besitze …»

Ein Lächeln durchtrennt seinen dichten Bart. «Wenn Ihr mich als Zauberer und als Wolf verhören wollt, dann bitte. Der Schmerz kann mir nichts anhaben.»

Reine Briguette hält es nicht mehr aus: «Abel, du bist verrückt! Und obendrein auch noch dumm! Sie werden dir die Eingeweide herausnehmen und dich braten!»

Aufmerksam beobachtet de La Barelle die beiden.

«Ich werde Euch alle retten.»

«Nichts und niemanden wirst du retten! Wir sind nicht mehr zu retten! Wir hätten schon lange von hier fortgehen oder sterben sollen! Gegen Schriftgelehrte kommst du nicht an. Du bist dumm, mein armer Abel! Hältst dich selbst für einen Wolf, doch Wölfe sind auf eine ganz andere Art viel gerissener als du!»

Auch wenn ihr noch jedes Glied am Körper schmerzt, hat Reine Briguette ihre alte Kraft zurückgewonnen. Anderen Menschen gegenüber strahlt sie wieder diese Autorität aus, die sie in den Verdacht gebracht hat, eine Volksaufwieglerin zu sein.

«Nein», entgegnet er ihr. «Ich bin klüger und stärker als ein Wolf.»

«Willst du wohl still sein!»

Der Präsident stellt sich zwischen die Matrone und den Werwolf: «Wir sind doch hier nicht auf dem Jahrmarkt. Reine Briguette, ich habe Euch nicht das Wort erteilt.» Er lässt sich tief in seinen Sessel fallen und sagt genüsslich: «Abel, ich würde es außerordentlich begrüßen, wenn Ihr Euch heute Eurer besonderen Kenntnisse und ungewöhnlichen Kräfte bedientet, um uns mitzuteilen, was Ihr über diese drei hier anwesenden Frauen wisst.»

Abels Kopf schwingt langsam hin und her. Er scheint nicht zu verstehen, was man von ihm will.

«Sind Euch diese drei Frauen bekannt?», hakt de La Barelle ein weiteres Mal nach. «Sind sie Euch schon einmal begegnet?»

Jeanne Bourg macht mit ihrer Zunge: «Frrrt! Frrrt!»

Abel dreht sich erneut um seine eigene Achse. «Die Geburtshelferin will ich gar nicht kennen. Die ist mir viel zu aufgeregt.»

«Wenn hier einer aufgeregt ist, dann du selber!», gibt sie zurück. «Noch nicht einmal stillstehen kannst du. Sieh sich das nur einer an!»

«Mit einer dicken Frau, die die ganze Zeit herumzappelt und schreit, kann ich keine Liebe machen», fährt er seelenruhig fort. Denn was er sagt, muss ja schließlich jedem einleuchten.

Sie zuckt die Schultern.

«Die arme Schluckerin da, die kann ich gar nicht kennen. Sie ist ja nur noch ein alter Apfel. Alte Äpfel gibt man am besten wieder in die Erde zurück. Und in die Erde, da gehöre ich noch lange nicht hin!»

Jeanne Bourg, die bisher eher den Eindruck erweckt hatte, gar nicht zuzuhören, rotzt auf den Boden. «Je älter der Apfel, desto reifer der Geschmack! Und du bist doch bloß ein stinkender Bock!»

«Ich bin ein Wolf, kein Bock!»

«Dafür riechst du aber verdammt nach Ziegendreck!»

«Lieber riech ich nach Ziegendreck, als so ein idiotischer Bock zu sein.»

«Schweig jetzt!», befiehlt Reine der alten Jeanne.

«So ist es recht», sagt Abel, «bring sie bloß zum Schweigen.»

«Du schweigst jetzt besser auch!»

«Ich mache, was ich will.»

Bevor alles aus dem Ruder läuft, verschafft sich de La Barelle mit drei Hammerschlägen Respekt. Dann fragt er mit drohendem Unterton: «Und die Witwe Dumoulin, kennt Ihr die?»

Abel gefällt es vor Gericht immer besser. «Die Witwe kenn ich! Sie ist die Königin des Waldes. Sie sieht verteufelt gut aus.»

Canin beugt sich zum Schriftführer vor und vergewissert sich, dass er den Ausdruck mitgeschrieben hat. Anne Dumoulin steht wie versteinert. Man beschuldigt sie also, mit einem Werwolf, einem Besessenen, im Bunde zu stehen. Richter Denvers ist im Gesicht aschfahl und blickt zu Boden. Er spürt den Blick des Jesuiten auf sich lasten.

«Und die Frau mit dem Bart», fragt der Präsident ungeduldig weiter, «kennt Ihr die? Ist das eine von diesen drei Frauen?»

«Und ob ich die kenne!», schmettert Abel und streckt dabei die Brust heraus. «Und wie ich die kenne! Oh ja, und wie! Ich kenne sie ... wie meine eigene Westentasche! Und ich werde Euch sagen, wer sie ist!»

Er spürt, dass sein Auftritt seine Wirkung nicht verfehlt, schneidet Fratzen und schaukelt vor und zurück. Er ist bei der heutigen Veranstaltung der Narr. So schnell lässt er sich die Rolle nicht wieder nehmen.

«Ist es eine von diesen Frauen?», bedrängt ihn de La Barelle.

Verängstigt warten sie auf eine Antwort.

«Es ist ... alle drei auf einmal!» Sanft glucksend lacht Abel. Ein kehliges Lachen, das Lachen eines glücklichen Irren. Dann ändert sich plötzlich sein Gesichtsausdruck: «Wollt Ihr wissen, wer die Frau mit dem zerzausten Bart ist?»

«Zerzaust?», wiederholt der Präsident leise. Abel kniet

sich hin, ganz so, als wolle er beten: «Die bärtige Frau ist eine große Madonna. Schlangen kriechen um ihren Mund herum. Ihr ganzer Bart ist aus Schlangen. Ein zerzaustes Schlangenknäuel. Wenn sie wütend ist, knurrt sie. Grrr …»

Er ahmt sie mit einer Stimme nach, deren Kraft das Gericht schwer beeindruckt.

«… Dann schreit sie vor Wut. Aaah! … Das klingt wie Kriegsgeschrei! … Riii! …»

«Aufhören!», befiehlt der Präsident.

«… Dann schlägt ihre Laune schlagartig um.» Mit einem Mal gurrt Abel eine ganz sanfte Melodie. Sein Publikum hängt ihm an den Lippen. Er singt wie ein Junge kurz vor dem Stimmbruch.

Jeanne Bourg hebt den Kopf und fängt an zu weinen. Ihr Schluchzen klingt wie das Wimmern eines Babys. Anne Dumoulin und Reine Briguette wirken zunehmend angespannt. Der Wolfsmensch moduliert eine ganze Weile zwei Tonarten, dann bricht er ab.

Die spielende Leichtigkeit, mit der er die Frau mit dem Bart zum Leben erweckt, macht das Gericht stutzig. Richter Bouchard spricht aus, was alle denken: «Er hält sich selbst für die Frau mit dem Bart.» Der Präsident will Genaueres wissen:

«Gab es dort auch Musikinstrumente, um ihren Gesang zu begleiten?»

«Ja! Flöten, Bratschen und Tamburine!»

«Und wer spielte diese Instrumente?»

«Dämonen», antwortet Abel ganz ruhig.

Stille. Dann fragt de La Barelle: «Und nach dem Gesang?»

«Nach dem Gesang löst sich alles in Luft auf! Wie vom Wind verweht. Die Frau rollt ihren Bart zusammen und bindet ihn sich hinters Ohr.»

Vor seinem verdutzten Publikum kauert er sich zusammen wie eine gestrandete Muschel. Sein Gesicht wird unsichtbar, sein Körper erstarrt. Ihn anzusprechen wäre sinnlos, er reagiert nicht mehr.

Sichtlich verärgert wendet sich de La Barelle an die drei Angeschuldigten. Ob sie nicht auch etwas über ihn auszusagen wünschten.

Anne Dumoulin senkt den Kopf. Jeanne Bourg schneidet Grimassen. Doch Reine Briguette räuspert sich. Gerne wolle sie etwas über Abel sagen.

Obschon er noch jung sei und aus Miranges stamme, habe nicht sie ihn zur Welt gebracht. Seine Mutter sei im Wald niedergekommen. Niemand habe jemals in Erfahrung gebracht, wer sie war …

Reine Briguette gibt sich als die Frau vom Fach.

Sie sei sich sicher, dass Abel keine einfache Geburt gehabt habe. Um das zu beurteilen, brauche sie ihn sich bloß anzuschauen. Er sei von kräftigem Wuchs und schöner Statur. Ein Bild von einem Mann. Aber seine Geburt sei nun eben nicht einfach gewesen. Deswegen rede er so viel Unsinn. Sie zögert kurz, doch dann setzt sie in entschiedenem Tonfall hinzu, dass man das einem Christen jedoch nicht vorwerfen könne. Man könne einem Mann nicht vorhalten, dass er ohne fremde Hilfe das Licht der Welt erblickt habe.

Der Präsident kann auf ihre Kommentare getrost verzichten. Ihre Aussage führt seiner Ansicht nach zu keinerlei neuen Erkenntnissen.

Briguettes Augen glänzen vor Wut.

Als das Gericht beschließt, die Angeschuldigten zu entlassen, da sie vorerst nicht mehr gebraucht werden, rührt

Abel sich nicht vom Fleck. Vier kräftige Männer müssen geholt werden, um ihn wegzutragen, denn er hat sich steif und schwer gemacht. Die drei Frauen folgen dem Trupp.

Während der Pause wird Wein gereicht. Alle trinken davon, als sei es ein Heilmittel.

Aus Ärger darüber, dass Abel ihm nicht verraten wollte, was er so gerne gewusst hätte, hat Timothée de La Barelle nun überhaupt kein Mitleid mehr mit ihm. «Als sei es nicht schon schlimm genug, ein Werwolf zu sein, tut dieser Wilde obendrein auch noch so, als sei die Frau mit dem Bart ein Mann. Die hat er ja übrigens sehr überzeugend dargestellt ... Wenn die Hexe in Wahrheit ein Zauberer ist, können wir mit all unseren Untersuchungen wieder bei null beginnen. Diese Androgynie hat ja bereits Jeanne Bourg zur Sprache gebracht. Doch dieser Verrückte liefert uns ja völlig neue, schwer belastende Anhaltspunkte. Offensichtlich ist er sehr gefährlich. Wir müssen seinen Fall so schnell wie möglich entscheiden.»

Schroff mischt der Jesuit sich ein: «Dieser Mann ist geistig beschränkt. Das habt Ihr doch selbst bemerkt. Wenn Ihr nun schon die Verrückten verurteilt, sind dann bald auch Kinder nicht mehr vor Euch sicher? Ich bin hier, um das Wort Gottes zu verteidigen. Im Evangelium steht geschrieben, dass Jesus die geistig Schwachen gut behandelt hat. Zu Unschuldigen und verirrten Schäflein war er voller Sanftmut und Barmherzigkeit ...»

«Die armen, armen Schäflein!», entfährt es dem Präsidenten, der mit einem Mal seinen Witz und seine Brutalität wiedergefunden hat. «Ihr wollt uns damit sicherlich sagen, dass dieses wilde Tier ein Schäflein in seinem Bauch trägt, nicht wahr? Ein Schäflein, das er sich zu Mittag hat gut schmecken lassen! ... Herr Pater, erlaubt mir bitte, Euch daran zu erinnern, dass die Lage durchaus ernst ist. Dieses Subjekt gibt uns zu verstehen, dass die Aufwieglerin, nach der wir fahnden, ein androgynes Wesen ist. Erschreckt Euch das als Mann der Kirche nicht?»

Es dem Jesuiten wenigstens einmal mit gleicher Münze heimzahlen … Allein der Gedanke daran versetzt Timothée de La Barelle in freudiges Zittern.

Den Statthalter und den Gefängnisvorsteher beunruhigt es sehr, dass nun das Geschlecht der bärtigen Frau infrage gestellt wird. Soll das heißen, dass von nun an jeder verdächtigt werden kann?

«Ganz richtig, meine Herren», bestätigt Richter Canin.

«Also, die Hälfte der Einwohner der Stadt zu verdächtigen, das war ja schon nicht einfach», meldet der Gefängnisvorsteher seine Bedenken an.

«Und jetzt sollen wir dann auch noch auf alle Männer ein Auge haben?», ängstigt sich auch der Statthalter.

«Und dann auch noch auf alle Zwitter», ergänzt der Jesuit.

«Zwitter …», stottert der Ritter von Yres, der soeben aus einem beinahe kataleptischen Zustand erwacht. «Zwitter … Hier hat der Satan seine Hände im Spiel! Wir müssen uns läutern! Das ist der Gipfel des Obszönen! Ein Zeichen, dass der Antichrist auf die Erde herabgestiegen ist! Das Ungetüm ist mitten unter uns!»

«Das Ungetüm …», murmelt der Gefängnisvorsteher wie überwältigt.

«Macht die Richter ungestüm», freut sich der Jesuit über seinen Reim.

«Der Gerichtsschreiber soll seine Unterlagen verbrennen!» Die schrille Stimme des Frömmlers überschlägt sich. «So als wäre all dies nie gesagt worden und hätte niemals existiert! Diese Unzüchtigkeiten gehören zerstört! Die Spuren müssen verwischt werden! Nie wieder werde ich dieses Gericht betreten! Ich werde Buße für Euch tun! Ach! Ich kann den fürchterlichen Satansgeruch förmlich riechen!» Von Krämpfen geschüttelt, erhebt er sich und bedeckt sein Gesicht mit den Händen. Vor übergroßer Aufregung, in der er sogar das Atmen vergessen hat, gerät er ins Schwanken und stürzt unter dem lauten Geräusch zersplitternder Stühle zu Boden.

Das Gericht zu beschuldigen ist unverzeihlich. Wächter schaffen den liegen gebliebenen Körper beiseite, denn er versperrt den Weg.

Der Präsident lässt sich vom Gericht das Einverständnis dazu erteilen, den Werwolf namens Abel unwiderruflich zu verurteilen. Sein Strafmaß sei zu einem späteren Zeitpunkt festzusetzen. Der Fall wäre somit so gut wie abgeschlossen.

Jaspart Denvers fühlt sich niedergeschlagen und schweigt. Das bemerkt Timothée de La Barelle natürlich sofort und bietet ihm ein Gläschen von seinem besten Burgunder an. Der Richter lehnt dankend ab.

Dem Ritter von Yres wird Wasser aus dem öffentlichen Brunnen gereicht, denn dahin haben ihn die Stadtwachen auf Anordnung gebracht. Auf diese Weise beginnt die lange Kette von Selbsterniedrigungen, die der Bußgläubige sich aufzuerlegen gedachte.

In den ersten Strahlen der blassen Frühjahrssonne laden die entlang der Marktstände aufgebauten Tische die Trinker zum Verweilen ein. Als Jaspart Denvers in der ihm servierten Weinkaraffe herumrührt, glänzen leuchtend rote Striemen auf dem Boden aus gebranntem Ton. Der Blick des Richters ist abwesend. In Zivil erweckt er nicht die Aufmerksamkeit der Leute. Auf diesem Markt unter freiem Himmel fühlt er sich fast entspannt. Die Rufe der Händler dringen an sein Ohr. Es riecht nach Vorfrühling, nach Kräutern, nach geronnener Milch und Vieh. Der nur schwer definierbare Geruch gärenden Weins steigt ihm in die Nase.

In ihm regt sich die leise Hoffnung, die Witwe könne ihm zufällig über den Weg laufen. Doch was sollten sie dann miteinander reden? Aber sie lässt sich ja ohnehin nicht mehr blicken. Ob sie nur noch nachts vor die Tür geht? An ihrem Fenster war sie am Vorabend nicht zu sehen. Ihre Begegnung im Wald kommt ihm nur noch wie ein unwirklicher Traum vor, aus dem er nun unwiderruflich wieder erwacht ist.

In der Mitte des Platzes stehen Frauen am Stadtbrunnen und tratschen. Auf einem Stein der eckigen Brunnenumrandung verschnauft ein altes Weib. Eine hochschwangere Bäuerin hält sich mit erhobenem Arm an der gebogenen Eisenstange fest, an der sich die Kurbelvorrichtung befindet. Ein kleines Mädchen schlüpft unter ihrem Rock hindurch und jagt einer Katze hinterher.

Ein Händler kommt an seinen Tisch und will ihm Heilkräuter verkaufen. Ob er vielleicht an Atemnot leide? Er habe nämlich zufällig gerade Lungenkraut im Angebot, eine ausgesprochen seltene Pflanze, die nur wenige Wochen im Jahr zu finden sei. Dank ihrer Form sei sie leicht zu erkennen: Sehe sie nicht sogar aus wie eine Lunge? Jaspart erkundigt sich nach den Zwiebeln, die wie Schmuckstücke auf einem bestickten Tuch liegen. Der Händler stellt seinen Bauchladen auf dem Tisch ab, setzt sich neben seinen Kunden und flüstert ihm ins Ohr. Ob denn die Form der Zwiebeln ihn nicht an etwas erinnere. Nein? An gar nichts? Dabei seien sie doch unverwechselbar. Diese Zwiebeln sähen doch eindeutig aus wie Hodensäcke. Um seine kranken Angehörigen zu versorgen, seien sie das Beste, was es gibt. Noch nicht einmal in Dijon finde man solche Prachtexemplare …

Jaspart Denvers kauft ihm das Lungenkraut ab, sagt, für die Zwiebeln habe er derzeit keine Verwendung. Der Mann wünscht ihm noch viele Jahre eiserner Gesundheit und versucht sein Glück anderswo.

Im allgemeinen Gemurmel dringt eine Männerstimme klar an sein Ohr. Er hat sie schon einmal gehört. Allein der prahlerische Tonfall ist ihm fremd.

«Die Briguette habe ich bis heute nicht bezahlt, und darauf bin ich sogar stolz! Genauso habe ich das auch vor Gericht ausgesagt!»

«Was hast denn du am Gericht verloren?», fragt ihn ein Bauer, der mit hartem Akzent spricht.

«Sie ist eine Hexe! Ich hab was gegen Hexen!»

«Und was hat dich dann zu ihr verschlagen?»

«Ich dachte, sie würde mir mein Pferd heilen!»

«Und warum hast du sie dann nicht bezahlt?»

«Weil mein Pferd nicht gesund geworden ist!»

«Na, dann kann sie ja auch keine Hexe sein!»

«Doch! Und ob sie eine Hexe ist!»

«Na, und warum bringt dann ihre Behandlung nichts?»

«Die bringt ja schon was, aber nichts Gutes!»

«Ist dein Pferd tot?»

«Nein, aber es will mir nicht mehr gehorchen. Sie hat ihm Ungehorsam eingeflößt. Es macht jetzt nur noch, was es will. Erst war es bloß krank, doch jetzt ist es verrückt!»

«Dann musst du es eben totschlagen.»

«Nein, die Hexe muss totgeschlagen werden. Danach wird es meinem Pferd besser gehen.»

«Und warum sollte sie dir etwas Böses wollen? Was hast du ihr getan?»

«Nichts habe ich ihr getan. Aber sie hat den bösen Blick. Und obendrein redet sie schlecht über Männer ...»

Er erinnert sich noch an die Aussage dieses Belastungszeugen. Und an das, was er hinterher selbst zum Gerichtspräsidenten gesagt hat. De La Barelle hatte ihm geraten, eine Anwaltsstelle anzutreten, da das doch wesentlich lukrativer sei als die Richterlaufbahn. «Das ist nur ein Scherz!», hatte er dann jedoch gemeint. Der Präsident machte von «Scherzen» einen recht eigenwilligen Gebrauch. Dann hatte er sein Bedauern zum Ausdruck gebracht, dass bei den meisten Prozessen kein Anwalt dabei sei. Denvers hatte ihm entgegengehalten, dass die Verteidigung der armen Teufel eben nicht ganz ungefährlich sei. Doch de La Barelle hatte sich eher auf finanzielle Gründe berufen. Wo nichts zu holen sei, gebe es auch keine Anwälte. Und trotzdem, so war er mit seiner schnatternden Stimme fortgefahren, fänden die Angeklagten oftmals irgendwelche heimtückischen Gauner, die ihre

Verteidigung übernähmen: Die würden zwar kein Geld bekommen, aber dafür als Wohltäter in die Menschheitsgeschichte eingehen.

Der Richter Denvers war auf diese Provokation nicht eingegangen. Ihn hatte es viel mehr interessiert, zu erfahren, was für Mechanismen es nach Ansicht des Präsidenten möglich machten, dass eine Frau wie Reine Briguette, die großzügig und zu allen hilfsbereit war, zum Opfer solch heftiger Anschuldigungen hatte werden können. Er hatte erfahren, dass nur ein Teil der Bevölkerung sie unterstütze. Ihre Mutter und selbst schon ihre Großmutter, beides Heilkundige und Hebammen, seien von Frömmlern getötet worden. Auch ihre Tochter übe ebenso wie sie den Beruf der Hebamme aus. Sie lebe nur wenige Meilen von Miranges entfernt. Schon seit mehreren Generationen seien diese Frauen Verdächtigungen ausgesetzt, und leicht würden sie zu potenziellen Opfern.

Ihm gegenüber schlürfen zwei junge Bauersfrauen einen leichten Wein und unterhalten sich vollkommen ungeniert.

«Ich habe sieben Hexen gesehen. Das habe ich extra nachgezählt.»

«Bist du zum Hexensabbat gegangen?»

«Nein, bei Vollmond habe ich sie gesehen.»

«Wo?»

«Auf dem Waldweg.»

«Bei Vollmond ist das Gott sei Dank ungefährlich.»

«Die sind wirklich nicht mehr ganz bei Trost! Die, die ich gesehen habe, waren splitternackt!»

Sie brechen in schallendes Gelächter aus.

«In drei Tagen ist Leermond. Drück mir bitte die Daumen. Ich will mein Kind nicht verlieren.» Die besorgte Bauersfrau zeigt auf ihren Bauch.

«Ich werde die heilige Marthe von Bethanien um Beistand für dich bitten.»

«Und ich die heilige Blandine. Die schützt nicht nur vor Unglück, sondern auch vor Krankheiten.»

Die beiden Frauen falten ihre Hände, murmeln leise einen Spruch und bekreuzigen sich. «In drei Tagen …», wiederholen sie beschwörerisch.

Es macht ihn sprachlos, wie viel Schrecken der Mond verbreitet. Und erst recht der zeitliche Ablauf seines Zyklus. Wie kommt man überhaupt darauf, dass der Wechsel zwischen den Mondphasen ausgerechnet auf die Mitte und nicht auf das Ende des Monats fällt? Warum ereignen sich Tod und Auferstehung genau auf halber Strecke? Einfach mittendrin? …

Er will gerade bezahlen, als mitten in der bunt gemischten Menschenmenge die rundliche Gestalt des Gefängnisvorstehers auftaucht.

«Herr Richter … So erlaubt doch mir und meiner Gattin, Frau Jacquette Malot, Euch zu begrüßen.»

Erfreut folgt er der Einladung des Richters, doch bitte Platz zu nehmen.

Dem Vorsteher behage es sehr, sich eben hier zu befinden, draußen in der Sonne, zwischen all diesen freien Menschen. Den Kerker, die Feuchtigkeit, die Kälte und vor allem die Schreie der Verurteilten, all dies könne er schon seit Tagen kaum noch aushalten. Noch am selbigen Morgen habe er zu seiner Frau gesagt, er könne natürlich auch darum bitten, versetzt zu werden, vielleicht ans Meer. Es gebe dort nämlich Festungen, wo niemand hinwolle. Er jedoch könne es sich ganz gut vorstellen, so ein Gefängnis mit Blick aufs Meer zu leiten. Ständig den Wellen zu lauschen, die gegen die Mauern klatschen. Mal sehr ungestüm, mal ganz leise …

Seine Frau lächelt ihn zärtlich an. Die beiden sind ein gutes Paar. Er wird ihr nicht die Beschwerlichkeiten des Lebens an der Küste zumuten. Ihr zuliebe werden sie in Miranges bleiben, wo es ihnen ja im Grunde an nichts fehlt.

Wenn man sich allein darum zu sorgen hätte, dass man zu essen und zu trinken hat, wäre ja alles ganz einfach. Doch es gebe einfach immer und überall Quellen des möglichen Unheils. Ihr Sohn, der Soldat sei, klagt Jacquette Malot, müsse andauernd in die Schlacht. Ihr Mann hingegen würde sich pausenlos über sein Gefängnis hier in Miranges den Kopf zerbrechen. Er bestellt eine Flasche Wein und vertraut dem Richter an, dass dort gewisse Dinge sehr verquer laufen. Schon allein der Gedanke daran mache ihn wütend.

Seine Frau schüttelt den Kopf. Ihr gefällt das ganz und gar nicht, wenn ihrem Mann etwas gegen den Strich geht.

Oftmals verschlimmere die Justiz das Unglück nur noch, fährt der Gefängnisvorsteher fort. Dass es Gefangene gebe, das sei ja ganz normal. Dass sie gefoltert werden, da käme man also nicht umhin. Auch dass sie getötet werden müssen, sei nun einmal der Gang der Dinge. Doch warum mache man das auch dann, wenn es überhaupt nichts nütze? Und warum verurteile man selbst dann, wenn in Wahrheit Zweifel bestehen? Man gibt vor, die Region zu säubern. Aber Unkraut werde es immer geben. Mit einem verstohlenen Seitenblick versucht er sich davon zu überzeugen, dass der Richter derselben Meinung ist.

«Hier unterlaufen große Fehler, das könnt Ihr mir glauben. Wenn man mir etwas mehr Vertrauen schenken würde, so könnte ich die wahren Verbrecher allesamt benennen, trotz des Respekts, den ich dem Gericht natürlich schuldig bin. Ich sehe sie doch in ihren Zellen. Dort können sie niemanden mehr täuschen. Ich höre sie des Nachts bei meinen

Rundgängen. Sie können nicht wissen, dass ich ihnen zuhöre. Einige unter ihnen hören stundenlang nicht auf zu schreien …»

Jacquette Malot streichelt ihrem Ehemann sanft über die Hände, damit er sich wieder beruhigt oder vielleicht auch, weil er besser schweigen sollte. Dann erinnert sie ihn daran, dass es bereits Mittag sei … Doch Denis Malot hat noch nicht alles gesagt.

Als sie gegangen ist, drückt der Gefängnisvorsteher sich genauer aus. Er sei durchaus bereit, als Zeuge auszusagen, sofern ihn der Kontrollrichter darum bitte. Er habe vom Jesuiten erfahren, mit welcher Aufgabe der Richter zu ihnen geschickt worden sei. Und sollte er deswegen Ärger bekommen, so sei es eben Pech. Höchstens für seine Ehefrau täte es ihm Leid, denn die halte sich immer am liebsten aus allem heraus. Doch sowohl als Christ als auch als Soldat fühle er sich nun einmal verpflichtet zu sagen, was er täglich mit ansehen muss und keineswegs gutheißen kann.

«Für die Witwe Dumoulin gilt das Gleiche», presst er zwischen den Zähnen hervor. «Was die da mit ihr vorhaben, gefällt mir ganz und gar nicht. Sie mal ein paar Tage als Verdächtige im Gefängnis einzusperren, dagegen ist ja so weit nichts einzuwenden. Das ist gar nicht einmal so verkehrt, um ihre Reaktion zu beobachten. Aber sie einfach wie eine vulgäre Hexe zu behandeln, das geht doch wohl zu weit. Immerhin ist sie eine Dame. Eine Dame, vor der alle großen Respekt hatten, zu Zeiten, als man noch selbst in Beaune keinen besseren Apotheker als ihren Mann finden konnte. Doch jetzt haben sie vor, mit ihr genauso wie mit der Bourg zu verfahren. Dabei konnte ihr bisher niemand nachweisen, eine Hexe zu sein. Das sind doch alles bloß Verleumdungen.»

Die beiden Männer schweigen lange. Um sie herum geht

es immer lebhafter zu. Schließlich heben auch sie ihre Gläser und stoßen stumm und vielsagend miteinander an. Von nun an sind sie Verbündete. Zeugenaussagen können alles entscheiden, gibt der Richter zu bedenken, doch sie seien niemals ganz ungefährlich. Sie bemühen sich, leise zu sprechen. Der Gefängnisvorsteher bekräftigt, dass er die Nase mehr als gestrichen voll habe. Er möchte endlich die Katze aus dem Sack lassen. Denvers setzt alles auf eine Karte und teilt ihm mit, dass er sich am darauf folgenden Tag nach Dijon begeben wird. Dort habe er einen Bericht über den Gerichtshof von Miranges abzugeben und bei der Gelegenheit werde er sich auch für die Witwe einsetzen. Vielleicht sei ja noch nicht alles verloren. Denis Malot dreht sich misstrauisch in alle Richtungen. Bei Morgengrauen, raunt er Denvers zu, könne er ihm Notizen übergeben, die er noch in derselben Nacht verfassen werde. Seine Frau würde davon nichts mitbekommen. Sie würde meinen, er sei einfach nur zu seiner Abendrunde unterwegs. Er möchte sich unbedingt an der Mission des Richters beteiligen. Dazu brauche er allerdings Anweisungen, denn er sei kein Mann von Welt, sondern bloß Soldat. Richter Denvers versichert ihm, dass er sich außerordentlich glücklich schätze, auf einen ehrbaren Menschen wie ihn getroffen zu sein. Schon einen Augenblick später sind die beiden Männer auf und davon.

Er reitet im Morgengrauen los, auf einem Postpferd mit geteilter Mähne, brauner Vorbrust und breitem, weiß gesprenkeltem Hinterteil. Wenn es bergauf geht, verlangsamt das Tier den Schritt, als wolle es seinem Reiter Zeit geben, die weitläufige Landschaft in Ruhe zu genießen. Ab Nantoux, einem kleinen Dorf, wird der Himmel von einem blassen, kreisrunden Lichtstreif in zwei Hälften geteilt. Noch nie hatte er so sehr den Eindruck, die Erde sei tatsächlich eine Kugel. Nur wenige Kilometer Luftlinie entfernt befindet sich das dicht mit abgesenkten Weinbergen bestandene Chaume-Gebirge. Darin sehen die kleinen Dörfchen mit ihren weißen Häuschen aus Stein und dem Glockenturm in der Mitte wie weiße Kleckse aus.

Er macht Halt, um sein Pferd zu tränken. Rund um sich herum sieht er nichts als Himmel. Er denkt an Anne Dumoulin, versucht daran zu glauben, dass sie sie nicht wie eine Hexe behandeln werden. Doch Malots Befürchtungen haben seine eigenen bestätigt. Es macht ihn wütend, dass man ihm keine Handlungsbefugnis erteilt hat. Er sitzt in der Falle. Er wird zum Zeugen der Unmenschlichkeit des Justizsystems, in dessen Diensten er steht. Unter Umständen wird sich de La Barelle über seine Anwesenheit sogar freuen, denn sofern seinem Bericht nicht stattgegeben wird, hat ihm der Kontrollrichter am Ende sogar noch Rückendeckung gegeben. Er glaubt am Horizont das geliebte Gesicht zu erkennen … Er verspürt einen stechenden Schmerz. Er hält den Atem an und wartet auf das Ende des Anfalls.

Zur Mittagszeit nimmt er eine bescheidene Mahlzeit zu sich, in Puligny-Montrachet inmitten von Weinstöcken, die in engen Reihen bis dicht an die Häuserwände heranstehen. Er beobachtet, wie ein wenig höher, dort, wo der Mutterboden nicht mehr so kostbar ist, weidende Kühe die jungen Nussbaumtriebe herausreißen. Obwohl ihm ein eiskalter, frischer Wind um die Nase weht, liegt ein leiser Hauch von Frühling in der Luft.

Während er über die Ebene reitet, denkt er an die ihm bevorstehende Begegnung mit dem Obersten Gerichtspräsidenten. Dem Mann wird nachgesagt, er sei schroff und machtbesessen. Anweisungen aus Paris, die seine Person betreffen, können ihm natürlich nur missfallen. Um die Form zu wahren und geschickt vorzugehen, wird er ihn davon überzeugen müssen, dass niemand außer ihm Entscheidungen trifft. Ganz vortreffliche Entscheidungen übrigens, und was für ein Zufall aber auch, dass sie genau mit dem übereinstimmen, was man sich beim Königlichen Rat gedacht habe … Er würde zu gerne wissen, wie die sechs anderen Gerichtskontrolleure, die sich derzeit in den Provinzen umschauen, mit so etwas umgehen. Denn auch die müssen ja dem Obersten Gerichtshof der jeweiligen Region Bericht erstatten.

Er erreicht Dijon am Nachmittag. Die Pferde rutschen mit ihren Hufeisen in den Rinnsalen aus, die quer über die Straße fließen. Es herrscht ein geschäftiges Treiben, wo immer er auch hinschaut. Er begegnet Briocheverkäufern, anderen, die Werkzeuge oder Besen aus Stechginster feilbieten, und natürlich Bettlern, die hinauf in die Stadt gekommen sind. Eine Händlerin will ihm frische Eier verkaufen, die sie in einem Weidenkörbchen unter ihrem Huhn aufbewahrt. Mitten im Gespräch werden sie fast von einer Herde Ziegen überrannt. Das Aufklappen der Verkaufsbuden, die sich wie Puppentheaterbühnen öffnen, verrät das Ende der Mittagspause. Die nach oben hin geöffnete Klappe schützt vor Sonne und Regen, während auf der unteren all die Waren ausliegen, die man sonst hinter den Brettern nicht sehen würde: frisch gebackene Brote, Wurstgirlanden und Fische aus den umliegenden Teichen …

Im Gerichtsgebäude führen ihn bewaffnete Stadtwachen in die Vorhalle. Er wartet, starrt dabei an die gewölbte Decke, die wie ein auf den Kopf gedrehter Schiffsboden aussieht. Vier Büttel in den Farben der Stadt Dijon bringen ihn zu ihrem Vorgesetzten, der sich überrascht zeigt. Nach endlosen Formalitäten wird der Richter in einen schmucklosen, mit dunklem Nussbaumholz ausgekleideten Raum geführt. Ein Mann mit besten Manieren stellt sich ihm als der Privatsekretär des Oberstaatsanwalts vor.

Der Besuch des Kontrollrichters sei ihnen bereits angekündigt worden. Der Sekretär streicht sich mit einem Finger über den weiten Spitzenkragen. Das Datum dieses Besuchs habe allerdings noch nicht festgestanden. Sicherlich hätten neue Sachverhalte den Herrn Königlichen Kontrollbeamten dazu veranlasst, seinen Besuch ein wenig vorzuziehen …

Denvers begreift, dass der feine Geck eine Audienz beim Präsidenten des Obersten Gerichtshofs als eine Geste ausgesprochener Großzügigkeit darzustellen hat. Ganz im Sinne der von ihm vorbereiteten Rede führt Denvers Argumente an, die beunruhigend klingen, doch möglichst wenig genaue Informationen beinhalten. Mit einer in Gold eingefassten Gänsefeder notiert sich der Sekretär die wesentlichen Punkte des Gesuchs. Ein Zeremoniell, das von den leichten Wischbewegungen seiner schräg angeschnittenen Ärmel untermalt wird. Mehrere Male hebt er neugierig den Kopf. Der schwierigste Teil seiner Aufgabe besteht darin, sich bei den eigenen Manövern nicht in die Karten gucken zu lassen.

«Der Präsident des Obersten Gerichtshofs von Dijon wird sich sicherlich sehr für Eure Auskünfte und Deutungen der Sachverhalte interessieren. Ich werde alles in die

Wege leiten, damit er Euch morgen Nachmittag zwischen zwei Kammersitzungen empfangen kann.» Er blickt zu seinen roten Stulpenstiefeln herab und lässt vorsichtig anklingen, dass der Präsident es gar nicht mag, wenn man ihm seinen Zeitplan durcheinander bringt. Doch ungewöhnliche Umstände erforderten nun einmal ungewöhnliche Maßnahmen. «Und ungewöhnlich ist ja hier schon überhaupt kein Ausdruck mehr», bekräftigt er noch einmal, als er ihn schon zur Tür geleitet. Seine Höflichkeit wirkt verwirrend.

Verwirrt ist Denvers auf jeden Fall, denn er weiß nicht so recht, ob er sich darüber empören soll, nicht gleich am selben Tag empfangen zu werden, oder sich glücklich schätzen darf, dass man ihn nur bis zum nächsten Tag warten lässt.

Er isst in einem im Stadtzentrum gelegenen Gasthaus vorzüglich zu Abend. Der große Saal ist ein Treffpunkt für allerlei Händler. Flamen, die mit kostspieligen Stoffen ihr Geld verdienen, Venezianer, die gern schon vor ihrer Reise nach Amsterdam einen Teil ihres kostbaren Geschirrs verkauft bekämen, und sogar Türken, die seltene Pflanzen und Zwiebeln zu überteuerten Preisen feilbieten. Alle sind sie reich und liebenswürdig und schnattern in der bunten Sprache Babels durcheinander; ein fröhliches Kauderwelsch, bei dem Gesten und Zahlen wichtiger als Worte sind.

Ein Tuchhändler aus Brügge hält ihm eine in zarten Tönen gehaltene Stola unter die Nase. Sie fühlt sich ganz weich an. Eure Frau wird Freudentänze aufführen, wenn sie die sieht, versichert ihm der Mann. Er wickelt das kostbare Tuch ein. Der Handel ist gemacht. Und das für einen Freundschaftspreis, zum Andenken an diesen wunderschönen Ort. *Oh, Wunder der Geschäftstüchtigkeit*, denkt sich im Stillen

Jaspart, als er das Paket entgegennimmt und sich gar nicht mehr sicher ist, ob er es wagen wird, sein Geschenk zu überreichen.

Er drückt das Päckchen fest an sich und zieht durch die Straßen Dijons. Bei den Arkaden angekommen, verfällt er in Schlenderschritt. Einige Läden haben noch geöffnet. Die Tavernen sind mit Menschen gerammelt voll. Die hell erleuchteten Fenster in den überstehenden Stockwerken bilden fröhliche Lichttupfer inmitten der Andreas-Kreuz-artig angeordneten Balken der Fachwerkhäuser.

Auch am darauf folgenden Tag ist ihm die Stadt feindlich gesinnt. Die Hindernisse sind noch viel zahlreicher geworden. Alles scheint ihn davon abhalten zu wollen, pünktlich am Gericht zu sein. Auf einer Kreuzung sind eine Kutsche und ein Pferdewagen gleichzeitig losgefahren, und beide weigern sich nun zurückzusetzen. Erst müssen berittene Stadtbüttel in Erscheinung treten, denn vor denen haben alle großen Respekt. Nach langem Gezeter, Drohungen und Schlägen, die allein die zu tief angebrachten Ladenschilder treffen, ziehen sich alle wieder zurück, und der Zugang zur Kathedrale ist wieder frei.

Der Königliche Kontrollbeamte wird unverzüglich in das goldene Empfangszimmer vorgelassen, um dort auf den Präsidenten zu warten. An der getäfelten Decke zerstören leuchtend hervorgehobene Felder den eleganten Eindruck der einfarbigen Gesamtverkleidung.

Der Präsident betritt in scharlachroter Robe den Raum und begrüßt ihn zu seiner Verwunderung mit einer feierlichen Umarmung. Dann ist er mit einem Satz auf der Estrade und lässt sich in einen imposanten Sessel fallen. Mit einer schroffen Geste greift er nach dem Blatt Papier, das ihm der Sekretär reicht, überfliegt es und starrt dann seinen Gast an. Sein ganzes Auftreten strahlt Selbstsicherheit und Autorität aus. Vorab möchte er gern wissen, wie die Dinge in Paris stehen und welchen Befehl die sieben Ermittler erhalten haben. Denvers Antworten scheinen ihm nicht auszureichen. Er will unbedingt Näheres wissen. Drückt der Kontrollrichter sich eher vorsichtig aus, verdächtigt ihn der Präsident sogleich, dass er ein Geheimnis nicht preisgeben wolle. Doch bei den Worten «Verfahrensfehler» und «voreilige Anschuldigungen einer verwitweten Apothekerin» ändert sich schlagartig sein Gesichtsausdruck.

Die Geschichte interessiert ihn. Ob er von dem Fall bereits gehört hat? Oder gibt er nur vor, Einzelschicksale interessierten ihn mehr als staatliche Anweisungen? Er unterbricht Denvers' Berichterstattung mehrere Male, stützt sein Kinn in die Hände und verlangt nach Einzelheiten über die Angeklagte. Völlig unvermittelt fragt er Denvers: «Und in welcher Art von Beziehung steht Ihr zu dieser Dame?» Da diese Frage ganz plötzlich und ohne Vorwarnung im Raum steht, gerät der Richter kurz in Verlegenheit. Der Oberste Staatsanwalt ist ganz offensichtlich mit Absicht so vorgegangen. Keinerlei Andeutungen, kein höfliches Nachfragen, einfach frei von der Leber weg, so wie man eben unter Männern spricht. Vielleicht will er sich lediglich klar von den verlotterten Sitten und Verwerflichkeiten abgrenzen, die man dem Hof des Königs unterstellt.

«Die Art und Weise, in der mit der Witwe Dumoulin umgegangen wird», entgegnet ihm der Kontrollrichter, «will mir als beispielhaft für die Missbräuche gegenüber anderen Angeschuldigten erscheinen. Daher ist es meine Pflicht, den Fall zur Anzeige zu bringen.»

Mit einem Kopfnicken stimmt ihm der Präsident zu und ermuntert ihn weiterzureden.

Die Unterredung sprengt erheblich den vorgegebenen Zeitrahmen, sodass der Sekretär immer wieder den Raum verlassen muss, um eine weitere Verzögerung des Tagesprogramms bekannt zu geben.

Da für ihn keinerlei Zweifel am Ernst der Lage besteht, denkt der Präsident angestrengt nach, wie man wohl ein versäumtes Eingreifen schnellstens nachholen könne. Während er sich die weiße Fellstola, die ihm von den Schultern gerutscht ist, zurechtrückt, wirft er dem Sekretär vor, die Unterredung mit dem Richter Denvers so lange herausgezögert zu haben. Dann kneift er die Lippen zusammen und diktiert seine Anordnungen. Drei Richter aus Dijon und zwölf bewaffnete Männer sollen unverzüglich nach Miranges geschickt werden. Sie sollen sämtliche Entscheidungen des Provinzgerichts kurzfristig außer Kraft setzen. Während eines Zeitraums von vier bis fünf Wochen sollen sie die Verwaltung aller dringenden Angelegenheiten übernehmen, sich für wichtige Prozesse jedoch direkt an den Obersten Gerichtshof wenden. Dieser Plan bedürfe selbstverständlich der dringenden Geheimhaltung. Sämtliche Maßnahmen müssten für das Gericht von Miranges wie aus heiterem Himmel kommen. Der Präsident streckt seine Hand nach dem zylinderförmigen Hut aus, der vor ihm in der Mitte des Schreibtischs thront. Der Kontrolleur verbeugt sich und verleiht seiner Dankbarkeit Ausdruck. In den Augen des Präsidenten funkelt eine Spur von Triumph. Bevor er sich von dem Gesandten des Königs verabschiedet, kann er sich eine abschließende Bemerkung nicht verkneifen: «Glaubt nicht, ich würde diese Maßnahmen ergreifen, damit die in Paris sich zufrieden geben. Es hat allein damit zu tun, dass diese Provinz eine Hochburg der Gerechtigkeit ist.»

Mit diesen Worten beendet der Erste Vorsitzende des Burgunder Gerichtshofs das Gespräch.

Kaum hat er Dijon verlassen, beginnt der Himmel sich zu verdunkeln. Um schneller als die Wolken zu sein, treibt er sein Pferd zur Eile an. Es schnaubt protestierend.

Aus der Ferne ist ein Donnergrollen zu vernehmen, untermalt von anderen Geräuschen: Schreie von Frauen und Kindern, rhythmische Schläge aus einer Schmiede …

Das Gewitter ist direkt über ihm. Es bricht los. Aus Angst vor einschlagenden Blitzen bleibt Jaspart Denvers nicht unter einem Baum stehen.

Wegen des Wolkenbruchs stellt er sich in einer Scheune unter. Dort umzingeln ihn sogleich drei Hunde, die mit den Zähnen fletschen und das Pferd in Angst und Schrecken versetzen. Ein im großen Bogen davongeschleudertes Stückchen Käse genügt, um sie unter wütendem Gebell das Weite suchen zu lassen.

Als er sich wieder auf den Weg macht, regnet es noch immer in Strömen, doch Blitz und Donner sind weiter nach Norden gezogen. Als der Tag zur Neige geht, droht ihm erneut Gefahr: undurchdringliche Finsternis. Es ist die erste mondlose Nacht. Er hatte gehofft, noch vor Einbruch der Dämmerung in Miranges einzutreffen, doch das schlechte Wetter und vor allem die lange Unterredung am Gericht haben ihn aufgehalten. Nun kann er überhaupt nichts mehr sehen und muss sich ganz auf die fahle Linie verlassen, die die Straße beschreibt, denn eine andere Lichtquelle gibt es nun nicht mehr.

Als er endlich die Turmspitze von *Saint-Marcel* erkennt, ist er vollkommen erschöpft. Sein Postpferd qualmt und spuckt Schaum. Doch er kehrt voller Zuversicht von seiner Reise zurück.

Colomban muss auf ihn gewartet haben und darüber eingeschlafen sein. Erschrocken fährt er hoch und stößt einen Schrei aus. Danach bleibt sein Mund sperrangelweit geöffnet, doch es kommt kein Laut mehr über seine Lippen. Jaspart blickt ihm forschend ins Gesicht und macht sich auf das Schlimmste gefasst.

«Die Witwe …», bringt Colomban mühselig hervor. «Sie haben sie gefoltert.»

Jaspart stürzt zum Fenster, sieht draußen jedoch nur das Unwetter.

Weiter weiß Colomban keine Einzelheiten zu berichten. Er wiederholt lediglich, was er in der Herberge aufgeschnappt hat. «Geh nun schlafen, mein kleiner Freund», befiehlt ihm Jaspart mit schwacher Stimme.

Eilig verlässt er die Herberge und überquert den menschenleeren Platz. Der Regen peitscht ihm ins Gesicht. Er klopft an die Tür von Anne Dumoulin, doch er erhält keine Antwort. Er läuft zu dem Fenster, das auf den Platz hinausgeht, geht zurück zur Tür und bleibt beharrlich stehen … Endlich hört man das Geräusch leise herannahender Schritte. Die Türklappe öffnet sich einen Spalt breit. Mit schwacher Stimme fragt sie ihn, was er wolle.

Er drängt sie, ihm schnell die Tür zu öffnen, denn er habe ihr wichtige Dinge mitzuteilen.

Schweigen.

«So öffnet mir doch, ich flehe Euch an! Ich muss Euch dringend sprechen.»

«Ich will mit niemandem sprechen.»

«Aber es geht doch um Euch!»

«Ihr habt mich im Stich gelassen.»

«Genau das ist eben nicht der Fall!»

«So?»

«Ich werde Euch alles erklären, lasst mich bitte herein!»

«Ich brauche keine Erklärungen, sondern einfach nur Ruhe.»

«Ihr habt also kein Vertrauen mehr in mich. So hört mir doch bitte wenigstens zu ...»

«Nein. Lasst mich in Ruhe.»

Mit einem harten Schlag fällt die Türklappe wieder zu. Die Witwe schiebt den Riegel zu und entfernt sich.

Hektisch läuft er auf dem Platz hin und her, überlegt kurz, ob er wieder zurück auf sein Zimmer gehen soll, beschließt jedoch, Carache d'Autant aufzusuchen. Er wird wissen, was genau sich zugetragen hat.

Er wirft ihm ein Steinchen gegen die Fensterläden. Der Jesuit öffnet sogleich, fast, als habe er nur auf sein Signal gewartet, und bittet ihn zu sich herauf. Das Bett ist noch unbenutzt. Auf dem Parkett tropft es aus Jasparts Stiefeln und Kleidern, er zittert.

Anne Dumoulin hat den ersten Grad der Tortur über sich ergehen lassen müssen. Selbst Carache d'Autant hat erst Stunden später davon erfahren. «In einer Folterkammer auf der Burg hat man ihr die Schulter und die Brust verbrannt. Auf Befehl von de La Barelle. Malot hat versucht, eine Aufschiebung bis zu Eurer Rückkehr zu erwirken, mit der Begründung, Ihr könntet Euch über eine solche Maßnahme sehr erbost zeigen, doch es half alles nichts.»

«Der Oberste Burgunder Gerichtshof wird Richter und einen Trupp bewaffneter Männer entsenden», berichtet Jaspart mit abgehackter Stimme.

«Wann?»

«Bald. Aber Näheres weiß ich auch nicht. Bis es so weit ist, müssen wir dringend Stillschweigen bewahren. Und irgendwie Zeit gewinnen. Wir müssen dafür sorgen, dass die Prozesse sich hinziehen, ganz gleich, wie wir das anstellen.»

«De La Barelle und seine Schergen haben es anscheinend eilig. Was können wir da schon groß ausrichten, ohne Waffen, ohne Weisungen von höherer Stelle, und zudem in aller Heimlichkeit?»

«Wisst Ihr, was man mit ihr vorhat?»

«Malot wird es uns sagen können.»

«Ich werde mit de La Barelle sprechen.»

«Der versteht keine normale Sprache mehr. Seine Frau mit dem Bart bringt ihn noch um den Verstand.»

Ohne dass es zu irgendetwas führen würde, laufen beide unruhig im Raum auf und ab.

«Lasst uns zusammen beten», sagt der Jesuit.

Draußen tobt nach wie vor das Unwetter. Jasparts Kleider blähen sich wie Segel auf, als wollten sie ihn fort ins Verderben ziehen.

In der Gaststätte ist noch lange nicht Ruhe: knarrende Türangeln, gegen eine Wand schlagende Ketten, hartnäckiges Tiergebrüll, draußen dieser wahnsinnige Wind, Schreie der Angst in der finsteren Nacht. *In furore justissimae irae …* Er macht bis zum Morgengrauen kein Auge zu. *In furore justissimae irae …* Die kleine Glocke von *Saint-Bénigne* wird wach. Ihr Klöppel schlägt beharrlich gegen die bronzene

Glockenwand. Gesegnet sei der Name des Herrn. Unendlich langsam streicht sie über die blank liegenden Nervenstränge. Ich will ihm redlich dienen. Ihr auf- und abschwellendes Geräusch dreht ihm den Magen um …

Die Marter ist nur von kurzer Dauer, dann kehrt Ruhe ein. Absolute Stille.

Ein Hahn beginnt mit seinen morgendlichen Stimmproben. Ein anderer nimmt die Herausforderung an. Zwei große Wachhunde stimmen ein, als wollten sie dem Federvieh den Klangraum streitig machen. Die Menschen stehen auf, brüllen, dass hier noch immer sie das Sagen hätten, schlagen die Fensterläden wieder zu und beginnen, sich zu streiten.

Im Gericht begrüßt man ihn eher verhalten.

Es habe den Präsidenten sehr beunruhigt, ihn bei den letzten Gerichtsverhandlungen nicht anzutreffen. Mit einer höflichen Handbewegung fordert er ihn auf, seinen Platz zwischen dem Richter Canin und dem Jesuiten wieder einzunehmen. «Das Gericht», fügt er hinzu, «hätte natürlich seine Abwesenheit und den Tag seiner Wiederkehr berücksichtigt, wenn es darüber in Kenntnis gesetzt worden wäre.»

«Das Gericht hat in der Zwischenzeit mit … bemerkenswerter Geschwindigkeit gehandelt.»

Der Tonfall missfällt.

«Der Herr Kontrolleur hat wahrscheinlich eine sehr dringende Angelegenheit zu erledigen gehabt …», grummelt Canin.

«In der Tat, mein Herr.»

Die drei Richter aus Miranges rutschen unruhig auf ihren Stühlen hin und her.

«Wie dem auch sei», wagt Bouchard sich vor, «die Aufgabe unseres Gerichts besteht darin, Verbrechen zu ahnden. Genau dies und nichts anderes haben wir getan.»

«Gerechtigkeit», knirscht Denvers, «erfordert Weisheit.»

De La Barelle greift ein. Seit seiner Ankunft habe der Herr Kontrollrichter doch an allen Sitzungen teilnehmen dürfen, und er habe sich ansehen können, was immer er wollte. Er habe keinerlei Formfehler feststellen können, keinerlei Abweichungen von den allgemeinen Gesetzen des Königreichs. Er habe einige Fragen auf dem Herzen gehabt, und das Gericht habe sich redlich bemüht, darauf die entsprechende Antwort zu finden.

«Die Tortur ersten Grades der Witwe Dumoulin, Herr Präsident, wurde voreilig angeordnet. Es lagen überhaupt keine Beweise gegen sie vor. Eine solche Anwendung der Folter ist Missbrauch.»

«Aha, um die Witwe macht Ihr Euch also Sorgen …»

«Um die anderen ebenso. Eine Gerichtsvorladung heißt noch lange nicht, dass man mit glühenden Eisenzangen verbrannt wird … Wozu brauchen wir dann überhaupt die Justiz? Mit welchem Recht hält sie sich nach wie vor für etwas Besseres als den wütenden Mob?»

«Dies ist eine unverschämte Infragestellung der juristischen Vorgehensweisen», kläfft Canin Bouchard zu.

De La Barelle rückt seine schwarze Ordensspange mit den vier Spitzen zurecht. Seine Stimme klingt mit einem Mal eiskalt. Die Witwe Dumoulin, so sagt er, sei genauso wie alle anderen behandelt worden. Immer mehr Beweise hätten gegen sie gesprochen. Das habe der Richter gar nicht mehr mitverfolgen können, denn er sei ja fort gewesen. Im Übrigen habe man ihr alles andere als übel mitgespielt. Nur das Nötigste sei gemacht worden. Selbstverständlich könne man der Auffassung sein, die Folter sei nicht gerade das beste aller Rechtsmittel, doch bisher sei es eben doch das einzige, das sich als effizient erwiesen habe. Es sei denn, eines schönen Tages komme ein Arzt oder ein Zauberer daher und erfinde ein Wahrheitselixier, dann könne die Justiz auf diese Unannehmlichkeit verzichten.

Pathetisch schlägt er die Hände über dem Kopf zusammen: «Mein sehr verehrter Herr Kontrolleur, der Justiz ist ganz bestimmt nicht daran gelegen, Zeuge von Leid und Schrecken zu werden. Doch sie befasst sich nun einmal mit ernsten, größtenteils sogar sehr ernsten Angelegenheiten. Und sie vertritt – sofern es erforderlich ist, das noch einmal in aller Deutlichkeit zu sagen – die Rechte der Opfer, der Unschuldigen und all derjenigen, die sie vor zukünftigen Ausschreitungen zu beschützen hat. Mit ihren Strafen statuiert sie ein Exempel, sodass für kriminelle Absichten genügend Abschreckung existiert.»

Da Schweigen eingetreten ist, überlegt sich der Gerichtsdiener, ob es nun an der Zeit sei, die üblichen Erfrischungen zu reichen. Doch niemandem scheint jetzt der Sinn nach einem guten Tropfen Miranger-Wein und etwas Salzgebäck zu stehen. Das Gericht drängt sich dicht und feindlich hinter dem großen Tisch zusammen, der nun alles andere als Gleichgesinnte in froher Runde vereint. Richter Denvers ballt unter dem Tisch die Fäuste. Noch ahnt er nicht, dass die von ihm angeprangerte Gewaltspirale im Begriff ist, sich weiter zuzuspitzen.

Es gibt schon wieder einen neuen Angeschuldigten.

Um ihn vorzuwarnen, dass er mit dem Schlimmsten zu rechnen habe, wirft der Gefängnisvorsteher Denvers einen stechenden Blick zu.

Carache d'Autant macht sich noch nicht einmal mehr die Mühe, leise zu sprechen, als er ihm eröffnet: «Jetzt fängt der Teufel an, Fliegen zu fressen.»

Canin erhebt sich von seinem Sessel, steigt von der Estrade herunter und die drei Stufen zur Kanzel wieder hinauf. Er geht in Angriffsstellung.

«Es wurde noch keine Anklage erhoben», sagt er gewichtig. «Bis jetzt zumindest noch nicht. Doch es ist die Pflicht des Gerichts, ausnahmslos jeden zu befragen, der über Informationen verfügt ...»

Jaspart Denvers wartet ungeduldig auf den Namen des Angeschuldigten.

Es handele sich um einen Jungen, der in der Herberge *Lion d'Or* arbeite und der vor den Kunden damit prahle, viel von Hexerei zu verstehen. Was er in aller Öffentlichkeit zum Besten gebe, das könne er doch auch ruhig vor Gericht wiederholen.

Ganz ohne Eile werden die Türen geöffnet.

Ein Wächter führt den Jungen herein. Er hat ihm die Hand auf die Schulter gelegt. Fast wie ein Vater oder ein Pastor.

Colomban weiß nicht, wie er sich verhalten soll. Er blickt erst hinter sich und dann durch den gesamten Saal, gerade so, als wolle er fliehen. Er kann sich kaum auf seinen dünnen Beinen halten. Jaspart Denvers erkennt ihn fast nicht wieder.

«Dieser Junge ist noch ein Kind», sagt der Jesuit mit fester Stimme.

«Ja», antwortet der Präsident. «Das werden wir auch berücksichtigen …»

Canin fragt ihn, ob er seinen Namen schreiben kann. Dann macht er dem Gerichtsdiener ein Zeichen, er möge ein Blatt Papier, Tinte und eine Schreibfeder bringen.

Der Junge ist voller Eifer. Er will seine Sache unbedingt gut machen.

Bouchard und de La Barelle tuscheln kurz miteinander. Der Junge ist Linkshänder. Der Gerichtsschreiber wird gebeten, dies mit ins Protokoll aufzunehmen.

Aus einer Ledertasche nimmt Canin Zettel, Baumrinden, flache Steine und Stofffetzen, auf denen, wie er sagt, okkulte Zeichen und Zeichnungen seien.

Die Beweisstücke werden herumgereicht.

Das sei doch er gewesen, der das alles gemalt habe, nicht wahr?

Colomban nickt.

Die Zeichnungen, teils mit dünnen, teils mit dicken Strichen gezogen, sehen alle etwas merkwürdig aus. Giftpflanzen, auf einer Glocke sitzende Teufelchen, verfremdete Menschenkörper, einzelne Körperteile …

Da er das ja alles selbst gemalt habe, wisse er doch bestimmt auch, was es damit auf sich habe. Und er könne ihnen sicherlich verraten, was von alldem er mit eigenen Augen gesehen habe.

Der Junge lässt immer wieder seine Blicke kreisen, misst ab, wie gut seine Chancen stehen, noch zu entkommen.

Auf Canins Nachfrage hin erklärt der Statthalter, dass es

noch andere Beweisstücke gegeben habe, doch dass diejenigen, die er mitgebracht hat, seiner Auffassung nach am aussagekräftigsten seien.

Der Staatsanwalt dankt ihm für seine hervorragenden Ermittlungen und beschleunigt das Verhör. Ob der Junge persönlich mit Hexen bekannt sei. Wenn ja, mit welchen? Was wisse er denn über die Frau mit dem Bart? Ob er ihr schon einmal persönlich begegnet sei. Womöglich am Hexensabbat?

Colomban gerät in Panik und gibt zusammenhanglose Antworten. Das fällt selbst den Richtern auf. Der Junge wird zunehmend nervöser, denkt nur noch daran, wie er sich aus seiner misslichen Lage befreien kann. Seine Stimme verrät blanke Angst. Sie klingt hoch und schrill, beinahe pfeifend.

Richter Denvers bittet darum, das Verhör abzubrechen.

Der Jesuit schließt sich dieser Bitte an, beruft sich darauf, dass der Zeuge nichts zu sagen habe.

Der Präsident gibt ihrem Antrag statt.

Seine Beisitzer starren ihn ungläubig an. Der Junge hat ja noch nicht einmal über die Frau mit dem Bart ausgesagt! Was ist denn das jetzt schon wieder für eine neue Taktik? Bouchard wirft Canin fragende Blicke zu.

Das Kind wird von Wachposten abgeführt.

«Freispruch», verkündet de La Barelle. Er wirft dem Jesuiten einen verächtlichen Blick zu und fordert den Statthalter auf, seinen Bericht zu verlesen.

«Der Minderjährige namens Colomban, von Beruf Herbergsbursche, hat vor der Kundschaft damit geprahlt, die Frau mit dem Bart zu kennen. Bei der Befragung an Ort und

Stelle durch einen Ermittler antwortete er wie folgt ...» Châtaigne muss nach der rhythmisch abgehackt vorgetragenen Einleitung tief Luft holen. «Ich bin nicht zum Hexensabbat ausgefahren, doch ich habe die Stimme gehört, von der alle Leute reden. Sie singt bei Auf- und Untergang des Mondes. Wenn der Mond nicht zu sehen ist, schreit sie. An den übrigen Tagen klingt sie sehr traurig. Man muss weinen, wenn man sie hört. Ich glaube, das liegt daran, dass die Frau mit dem Bart alle ihre Kinder verloren hat und nach ihnen sucht.»

De La Barelle ermuntert die Ordnungshüter, ihre Arbeit unbedingt fortzusetzen und den Jungen weiterhin unauffällig zu beobachten. Sich dazu in die Herberge zu begeben, sei ein sehr kluger Einfall. Um die Stimmung ein wenig aufzulockern, fügt er noch hinzu: «Selbstverständlich nur unter der Bedingung, dass dabei nicht das eine oder andere Gläschen Pinot Noir zu viel getrunken wird.» Niemand lacht.

Denis Malot tut seine Zufriedenheit kund, dass der Junge nicht auf die Burg geschickt wird. «So ein kleiner Dreikäsehoch wär da einfach fehl am Platz. Darauf könnten die anderen Gefangenen komisch reagieren.»

Diese Bemerkung ist nicht nach de La Barelles Geschmack, und schroff erteilt er ihm einen Verweis. Als Gefängnisvorsteher sei er dazu verpflichtet, jeden Gefangenen, den ihm das Gericht schicke, kommentarlos aufzunehmen. Das pausbäckige Gesicht des Vorstehers läuft bis über beide Ohren rot an.

Bouchard macht sich wie immer nur um juristische Aspekte Gedanken und gibt deshalb zu bedenken, dass die Deutung der Zeichnungen nicht einfach sein wird, zumal kein Sachverständiger für Dämonologie mehr am Gericht sei. Er bedauert in diesem Zusammenhang den Rücktritt des Ritters von Yres und stellt sich die Frage, ob das Gericht ihn nicht verpflichten könnte, sein Amt wieder aufzunehmen.

Timothée de La Barelle blickt zur Decke hinauf. Wie soll er bloß die Prozesse zu Ende führen, an einem Gerichtshof, an dem es vor Stümpern und heuchlerischen, heimtückischen Kreaturen nur so wimmelt?

Um den Kollegen zu trösten, erinnert Canin daran, dass der Junge ja aus mehreren Gründen festgenommen worden sei. Er würde ja nicht einfach nur entsetzliche Geschöpfe zeichnen, sondern sei zudem auch noch Linkshänder. Wie ein betender Jude wippe er mit dem Körper von vorne nach hinten, hocke sich auf die Kirchenglocken und schleiche des Nachts durch die Gassen. Zudem sei er unbekannter Abstammung und pflege Umgang mit Gespenstern.

Der Präsident seufzt. Eine lange Liste mit schwer wiegenden Indizien, in der Tat.

Als Auftakt zu einer weiteren mondlosen Nacht verfärbt sich der Abendhimmel schwarzviolett. Mit Einbruch der Dunkelheit hält keineswegs Frieden Einzug in der Welt. Vor der Herberge streiten sich die Katzen. In den Gassen fluchen und pinkeln die Besoffenen.

Jaspart Denvers zieht seine Schuhe mit den eckigen Kappen aus und hängt seine Perücke über den Perückenhalter. Kurz glaubt er in dem gesichtslosen Kopf sein eigenes Bildnis wiederzuerkennen. An der Wand erinnern die Flügelärmel seines herabhängenden Mantels an tote Fledermäuse.

Er verfasst ein weiteres Kapitel seines Berichts. Noch am kommenden Morgen wird er ihn in einem versiegelten Umschlag nach Dijon bringen lassen. Es klopft an der Tür. Das ist nicht das übliche Kratzen wie von einer Katze, das er inzwischen kennt. Jaspart schreit, dass er in Ruhe gelassen werden möchte.

Dennoch wird die Klinke heruntergedrückt, und die Herbergsmutter steht in ihrer ganzen bedrohlichen Leibesfülle in der Tür. Hinter ihr ist undeutlich Colomban zu erkennen. Sie tritt ein, ist ganz verschwitzt und hält in der Hand ein schmieriges Küchentuch.

Sie lässt es einfach auf den Boden fallen, faltet die Hände, verdreht sie unter ihrem schwabbeligen Kinn und stimmt ein leidenschaftliches Klagelied an. Sie fleht ihn an, verspricht ihm alles, was er wolle, und das bis ans Ende seiner Tage, wenn er ihr nur ihren Jungen rette. Was immer er dafür haben wolle, sie könne es ihm geben, selbst Geld könne er von ihr bekommen, denn sie habe welches. Auch dem vorherigen Gerichtshof habe sie welches gegeben, als ihr Ehemann des Weinschmuggels bezichtigt worden sei, doch die da jetzt im Gericht säßen, seien ja noch viel bösartiger als die davor, das würden alle sagen, denn die seien noch nicht einmal durch Gold zu besänftigen, die seien einzig und allein darauf aus, Leute umzubringen!

«Die wollen mir meinen Colomban verbrennen!», seufzt sie mit blutunterlaufenen Augen und baut sich in einer äußerst merkwürdigen Haltung vor ihm auf. «Dumm, wie er ist, spricht er nun einmal mit jedem! Er rühmt sich, die tollsten Dinge zeichnen zu können! Dabei stimmt es sogar, dass er geschickt ist! Er stellt sich verteufelt gut an! Seine Zeichnungen sind Furcht erregend. Widerwärtige Gestalten! Ja, Euer Ehren, das ist tatsächlich so, da will ich gar keinen Hehl daraus machen! Ich bin keine Lügnerin! Das ist doch aber noch lange kein Grund, ihn mir zu verbrennen! Es reicht doch, ihn dafür zu bestrafen! Man gibt ihm einfach nichts zu essen! Damit kenne ich mich aus! Ich habe ihm die Zeichnerei auch schon hundertmal verboten! Doch er lässt es einfach nicht bleiben!»

Sie dreht sich zu ihm um, macht Anstalten, ihn zu schlagen, doch ihr Küchentuch liegt auf dem Boden. Sie fühlt sich plötzlich ganz unbeholfen, so als sei sie zu nichts mehr in der Lage, und deshalb wird ihr Lamentieren zunehmend lauter: «Hätte ich doch nur auf die Behaarte gehört. Sie hatte mir vorausgesagt, dass ich mit dem Schlimmsten zu rechnen habe. Dieses Kind hier habe ich hinter der Kirche gefunden. Es war zwei oder drei Jahre alt. Es konnte nicht sprechen. Man hat mich gewarnt. Aber ich bin selbst als Kind ausgesetzt worden. Ich hatte nicht so ein Glück wie er, mich haben ganz gemeine Leute bei sich aufgenommen. Deshalb habe ich mich dieses armen Teufelchens erbarmt, habe ihm zu essen und ein Dach über dem Kopf gegeben, ihm sogar einen Beruf beigebracht! Und das hat man nun davon!»

Colomban ist die ganze Zeit über nicht von ihrer Seite gewichen. Sie fasst ihn zwar nicht mit Samthandschuhen an, aber sie beschützt ihn, das spürt er ganz genau, sie will nicht, dass er stirbt.

Jaspart Denvers nimmt den Jungen bei der Hand und bittet ihn, ihm gut zuzuhören. Er dürfe vor Gericht kein einziges Sterbenswörtchen mehr sagen, das sei das Wichtigste. In der Herberge solle er ebenfalls nie wieder über Teufel und Hexen sprechen. Nicht auch nur ein einziges Mal. In Zukunft habe er stumm wie ein Fisch zu sein. Die Zeichnerei müsse er jetzt eben sein lassen oder zumindest alle Zeichnungen gleich wieder vernichten.

Colomban verspricht alles, wirft jedoch dabei die zu versprechenden Dinge durcheinander.

«Seht Ihr!», klagt die Herbergsfrau, «mit ihm kommen wir nie auf einen grünen Zweig!»

Für sie ist es ganz klar, dass man ihn verurteilen wird. Denn bei Gericht würden die Richter für ihn keine Ausnahme machen. Ihnen gehe niemand durch die Lappen. Das Eintreffen des ehrenwerten Herrn Richter, dies zu sagen solle er ihr bitte nicht übel nehmen, habe daran nichts geändert. Es gebe da nur eine einzige Lösung. Der Junge müsse aus der Stadt verschwinden. So schnell wie möglich. Vielleicht sei eine Rückkehr ja eines Tages nicht ganz ausgeschlossen. Doch zurzeit sei es einfach zu gefährlich. Sie werde so tun, als sei ihr der Junge davongelaufen. Doch sie habe Angst vor den Aussätzigen auf den Straßen. Diese Leute seien ansteckend. Die hätten fleischlich gesündigt. Die würden die Brunnen vergiften. Colomban dürfe ihnen auf gar keinen Fall zu nahe kommen, ob ihm das klar sei? Da gebe es immer wieder welche unter ihnen, die sich mit Worten einzuschmeicheln verstehen! Bis zum Ende der Woche werde sie alles für seine heimliche Abreise in die Wege geleitet haben. Ob sie sich auf das Stillschweigen des Richters verlassen könne? Aber ihr bleibe ja sowieso überhaupt keine andere Wahl.

Zusammen mit dem Jungen geht sie wieder nach unten, was ausnahmsweise einmal ganz ohne Lärm vonstatten geht.

Wann wird der Oberste Gerichtshof von Dijon endlich eingreifen? Vor Sehnsucht, das Einmarschieren der Truppe mitzuerleben, malt er sich bereits in Gedanken aus, welchen Aufruhr dies bei Gericht auslösen wird. Er rechnet sich aus, wie viel Zeit der Präsident zur Vorbereitung des Einmarsches benötigt. Zwei Tage? Eine Woche? Eine Woche, das wäre entsetzlich, viel zu viel verlorene Zeit. Da es eine bessere Lösung leider nicht gibt, bleibt ihm nur, die Höllenmaschine so gut wie möglich aufzuhalten. Wie jener griechische Riese muss er das Rad der Zeit zum Stillstand bringen …

Auf dem Schemel wartet der Krokus auf ihn. Er lässt schon schlaff die zarten Blätter hängen. Wie gern würde er seine Arbeit fortsetzen, doch er ist einfach nicht dazu in der Lage. Das Zeichnen würde ihm helfen, seine innere Ruhe wiederzufinden und etwas nachzudenken. Er geht zur Staffelei und greift nach einer neuen Feder.

Der Kampf um die perfekte Rundung der Blätter lässt ihn Zeit und Raum vergessen. *In furore justissimae irae …* Das Lied geht ihm nicht aus dem Sinn. *In furore justissimae irae …* Die Wut über einen überaus gerechtfertigten Zorn.

Während er sich voll und ganz seiner Zeichnung widmet, dringt regelmäßig ein knarrendes Geräusch zu ihm herüber und mischt sich mit dem Gesang in seinem Kopf. Es klingt hell und schrill, ein leichtes Hämmern verleiht ihm Rhythmus. Er legt die Feder beiseite.

Das Geräusch kommt von der Treppe. Als er seine Tür öffnet, wundert es ihn, dass dort niemand zu sehen ist. Das knarrende Geräusch klingt allerdings etwas lauter und wird von einem anderen Geräusch untermalt, das aus einer menschlichen Kehle stammen muss. Er hebt den Kopf und sieht, wie Colomban sich kopfüber von einem Balken herabbaumeln lässt. Einen Moment lang beobachtet er ihn: Colomban hat sich in andere Sphären begeben.

Jaspart versucht sich erneut seiner Zeichnung zu widmen. Doch der kleine Krokus hat die Macht, ihn alles vergessen zu lassen, verloren. Er kümmert sich nicht weiter um den Entwurf und tritt ans Fenster. Dort ist nichts zu sehen. Nicht einmal die Sterne leuchten. Er starrt auf das gegenüberliegende Fenster. Kein einziger Lichtschimmer ist dort zu erkennen. Ob die Witwe wohl zu Bett gegangen ist? Ob die Verletzungen ihr sehr große Schmerzen bereiten?

Er muss sie davon überzeugen, dass sich bald etwas ändern wird, dass sie auf gar keinen Fall verzweifeln darf, dass er bei ihr ist und zu ihr steht, dass die Zukunft noch vor ihnen liegt … Sie wird ihm jedoch nicht glauben. Ihre Zweifel werden nicht ganz unberechtigt sein. Doch er kann nicht einfach tatenlos in seiner Kammer bleiben. Er kann nicht mehr zeichnen, er kann nicht mehr schreiben, und jegliches Nachdenken ist erst recht vollkommen ausgeschlossen. Sein Gehirn arbeitet nicht mehr, und bald wird ihn auch die Vernunft im Stich lassen. Er zieht sich an. Er wird zu ihr gehen.

Sein Klopfen an der Tür mischt sich mit dem Tosen des Windes und dem Regen. Er klopft lauter. Das plötzliche Öffnen der Türklappe überrascht ihn. Er hatte die herannahenden Schritte gar nicht gehört.

Rasch und verlegen trägt er sein Anliegen vor. Nun habe man auch Colomban angeklagt, ob sie darüber informiert sei? Sie müsse ihn dringend hereinlassen, draußen könne er nicht mit ihr reden, das sei zu gefährlich. Anne Dumoulin bleibt ihm eine Antwort schuldig, schlägt jedoch die Türklappe nicht gleich wieder zu. Er presst den Mund gegen das Gitter und versucht sich zu rechtfertigen: Er sei doch lediglich fortgegangen, um Hilfe zu holen, er habe sich sehr beeilen müssen und nicht damit gerechnet, dass sie es tatsächlich wagen würden …

Sie öffnet ihm. Er stolpert fast hinein. Sie sperrt die Tür zu und stellt sich vor ihn hin. Er wartet, den Rücken zur Tür gedreht. Sie zögert, zieht ihr weites Gewand enger an den Körper.

Jaspart kommt allmählich wieder zu Atem, sagt, dass es ihm sehr Leid tue. Ein Schaudern läuft ihr über den Rücken. Im Eingang ist es finster und kalt. Der Oberste Gerichtshof von Dijon, so murmelt er, werde bald einen Trupp Bewaffneter und Richter nach Miranges schicken. Sie reagiert nicht.

In ihrem Wohnzimmer brennt eine Kerze. Das Licht, das durch die Fenster hereinfällt, ist zu schwach, um mehr als einen Meter ins Zimmer hineinzuleuchten. Anne Dumoulin bedeutet ihm, näher zu treten. Sie steht neben dem Kerzenlicht. Hinter ihr sind mehrere Reihen Bücher zu sehen. Sie sieht ihm tief in die Augen und spricht kein Wort. Dann öffnet sie das Oberteil ihres Kleides und entblößt ihre linke Schulter. Ihr Schal gleitet zu Boden. Er streckt den Arm vor, doch sie weist ihn zurück. Sie möchte ihm ihre Verletzung zeigen. Ein langer Schnitt reicht ihr vom Halsansatz bis zur Schulterrundung. Das mit einer blaufarbenen Salbe bestrichene Fleisch liegt offen. Sie lässt es ihn in aller Ruhe betrachten. Dann knüpft sie ihr Leibchen auf und holt ihre linke Brust hervor. Das Fleisch ist wie angefressen. Dunkle Striemen führen von der nicht genau auszumachenden Wunde fort.

«Habt Ihr starke Schmerzen?», murmelt er.

«Ja, vor allem im Kopf … Der Schmerz steigt ins Gehirn. Was ich auch einnehme, er geht nicht weg. Vor allem aber muss ich mich vor dem Fieber in Acht nehmen.»

Er nimmt ihre Hände in die seinen. Sie sind glühend heiß. Er legt ihr kurz die Hände auf die Stirn, lässt sie die Haare hinabgleiten und senkt die Arme wieder. Schweigend ordnet sie ihre Kleider.

Er folgt ihr ins Schlafzimmer. Auch dieser Raum wird nur durch eine einzige Kerze erhellt. Das Bett ist nicht gemacht, die Laken sind durcheinander.

«Ich kann nicht schlafen. Da hilft noch nicht einmal unser berühmtes Allheilmittel. Mein Körper reagiert nicht auf Theriak. Vielleicht befürchtet er, sich gänzlich aufzugeben, sobald er sich Morpheus' Armen anvertraut. Ich möchte nicht sterben.»

Von der Müdigkeit übermannt, legt sie sich aufs Bett. Ihr Blick lässt sich durch die Zimmerdecke nicht aufhalten. Sie liegt vollkommen regungslos. In dem Meer aus weißer Bettwäsche wirkt ihr Körper wie verloren. Die Finger ihrer rechten Hand bewegen sich und zeigen auf ihn. Er streift seinen nassen Umhang ab und legt sich der Länge nach neben sie hin. Er dreht sich auf den Rücken und blickt ebenfalls nach oben. Dann ergreift er die Hand, die ihn hierher eingeladen hat. Neben dieser Frau zu liegen, an die er die letzten Tage so viel gedacht hat, erscheint ihm plötzlich ganz einfach.

Er wendet sich ihr zu, streichelt ihr über den rechten Ellbogen, dann über die unversehrte Schulter, legt ihr einen Arm um die Hüften und spürt die Wärme ihres Körpers. Sie greift nach seinem Handgelenk und flüstert ihm zu, dass mehr Nähe zwischen ihnen leider nicht möglich sei. Das habe nichts mit ihren Verletzungen zu tun, doch bei Leermond habe sie ihre Regel. Das sei die Blutsteuer, glaubt sie. Sie wolle ihn nicht schlechten Einflüssen aussetzen. Es sei auch schon so genug Schlimmes passiert.

Also bleiben sie in ihrer Umarmung regungslos liegen. Er verspürt nicht die geringste Lust, zurück zur Herberge zu gehen. Sie scheint ihn nicht zum Gehen aufzufordern. Sie lauschen dem nicht enden wollenden Gewitter. Gelegentlich stöhnt sie. Er legt ihr seine Hand auf die Stirn. Sie lässt ihn gewähren. Mit der Zeit lässt bei beiden das Herzklopfen ein wenig nach.

Sie beobachten den flackernden Schein der Kerze.

«Fällt Euch die Einsamkeit hier nicht schwer?»

«Ich bin lieber allein.»

Es überrascht ihn, wie bestimmt ihre Antwort klingt.

«Habt Ihr Euren Mann nicht geliebt?»

«Er war ein Monster», antwortet sie kalt.

Diese Aussage lässt er erst einmal auf sich wirken.

«Wolltet Ihr kein Kind von ihm bekommen?»

«Ich wollte dieses Kind bekommen.»

«Doch es hatte nicht die Kraft zu leben?»

«Und ob!», platzt sie heraus.

Er sinnt lange nach.

«Was genau hat sich denn zugetragen?»

«Mein Mann wollte das Kind nicht haben.»

«Wollte er keine Erben hinterlassen?»

Er kann es einfach nicht lassen, ihr fortwährend Fragen zu stellen. Freundlich weist sie ihn darauf hin, dass der Herr Richter anscheinend nicht über seinen Schatten springen könne. Doch sie bleibt ihm keine Antwort schuldig.

«Wir schliefen in getrennten Schlafzimmern. Dabei hielt uns die gesamte Stadt für ein zufriedenes Paar. Niemals hat jemand uns in der Öffentlichkeit streiten sehen. Dumoulin galt als beispielhafter Ehemann …» Ein Stöhnen entfährt ihr.

«... Eines Tages bemerkte ich, dass ich schwanger war. Ich wusste ganz genau, dass er mir das nicht verzeihen würde ... Ich hätte es wegmachen lassen können, die Hebamme ist einem bei so etwas gern behilflich, wenn man sie entsprechend bezahlt. Doch ich liebte das kleine Wesen in mir bereits. Und zudem ist es ja auch eine Sünde, es wegmachen zu lassen, nicht wahr? Deshalb redete ich mir ein, dass ein Kind meine trüben Tage in diesem finsteren Haus und in dieser Apotheke, die nach Tod und Siechtum riecht, aufheitern könnte. Ich entschloss mich, alles auf eine Karte zu setzen ... Befremdet Euch das?»

Sie setzt sich im Bett auf und umfasst mit ihren Armen ihre angewinkelten Beine.

«Es gab für mich keinen anderen Ausweg, als ihn zu der Überzeugung zu bringen, das Kind sei von ihm. Ich beschloss, das Geheimnis bis zu seinem Tod nicht preiszugeben und dann eines Tages meinem Kind alles zu erklären. Die Pläne, die ich ausheckte, waren auf Lügen gebaut. Ich verbrachte eine Nacht in seinem Bett. Es war entsetzlich. Ich fühlte mich wie eine Hure mit ihrem ersten Freier. Er tat nichts, um meine Scham erträglicher zu machen. Ganz im Gegenteil. Er hatte Nachholbedarf und rächte sich für die ihm so lange auferlegte Enthaltsamkeit ... Danach hat er mir tatsächlich eine Weile geglaubt, das Kind sei von ihm. Doch bald schon begann er zu zweifeln. Ich hatte mich ihm ja nur dreimal hingegeben. Er befahl mir, auf die Bibel zu schwören, dass er der Vater sei. Und ich schwor.»

Anne Dumoulin beißt sich auf die Lippen.

«Eines Tages beobachtete er mich, wie ich mit einem Buchenzweig tanzte, den ich aus dem Wald mit nach Hause gebracht hatte. Ich streichelte den Zweig. Ich umarmte ihn und sang dazu. Ich glaubte fest, er sei noch wegen einer dringenden Angelegenheit in Dijon, doch er war früher als erwartet zurückgekommen. Er hatte seinen Pferdewagen ein wenig abseits stehen lassen. Er wollte mich beobachten und hoffte insgeheim, mich mit einem anderen Mann zu erwischen. Und was bekam er stattdessen geboten? Ich tanzte und sang mit diesem Zweig, als ob sich das Kind schon nicht mehr in meinem Bauch befände …

Seiner Ansicht nach durfte eine Frau nicht in aller Einsamkeit singen. Er unterstellte mir, ein Hexenlied gesungen zu haben. Ab diesem Moment wollte er ein Geständnis von mir hören. Er wollte unbedingt wissen, wer der Vater des Kindes sei. Um jeden Preis. Ich hörte damit auf, ihm ständig Widerworte zu geben. Als er eines Tages zu heftig zuschlug, sagte ich ihm endlich, dass er zu meiner großen Erleichterung nicht der Vater des Kindes sei. Besser hätte ich ihm nicht wehtun können …»

Anne steht auf und geht im Zimmer umher. Ihr Schatten überschneidet sich mit dem Widerschein der Kerze.

«Er hat sich gerächt, indem er mir einen Abtreibungstrank bereitet hat: Zyankali mit Brechbaumfrüchten und Eisenhut, um das Herz zur Raserei zu bringen. Dann hat er mich gefesselt und mir mit einem Trichter das Gebräu gegen meinen Willen eingeflößt … Am Abend bekam ich hohes Fieber und heftige Krämpfe. Seine Mittel waren in den meisten Fällen immer ausgesprochen wirksam. Von allem, was über ihn geredet wird, ist das wohl das Einzige, was tatsächlich stimmt. Selbst als ich mich vor Schmerzen krümmte, schon während der Austreibung und auch noch danach, hörte er nicht auf, mich zu erniedrigen und zu beschimpfen.»

Ein Kloß sitzt ihr im Hals. Ein kräftiger Wind rüttelt an den Fenstern, sodass die fest verschlossenen Läden klappern. Das Prasseln des Regens wird wieder lauter. Statt nun endlich Einzug zu halten, entschwindet der Frühling in immer größere Ferne.

«Danach hatte er Gewissensbisse. Er bat mich um Verzeihung und ging regelmäßig in die Kirche. Bei der Beichte hat er dem Pfarrer sein Verbrechen gestanden.»

«Der Pfarrer kennt die Geschichte also?»

«Ja, aber er hat ihm die Absolution erteilt. Er hatte Verständnis dafür, dass eine ehebrechende Frau ihren Mann in den Wahnsinn treibt. Der Pfarrer war schon immer gegen mich und für ihn. Wehe dem, der sich da einmischen wollte … Dann begann das Gerede in der Stadt. Es hieß, ich sei ein leichtes Frauenzimmer …»

Anne steht nun wieder neben ihm. Die Kerze erhellt ihre eine Gesichtshälfte.

«Es ging mir sehr schlecht … Fremden, die sich hier nur auf der Durchreise befanden, schüttete ich mein Herz aus. Wer nicht aus Miranges stammte, dem schenkte ich sogleich mein Vertrauen. Ich begann diese Stadt zu hassen. Das hat sie mir nun heimgezahlt.»

Dem Apotheker müssen diese «Fremden auf der Durchreise» wohl sehr missfallen haben, denkt sich im Stillen Jaspart. Vielleicht hat sie sich ihnen hingegeben … Und diese Spaziergänge durch den Wald … Es fällt ihm wieder ein, wie er zum ersten Mal Abel gesehen hat und wie Anne Dumoulin plötzlich und unerwartet ebenfalls zur Stelle war.

Sie schweigen, doch von nun an verbindet sie ein Geheimnis.

Sie beugt sich über ihn und küsst ihn ins Gesicht. Ihre Küsse sind flüchtig, wie Wassertropfen, die zufällig zu Boden fallen. Er erwidert sie und bebt dabei am ganzen Körper. Ihm wird heiß und kalt. Er hat große Mühe, sein

Verlangen unter Kontrolle zu halten. Sie aber gibt sich würdevoll und fröhlich. Manchmal verzieht sie einen Moment lang vor Schmerz die Lippen, weil sie eine falsche Bewegung gemacht hat. Dann seufzt sie und bringt sich in eine andere Stellung. Sanft lässt er seine Finger durch die ihren gleiten. Sie drückt zu.

Als er mit dem ersten Glockenschlag in die Herberge zurückkehrt, versucht er, jeden Lärm zu vermeiden. Dennoch fasst ihn eine Hand bei der Schulter …

Die Herbergsfrau hat ihm aufgelauert. Er braucht nicht nach einem Alibi zu suchen, sie ist im Bilde. Hat sie hinter der Tür oder an den Fensterläden gelauscht? Sie packt ihn am Ärmel und zerrt ihn ins Hinterzimmer. In dieser Steinhöhle hört sie allein das klaffende Ofenloch. Der Tonfall, den die Herbergsmutter mit einem Mal anschlägt, verwundert ihn sehr. Als habe sie ihm lang genug geschmeichelt, spricht sie nun massive Drohungen gegen ihn aus.

«Wenn Ihr Colomban nicht helft, werde ich Euch denunzieren.»

«Was genauso wollt Ihr von mir?»

«Ihr müsst ein Versteck für ihn finden.»

«Wolltet Ihr nicht dafür sorgen, dass er von hier verschwindet?»

«Ja, aber ich will nicht, dass er als Bettler auf der Straße endet.»

«Und deshalb was?»

«Und deshalb muss er nach Dijon gehen, und dort muss ihn jemand bei sich aufnehmen, bis wieder andere Zeiten anbrechen.»

Jaspart Denvers zweifelt nicht länger an ihrer Weitsicht.

«Wer soll denn das tun?»

«Die Antwort auf diese Frage überlasse ich Euch.»

In Dijon kennt er niemanden. Doch er weiß, dass diese Frau auf eine Antwort von ihm wartet, ja sogar darauf besteht. Vage kommt ihm ein Pastor in den Sinn, von dem er gehört hat …

«Ich für meinen Teil kümmere mich um die Reise», hört er die Frau sagen. «Alles Weitere klären wir beim Abendbrot.»

Verschwörerisch sehen sie sich an. Eine Hand wäscht die andere. Sie wird schweigen, er wird schweigen.

Bis zum Tagesanbruch kann er noch eine Stunde schlafen.

Am darauf folgenden Tag wird Anne Dumoulin erneut vorgeladen.

Der Präsident hat kein Einsehen mehr. Er ist allen gegenüber misstrauisch. Die Macht steigt ihm immer mehr zu Kopf, und es drängt ihn, seine Dominanz über einen anderen Menschen zu spüren. Canin und er nehmen die Witwe gemeinsam in die Mangel.

Sie gibt nicht nach und bleibt beharrlich bei ihrer ersten Version. Ihre Standhaftigkeit versetzt die Herren in Rage. Ihre Kraft beeindruckt Jaspart. Nicht die geringste Andeutung ihrer nächtlichen Geständnisse sickert vor Gericht durch. Weder der heimliche Liebhaber noch die erzwungene Abtreibung. Die Geschichte der Witwe Dumoulin bleibt weiterhin erstaunlich unspektakulär. Eine bedauernswerte Fehlgeburt, zwei enttäuschte Eheleute, Herzversagen, eine traurige Witwenschaft.

Bei dem leisesten Geräusch von draußen horcht er auf. Einmal meint er ganz bestimmt, das hämmernde Geräusch herangaloppierender Hufe zu vernehmen, doch es sind nicht die Abgesandten aus Dijon. Er spitzt also weiterhin die Ohren und malt sich sehnsüchtig eine fulminante Erstürmung des Gerichtsgebäudes aus. Die blau-roten Büttel aus Miranges würden tatenlos zusehen müssen. Der Prozess würde ausgesetzt werden. Um den großen Tisch herum würden die Richter aus Dijon Platz nehmen. Die Witwe würde nach Hause entlassen werden …

Der Staatsanwalt Canin klagt sie an, ihren um zwanzig Jahre älteren Mann vergiftet zu haben, um mit den Sukkuben herumzutollen. «Diese Anklage ist vollkommen abwegig!», erhebt Carache d'Autant Einspruch. Man droht ihm, ihn umgehend des Saales zu verweisen. Der Präsident fordert in seinem Zustand extremer Anspannung den Tod der Witwe. Er nimmt sein Verhör wieder auf, will endlich zum Ende gelangen. Die Witwe bleibt ihm in keinem Punkt eine Antwort schuldig.

«Wenn man sich das so anhört, so muss diese Frau wirklich eine Heilige sein», murmelt de La Barelle so laut, dass alle ihn hören können, Bouchard zu. «Hier bei uns vor Gericht ist ja wirklich eine heiliger als die andere. Ihr werdet sehen, schon bald hat jede Kirche ihre eigene Hexengalerie. Auf dass die Gläubigen zahlreich kommen, um sie anzubeten!»

Sie sprechen über die Witwe, als stünde sie nicht leibhaftig vor ihnen. Ihre Überheblichkeit kennt keine Grenzen mehr. Jaspart Denvers wird von Zweifeln gemartert. Und was, wenn der Präsident des Obersten Gerichtshofs von Dijon ihm nur leere Versprechungen gemacht hat? Oder wenn er sich dazu entschlossen hat, sich alle Zeit der Welt zu lassen, damit es bloß nicht so aussieht, als gehorche er Paris?

Plötzlich entlässt de La Barelle die Witwe. Anscheinend spürt er, dass er sie an diesem Tag zu keinem einzigen Geständnis bringen wird. Trotz und Wut stehen ihm ins Gesicht geschrieben, während Wachen die Angeschuldigte abführen.

Er lässt seinen Unmut an den Beisitzern aus. Dieses Frauenzimmer dürfe nicht einen Tag länger frei herumlaufen, poltert er los. Es müssten um jeden Preis handfeste Beweise gegen sie vorgebracht werden. Auf lästermäulige Megären und alte nachtragende Giermäuler habe er langsam keine Lust mehr …

«Es sind gerade Musiker in der Stadt», versucht Bouchard sich einzubringen. «Da dachte ich mir, vielleicht könnten wir bei der Gelegenheit …»

«Die Justiz stürzt sich nicht auf Gelegenheiten!»

«Aber Herr Präsident, man sagt doch, dass Musiker an den Sabbaten auf dem Berg teilnehmen …»

«Musik ist nur Schall und Rauch! Ich aber suche nach der Frau mit dem zerzausten Bart! Und soviel ich weiß, spielt die nicht auf der Harfe!»

Er ist dennoch damit einverstanden, dass man sie am Nachmittag herbringen lässt, gleich nach Jeanne Bourg und Abel. Wenigstens die hätten ja alle beide schon gestanden, fügt er hinzu. Zumindest bei denen müsste das Verfahren ja einfacher ablaufen als bei dieser dickköpfigen Witwe.

Sobald die Sitzung beendet ist, nimmt Carache d'Autant Denvers zur Seite. «Geht mit mir! Ein Weinbauer feiert heute Taufe. Die Musiker, von denen hier gesprochen wurde, werden auch dort sein. Ich soll die Predigt halten …»

Als sie das herrschaftliche Haus erreichen, ist die Feier bereits in vollem Gange. Die Musiker haben sich dicht neben dem großen Kamin aufgestellt und spielen eine schwungvolle Melodie, die den jungen Tänzern gefällt. Mit zwei Flöten, einer Bratsche und einer Trommel bringen sie den Haufen so sehr in Schwung, dass ein Mädchen hinfällt. Sie wird noch gerade aufgefangen, bringt den ganzen Saal zum Lachen, und der Tanz kann weitergehen, ein wenig langsamer, etwas beschaulicher, die Musiker wissen, wie sie ihrem Publikum eine kleine Verschnaufpause gönnen. Dann kehrt Ruhe ein, das modische Tanzlied verklingt. Im Saal herrscht plötzlich vollkommene Stille. Genau so hatte man sich das gedacht. Erst muss der Jesuit dem Fest noch die spirituelle Note verleihen. Er soll verhindern, dass die Zusammenkunft allzu früh in ein Trinkgelage ausartet.

Während die Musiker Pause machen, erkundigt sich Denvers, aus welchem Dorf sie stammen.

«Aus Saint-Pierre-des-Corps.»

«Nicht unbedingt ein fröhliches Dorf», sagt der Flötenspieler.

«Zu viele Soldaten», fügt der Bratschenspieler hinzu. «Heute früh waren es noch mehr als sonst. Sie sind in der Poststation abgestiegen, um dort auf die Verstärkung aus Dijon zu warten. Ich glaube, sie wollen alle nach Miranges …»

Jaspart Denvers zuckt zusammen und beschließt, der Truppe auf der Stelle entgegenzueilen.

Die beiden Männer laufen, so schnell sie können, bis zur letzten Poststation vor der Stadt. Sie hoffen, dass man ihnen dort die Neuigkeiten von der vorherigen Station in Saint-

Pierre-des-Corps mitteilen kann. Jaspart muss an all die Ereignisse der vergangenen Tage denken …

Bei der Poststation bestätigt man ihnen, dass es zu Truppenbewegungen gekommen ist, doch niemand kann ihnen sagen, welcher Art genau. Enttäuscht beschließen sie, gemeinsam zu warten, nah bei den dreihundertjährigen Eichen, vor den Toren der Stadt Miranges.

Der Pater hat sein Gebetbuch mitgenommen und sucht seine Ungeduld durch Lesen zu bändigen. Der Richter denkt an den Brief, den er Colomban mit auf den Weg geben wird. Carache d'Autant hat sich bereit erklärt, den Brief ebenfalls zu unterschreiben. Doch keiner von ihnen kennt Pastor Denin persönlich. Der Mann lebt gefährlich, denn weil er Toleranz predigt, zieht er den Zorn der Leute auf sich … Das Unterfangen ist nicht ganz ohne Risiko, und Jaspart macht sich um Colomban Sorgen.

In dieser weiten und ruhigen Landschaft, die dazu einlädt, den Blick in die Ferne schweifen zu lassen, scheint es unzählige Hindernisse zu geben. Wie gern würde er nicht die Hoffnung verlieren. Weinbauern haben an großen Bottichen schwer zu tragen, Handwerker bieten ihre Dienste an. Die beiden Männer fragen sie, was sie unterwegs gesehen haben. Ja, tatsächlich seien ihnen bewaffnete Männer über den Weg gelaufen, das könnten sie bestätigen.

Bei Einbruch der Dämmerung kehrt der Jesuit nach Miranges zurück, denn er ist gespannt darauf, zu erfahren, wie das Gericht im Fall von Abel und Jeanne entschieden hat. Jaspart Denvers macht sich keine Illusionen. Ihn quält die Gewissheit, eine Niederlage erlitten zu haben.

Noch vor dem Morgengrauen kommt Carache d'Autant zu ihm in die Herberge. Er hat von Denis Malot erfahren, dass die Verurteilungen unverzüglich rechtskräftig seien. Eilig laufen sie durch die Stadt, hinaus zu den neue Blätter treibenden, uralten Eichen.

Mit tonloser Stimme erzählt Carache d'Autant, was ihm der Gefängnisvorsteher berichtet hat. Das Gericht habe ohne zu zögern entschieden. Die Vollstreckung der Urteile sei gleich für den nächsten Tag angeordnet worden. So gehe man jeglichem Einspruch von vornherein aus dem Weg. Selbst Malot sei sich nicht ganz sicher, ob das Gericht tatsächlich einen Fehler begehe ... Er habe es nicht gern mit angesehen, wie die Alte in seiner Burg allmählich zugrunde gegangen sei. Und der Werwolf habe mit seinen vermeintlichen geheimen Kräften Unruhe gestiftet ...

«Das ist ungeheuerlich», grummelt Jaspart.

Bénédict Carache d'Autant legt ihm eine Hand auf die Schulter.

«Lasst Euch nicht entmutigen ... Das ist Eure oberste Pflicht. Ich weiß, dass Ihr auch um Anne Dumoulin in Sorge seid. Doch habt Vertrauen in sie. So schnell gibt sie nicht nach. Vielleicht könnte sie sogar ewig durchhalten. Ihr wisst ja, dass jemand, der nicht gestanden hat, nicht zum Scheiterhaufen verurteilt werden kann.»

«Jeanne und Abel haben auch nicht gestanden. Sie haben lediglich an ihren Zauber geglaubt und es offen zugegeben.»

«Ja, man soll eben nicht alles offen zugeben ... Doch jetzt kommt jede Hilfe zu spät. Ich kann nur noch versuchen, ihnen im Glauben beizustehen. Bis zum bitteren Ende werde ich nicht von ihrer Seite weichen. Egal, was passiert, ich werde ihnen die Letzte Ölung stiften.»

Der Nachtnebel will nicht von der feuchten Erde weichen.

Das Knarren von Rädern unterbricht die Stille. Beide können sie hören, wie sich ihnen der Schinderkarren nähert. Um sich Mut zu machen und zum stillen Zeichen, dass sie für immer zusammenhalten werden, reichen sie einander die Hände.

«Ich stelle mich mitten auf den Weg», sagt der Jesuit, «doch seid unbesorgt. Anders ist der Umzug nun einmal nicht aufzuhalten. Ich werde sagen, dass ich einen Sonderbefehl erhalten habe. Oder irgendetwas. Im Grunde ist es gleich, was ich sage. Es kommt allein darauf an, entschlossen zu wirken. Dann werde ich zu diesen Unglückseligen hinaufklettern. Der Gedanke, bis in alle Ewigkeiten in der Hölle zu schmoren, macht den Verurteilten mehr zu schaffen als die Angst vor den Todesqualen. Ihnen die Letzte Ölung zu verwehren ist unsäglich grausam. Diese Wirrköpfe befürchten, der Teufel könne sich des Sakraments bemächtigen, das man ihnen zuteil werden lässt. Könnt Ihr Euch vorstellen, wie der Teufel sich selbst die Letzte Ölung erteilt?»

Carache d'Autant gibt sein leicht sardonisches Lachen zum Besten. Es klingt wie eine Herausforderung, denkt Jaspart sich im Stillen und betrachtet seinen Verbündeten voller Neid.

Die Entschlossenheit, mit der er sein flaches Kreuz hoch in die Luft hält, um den Trupp zum Stillstand zu zwingen, zeugt auch ein wenig von Gewalt.

Angesichts des Kreuzes und des weißen Gewands halten die Wächter die Pferde zurück. Carache d'Autant fasst sein Anliegen in wenige Worte und steigt, ohne ihre Antwort abzuwarten, auf den Wagen. Jeanne und Abel knien aneinander gekettet auf dem Boden. Jeanne zittert. Abel schreit. Er hat den Glauben an seine geheimen Kräfte verloren. Die Furcht öffnet ihnen die Augen. Doch ihre späte Einsicht macht alles nur noch schlimmer.

Der Zug ist erneut zum Abmarsch bereit. Carache d'Autant breitet seine Arme aus und drückt die Verurteilten an seine Brust. Der Trupp setzt sich unter den mürrischen Ausrufen der von Statthalter Pierre Châtaigne angeführten Stadtbüttel in Bewegung. Denvers hatte ihn gar nicht wiedererkannt.

Der Schinderkarren verschwindet im Nebel. Die drei Gestalten auf der Ladefläche sind erst noch undeutlich zu erkennen, dann verschluckt sie die Nacht mit ihren Schatten.

Er kehrt in die Stadt zurück. Da er niemandem zu begegnen wünscht, nimmt er Umwege in Kauf. Das Laufen vermag ihn auch nicht zu beruhigen. Obwohl die Wiesen und Felder um ihn herum noch lange nicht erwacht sind, dröhnt in seinem Kopf bereits ein gnadenloses Morgenkonzert. *«In furore justissimae irae! In furore justissimae irae!»*, ruft ihm jemand ohne Unterlass ins Ohr. Er kann diesen Gesang nicht mehr ertragen. In der Nähe eines Teiches, an dem ihn sein Weg vorüberführt, wird es schier unerträglich. Mit einem Mal schmettert ihm selbst das hohe Gras der Felder dieses Lied entgegen. Unerbittlich stimmen die Dornenzweige und sogar die Steine darin ein. Es klingt wie der düstere Gesang einer stockfinsteren Nacht. Ein Gesang, der inmitten der Wiesen und Felder eigentlich nichts verloren hat. Jaspart fordert die Ruhe zurück, die ihm zusteht. Doch die Nacht gehorcht nicht den Gesetzen der Menschen.

Ein schwaches Licht erhellt den Horizont.

Mitten auf dem Weg, keine hundert Meter von ihm entfernt, steht ein Tisch. Im Frühnebel ist er nur undeutlich zu erkennen. Denvers verlangsamt den Schritt und wird wie im Traum einer Gruppe schweigender Männer gewahr. Als er sich ihnen nähert, macht einer von ihnen eine einladende Handbewegung. Er möge sich doch zu ihnen setzen. Er folgt der Aufforderung. Sein Kopf ist vollkommen leer. Dennoch entgeht es ihm nicht, dass die Geräusche in seinem Ohr verstummen. Er ist darüber sehr erleichtert.

Rechter Hand erstrecken sich die länglichen Gebäude eines Gehöftes. Von dort sind die Männer wahrscheinlich gekommen. Derjenige, der ihn eingeladen hat, zeigt auf ein Holzbrett, das in der Mitte des Tisches ist. Darauf liegen Brot und Schinken. Dann schenkt er ihm ein Glas Wein ein und schiebt es ihm hin. Ein Bauer blickt ihm forschend ins Gesicht und sagt dann, dass auch sie eine harte Nacht hinter sich hätten. Man stellt ihm keine weiteren Fragen.

Ihre Gesichter sind entspannt. Der Gastgeber berichtet ihm in wenigen Worten, dass der Himmel ihm in der letzten Nacht einen Sohn geschenkt habe. Doch erst hätten sie den Tod in die Flucht schlagen müssen. Das alte Scheusal sei beständig um die Lagerstatt herumgeschlichen. Er lädt den Fremden ein, mit ihnen auf Abel anzustoßen.

«Abel?», wiederholt Jaspart.

Einer der Männer sagt ihm, dass es die Hebamme gewesen sei, die diesen Namen vorgeschlagen habe. Die anderen nicken mit dem Kopf. Im Moment würde die Hebamme ein wenig schlafen, zusammen mit der Mutter und dem Kind.

Seit sie gefoltert worden sei, habe sie immer wieder Anfälle von Schwäche.

Der Tag bricht an. Jaspart wünscht ihnen viel Glück.

Bis zu den ersten Häusern der Stadt blickt er immer nur nach oben. Ganze Schwärme von wilden Vögeln fliegen hoch am Himmel. Die Luft erzittert unter dem Schlagen unzähliger Flügelpaare, die alle zusammen ein großes «V» in den Himmel schreiben. Die Tiere atmen gierig den eiskalten Morgenwind ein und fliegen dann alle gemeinsam wie auf Befehl der Burg von Miranges entgegen, über der sie lange Zeit kreisen. Aus den schier unzählbaren Farben dieser frühen Stunde entsteht am Himmel allmählich das Weiß eines neuen Tages.

Die Stadt ist sonderbar ruhig.

Im Gericht herrscht gedämpfte Stimmung.

Die Vorladungen sind allesamt schnell abgehandelt. Kaum ein unnötiges Wort wird gewechselt. Auch wenn alle mit ihren Gedanken bei der Hinrichtung von Jeanne und Abel sind, wagt niemand das Thema anzusprechen.

In einer der Pausen teilt Malot dem Gericht mit, dass in den Kellergeschossen des Gefängnisses die Stimmung sehr angespannt sei. Einer seiner Aufseher habe zwei Frauen zur Nahrungsaufnahme zwingen müssen. Sie hätten verhungern wollen.

Das gehöre nun einmal auch zu ihrer Arbeit, gibt de La Barelle ungehalten zurück. Die Aufseher hätten darauf zu achten, dass alle Gefangenen bis zu ihrer Bestrafung am Leben blieben. Es sei keineswegs normal, dass heutzutage mehr als die Hälfte der Frauen schon während der Gefangenschaft ums Leben kämen.

Der Gefängnisvorsteher wolle ihm in diesem Punkt gerne zustimmen. Doch es gebe immer wieder vollkommen verrückte Tage, an denen die Aufseher von einem Gefangenen zum anderen rennen. Sie seien vollkommen erledigt. Die Gefangenen seien richtige Quälgeister. Sie töteten, ohne mit der Wimper zu zucken, und wünschten sich den eigenen Tod. Sie verweigerten jegliche Nahrungsaufnahme. Sie versuchten sich selbst zu verletzen. Wenn man ihnen keine militärische Verstärkung zugestehen würde, dann käme es sehr bald wieder zu Unannehmlichkeiten auf der Burg ...

Der Präsident ermahnt, zu den wesentlicheren Dingen überzugehen. Bouchard schlägt vor, den Herbergsburschen erneut zu befragen. Der hätte noch lange nicht zugegeben, was er alles über die Frau mit dem Bart wisse. Der Präsident stimmt diesem Vorschlag zu, und zwei Wachen erhalten Befehl, den Jungen unverzüglich herzubringen. In Miranges mahlen die Mühlen des Gesetzes alles andere als langsam.

Die Flammen der Kerzen im hinteren Teil des Saals bilden eine Fluchtlinie. Richter Denvers lenkt seinen Blick starr in diese Richtung und hofft, so der über ihn hereinbrechenden Bilderflut zu entkommen. Es gelingt ihm nicht. Vor seinem inneren Auge sieht er den Scheiterhaufen von Saint-Pierre-des-Corps. Es brodelt in seinem Kopf. Die Abwesenheit des Jesuiten erzeugt in ihm ein Gefühl unendlicher Einsamkeit. Gerne würde er den drei Richtern seine Wut ins Gesicht spucken, an nichts mehr denken und nichts mehr fühlen. In seinen Gedanken taucht die große Buche auf der Lichtung auf. Abel umarmt sie so heftig, dass er sie entwurzelt. Dann rennt er in den Wald hinein. Schon eine Sekunde später ist der Verrückte nicht mehr zu sehen. Er ist nicht auf einem Scheiterhaufen den Blicken der stumpfsinnigen Menge ausgesetzt. Seine übernatürlichen

Kräfte sind nicht nur ein Hirngespinst. Er tat ganz recht daran, damit zu prahlen. Die alte Jeanne hingegen ist nirgends zu sehen. Flammen umlodern sie. Jaspart Denvers hat den Eindruck, sie habe niemals wirklich existiert, sie sei von Anfang an nichts als ein Zucken im Widerschein des Feuers gewesen. Er wendet seinen Blick den hohen Fenstern zu, doch auch von dort nähert sich keine rettende himmlische Erscheinung. Nichts als eine graue Wolke, die er mit feuchten Augen beobachtet. Als er den Blick wieder nach unten richtet, muss er an Colomban denken. Es dauert, bis die Wachen zurück sind.

Die Warterei ist allen unangenehm …

Canin erlaubt sich die Bemerkung, dass die Herberge doch nur ein paar Straßen entfernt gelegen sei.

Die Ungeduld nimmt zu. Es ist doch schon bald Mittag.

Endlich hört man das Klappern von Metall, die Wachen sind wieder zurück. Obwohl sie noch ganz außer Atem sind, brüllen sie ihre Botschaft laut heraus. Der Junge ist nirgends mehr zu finden!

Die allgemeine Überraschung ist groß. Die scharlachroten Ärmel der drei Richter flattern alle gleichzeitig in die Luft. Denvers teilt ihre Verwunderung. Sollte Colomban bereits aufgebrochen sein?

Einen solchen Affront von einem Kind zu erleiden, erzürnt de La Barelle sehr. Er verkündet, dass er sich sogleich an Ort und Stelle begeben werde. Das Gericht bereitet sich zum gemeinsamen Ausgang vor.

Der offizielle Umzug bleibt in den Straßen der Stadt natürlich nicht unbemerkt. Neugierige schauen aus einiger Entfernung zu, Fenster werden geöffnet, Köpfe hinausgestreckt. Auf dem Platz *Lion d'Or* erwartet die Ausflügler aus dem Gerichtspalast ein unerwartetes Schauspiel.

Die Herbergsmutter, Lieferantin für Weine, Fleisch, Huren und nützliche Ratschläge, die von allen respektierte Matrone des *Lion d'Or,* führt sich auf, als habe sie den Verstand verloren, krümmt sich und schreit in aller Öffentlichkeit.

Der Präsident denkt natürlich sofort an die Frau mit dem Bart. Hat Jeanne Bourg nicht genau diese Art von Schreien gemeint? Die Herbergsmutter macht hemmungslos die versammelte Bevölkerung der Stadt zu ihrer Zeugin. Dieser Bursche, den sie in der Gosse aufgelesen habe, dieser alte Fuchs Colomban, habe doch einfach, als sie mal einen Moment lang nicht aufgepasst habe, die Gelegenheit beim Schopfe gefasst und sich auf und davon gemacht. Wohin er gegangen sei, weiß allein Gott, wahrscheinlich sei er mit seinesgleichen, lauter Halsabschneidern, in die Wälder geflüchtet. Dabei habe sie ihm zu essen gegeben und ihn aufgezogen wie ihren eigenen Sohn. Das sei bestimmt nicht immer einfach gewesen, sie wisse sehr gut, wovon sie spreche! Der Nichtsnutz werde nun durchs ganze Land streunen, immer auf der Suche nach ... ja, wonach eigentlich? Doch wohl noch nicht nach Mädchen, in seinem Alter! Und wie nur solle sie jetzt weiterhin die Herberge führen? Denn so leicht finde man heutzutage keine Hilfskräfte, und dann müssten die auch erst einmal eingearbeitet werden!

Der Herbergsvater versucht mit aller Geduld, sie wieder zu beruhigen. Der Junge werde schon wiederkommen, spätestens, wenn er Hunger bekäme. Und im Ort werde ihm niemand etwas zu essen geben. Sie brauche sich also nur zwei Tage zu gedulden, dann sei er wieder da.

Sie drosselt ihre Lautstärke ein wenig, ist aber immer

noch außer sich vor Wut. Nie hätte sie gedacht, dass er ihr so etwas antun würde …

Im Publikum beginnt man zu tuscheln. Und wenn ein bösartiges Wesen ihn mitgenommen hat? Oder wenn er sich einfach, oben auf der Glocke sitzend, in Luft aufgelöst hat?

Canin verzieht das Gesicht. Dieses heulende Weib, so sagt er zu seinem Vorgesetzten, bedauere er ganz bestimmt nicht. Die habe den Burschen bis aufs Hemd ausgebeutet. Jetzt würde sie so sehr jammern, weil sie eine Schankhilfe verloren habe, die sie so gut wie gar nichts gekostet hat. Natürlich sei ihr sehr an seiner Rückkehr gelegen. Vielleicht könnten sie ja bei den Nachforschungen mit ihr gemeinsame Sache machen …

De La Barelle kneift die Augen zusammen und mustert die Herbergsmutter genau. Diese Frau ist ungewöhnlich, daran gibt es keinen Zweifel. Und stark ist sie auch … Zudem hält er sie für sehr verschlagen. Ob ihre Wut wohl aufrichtig ist? Er ist sich da nicht ganz sicher. Vielleicht hat sie gar ihren Teil zum Verschwinden des Jungen beigetragen. Nichts ist ausgeschlossen. Frauen in diesem Alter sind maßlos durchtrieben … Wer weiß, inwiefern sie sonst noch mit dem Jungen unter einer Decke steckt. Selbst bei Kindern ist das gar nicht so ungewöhnlich … Wer um alles in der Welt könnte den Jungen wohl versteckt halten, sofern er sich tatsächlich noch in Miranges befindet? … Vielleicht der Pfarrer … Nein, der ist für so etwas viel zu feige. Die Bußgläubigen? Der Ritter von Yres würde den Jungen eher denunzieren als retten! Ein noch bartloser Helfershelfer des Teufels, na, so ein Glücksfall! Doch wer sonst? Es fällt ihm niemand ein. Bürger von Miranges eben. Einfaltspinsel, die sich von einem Dummkopf ausnutzen lassen … Er wird

Hausdurchsuchungen anordnen. Diese Herberge hier werden seine Wachen gleich als Erstes unter die Lupe nehmen.

Auch als der Gerichtspräsident schon längst wieder gegangen ist, lamentiert die Matrone weiter. Doch ihre Schmähreden schweifen allmählich vom Thema ab. Sie schimpft zwar immer noch über den Jungen, doch hat sie da auch noch anderen etwas vorzuwerfen, solchen Leuten mit Perücke auf dem Kopf, die ihrem Jungen an den Kragen wollen …

Es dauert nicht lange, und Jaspart Denvers sieht, wie ihr echte Tränen die Wangen herunterrollen. «Er wird nie wieder zurückkommen! Ich habe ihn verloren! Durch ihre Schuld habe ich ihn verloren! Mein Colomban!» Ihre vermeintliche Wut ist in Trauer umgeschlagen. Sie hebt die Fäuste zum Himmel, denn der Mond soll ihr Zeuge sein. Die Sichel des Neumonds ist zwar noch ganz schmal, aber dennoch gut zu sehen. Und vor der wie versteinert dastehenden Menschenmenge schwört die Herbergsmutter beim Mond und bei allen Heiligen, dass sie die Frau mit dem Bart aufsuchen wird. Wenigstens die werde ihren Jungen zu beschützen wissen.

Auf dem in nächtlicher Stille liegenden Platz jagen die Katzen nach Beute. Durch das Kellerfenster mit den verbogenen Gitterstäben wehen schwarze, vom Wind bis hierher getragene Blätter herein. Niemand kann sehen, was tief unten im Keller geschieht. Unter dem Flaschenregal, das sie zu zweit an die Seite schieben, zerreißen unzählige Spinnweben. Die Herbergsmutter hat ihren Kerzenleuchter zwischen den Kieselsteinen festgeklemmt und zieht am eisernen Ring einer Falltür, die sich mit einem plötzlichen Ruck öffnet. Mit seiner Lampe untersucht Jaspart die Wände des unterirdischen Ganges aus Kalkgestein. Er ist kaum breiter als seine Schultern. Sie lassen sich in den Stollen hineingleiten, der abrupt nicht weiter in die Tiefe führt, sondern in einen horizontalen Gang übergeht. Er ist gerade so hoch, dass ein Mensch darin aufrecht stehen kann. Die Wirtin bewegt sich wie eine Krabbe seitlich voran, denn alles andere ist bei ihrer Leibesfülle ausgeschlossen. Der Boden ist feucht. Sie gelangen an eine Stelle, an der sich die unterirdischen Gänge kreuzen. Die Frau zögert einen Moment. Doch dann dreht sie sich nach links. Es geht nun einen Gang entlang, der entschieden breiter ist, jedoch so lehmig, dass man ihn unmöglich vernünftig befestigen kann. Sie waten durch ein Gemisch aus Schlamm und Steinen. Ungefähr dreißig Meter weiter stoßen sie auf eine kreisrunde Öffnung, von der aus man überraschenderweise durch eine Art schmalen Kamin in den freien Himmel blickt. Dort sitzt zusammengekauert Colomban.

Bei ihrem Anblick führt der Junge Freudentänze auf. Die Frau legt ihm die Hand auf den Mund. Mit einem Wink bedeutet sie Jaspart, dem Kind nun den Brief zu übergeben. Colomban nimmt ihn mit beiden Händen entgegen wie ein kostbares Geschenk. «Nun hör gut zu, was dir Euer Ehren zu sagen hat …» Colomban beißt sich auf die Lippen.

Vor den Toren der Stadt warte gleich hinter dem vom Blitz gespaltenen Kastanienbaum ein unauffälliges Gefährt auf ihn. Bis dahin müsse er sich durchschlagen, natürlich ohne gesehen zu werden. Dann werde er gut versteckt in einem leeren Fass die Reise nach Dijon antreten. In Dijon werde er sich wieder unsichtbar machen müssen, und zwar so lange, bis er diesen Pastor ausfindig gemacht hat, dem er unverzüglich sein Empfehlungsschreiben auszuhändigen habe.

Colomban dankt seiner Brotherrin und natürlich dem Richter, den er seinen Retter nennt. Jaspart fühlt sich ganz niedergeschlagen. Zu viele Gefahren lauern auf den Jungen. Seine Flucht ist fast Selbstmord …

Colomban blickt auf und schickt sich an, den Lichtschacht hinaufzuklettern, hält dann jedoch noch einmal kurz inne. Er küsst Jaspart die Hände und der Frau, die sogleich in Tränen ausbricht, die Wangen. Dann bekreuzigt er sich und legt die Daumen übereinander, zum Zeichen, dass er es schaffen wird, dass sie sich keine Sorgen um ihn zu machen brauchen. Er huscht wie eine Katze davon. Mit seinen mageren Beinen drückt er sich von den Wänden ab und hievt sich bis nach oben. Er blickt sich prüfend um und ist dann mit einem einzigen Satz im Freien.

Schweigend machen sie sich auf den Rückweg. An der Stelle, an der die unterirdischen Gänge sich kreuzen, bringt die Wirtsfrau ihre gesamte Leibesfülle zum Stillstand. Gebieterisch weist sie in einen anderen Tunnel. Jaspart blickt sie fragend an. «Hier entlang geht es zu ihrem Keller. Auf der eisernen Falltür steht der Buchstabe ‹D›. Doch seid vorsichtig: Die Tür quietscht.»

Die wuchtige Frau setzt leicht und beschwingt den Rückweg zu ihrem eigenen Keller fort. Sie schwebt beinahe über dem Boden. Er wundert sich über diese Leichtigkeit, die der Volksmund im Allgemeinen allein den Hexen nachsagt.

Am anderen Ende des Tunnels stößt er tatsächlich auf eine Eisenplatte, die mit dem Buchstaben «D» gekennzeichnet ist. Er hebt sie vorsichtig an. Außer dem Lichtstrahl seiner Lampe ist alles stockdunkel. Er schluckt sein Unbehagen herunter, schiebt den Deckel beiseite und klettert nach oben. Der Keller des Herrn Dumoulin ist mit guten Lagerweinen randvoll. Jaspart Denvers durchmisst den Raum mit vorsichtigen Schritten und bemerkt weiter oben die zwei stabilen Eichentüren, die auf den Platz hinausgehen. In einem Winkel gibt es eine Holztreppe. Ohne zu wissen, wo sie ihn hinführt, geht er sie hinauf.

Er zieht an einem Riegel und steht plötzlich in einem Wandschrank. Er befürchtet, dass er nun eingeschlossen ist, und versucht geduldig, den Mechanismus des Schließsystems herauszufinden. Mit einem Mal geben die Türen nach. Er stellt fest, dass er inmitten der geräumigen und reichhaltig bestückten Apotheke steht. Er wundert sich sehr über die Unordnung an diesem Ort. Töpfchen stehen offen herum. Eine Waage mit Waagebalken ist durch die noch auf ihr liegenden Gewichte aus dem Gleichgewicht gebracht. Kleine Zinnteller und Pillengießformen wurden ihres Inhalts nicht entleert. Alles scheint darauf hinzuweisen, dass der Apotheker mit seiner Arbeit noch nicht fertig ist und innerhalb weniger Stunden zurück sein wird, vielleicht gleich nach dem Abendessen …

Die Neugierde treibt ihn dazu, an einem Regal, das eine ganze Wand einnimmt, die Schubladen aufzuziehen. Er findet darin Blumen, Rinden, Blätter, Wurzeln, Holzstückchen, Samen und allerlei nützliche Gegenstände, die sich bei der Zubereitung von Medizin als hilfreich erweisen können. Was tat Gaston Dumoulin am Abend seines Todes? Hat er sich als Hexenmeister aufgespielt? Auf die aneinander gereihten Töpfchen sind die Namen von Pflanzenextrakten und Salben geschrieben. Was hatte er nur vorgehabt, als er die Töpfchen mit den Aufschriften *Bocksblut* und *Tausend Blüten* aufschraubte?

Sein Blick fällt auf die Aufschrift *Blutegel*, die auf einem blauen Steinguttöpfchen zu lesen ist, das aus irgendeiner Ecke hervorgekramt wurde. Als er den kegelförmigen Deckel aufschraubt, schlägt ihm ein beißender Geruch entgegen. Der Topf ist randvoll mit klein gehackten, getrockneten Schröpfköpfen gefüllt. Angeekelt verschließt er das Gefäß wieder und versucht sich einen Reim darauf zu machen. Die Ärzte, die mit Schröpfköpfen krankes Blut reinigen, verwenden dazu lebendige Tiere. Gaston Dumoulin hat sie anscheinend zu Pülverchen verarbeitet. Er war gerade im Begriff, in seinem Steinmörser eines anzurühren … Da der Apotheker selbst keine Blutegel züchtete, kaufte er sie sicherlich einem der armen Teufel ab, die sich in den Sümpfen mit *Nacktbeinfischerei* ihr Geld verdienen. Es müsste herauszufinden sein, wer ihn beliefert hat …

Er stochert mit dem Marmorpistill in den Resten im Mörser herum. Er hat keine Ahnung, was die rötlichen Kristalle darin wohl sein könnten. Das Geräusch herannahender Schritte lässt ihn innehalten.

Anne Dumoulin betritt den Raum und schreit entsetzt auf.

«Ich bin gekommen, um … mir ein Mittel … gegen Schlaflosigkeit zu holen», stottert die Witwe, als müsse sie ihre Anwesenheit rechtfertigen. Sie zeigt ihm ein Töpfchen mit der Aufschrift *Catholicon*. «Eine Mischung aus Pflanzenfleisch und Honig, weiter nichts.» Ihr Atem geht wieder etwas ruhiger. Sie ist sich dessen bewusst, dass ihm ihre Angst nicht entgangen sein kann.

«Ich wollte Euch sehen», sagt Jaspart.

Sie verschränkt die Arme über ihrem Morgenrock.

«Aber Ihr ward doch gerade im Begriff, die Apotheke zu durchsuchen.»

Er weist mit dem Kinn auf den Mörser.

«Euer Mann war mitten bei der Arbeit …»

«Sehr klug beobachtet», erwidert Anne Dumoulin und weist mit einer Handbewegung durch den ganzen Raum. Mit etwas festerer Stimme fügt sie hinzu: «Ich kann Euch nicht sagen, was mein Mann hier vorbereitet hat. Wie schon gesagt, ich hielt mich von ihm fern.»

Sie beginnt, nervös im Raum auf und ab zu gehen. Ihre blonden Haare haben sich zum Teil aus dem Knoten gelöst. Dichte Strähnen fallen ihr ungebändigt über den Rücken. Ein hitziger Ausdruck liegt in ihren Augen.

«Doch sogar tot stellt er mir noch nach. Ich traue mich nicht mehr, das Fenster zu öffnen. Ich fürchte mich zu sehr vor den bösen Zungen … Aber dennoch entgeht mir nichts. Aus den Gesprächen, die vom Platz zu mir herüberschallen, weiß ich, was in der Stadt passiert. Nichts macht den Leuten so viel Spaß wie der Tratsch über die neuesten Neuigkeiten. Vor allem, wenn sie nichts Gutes verheißen …» Hektisch tritt sie näher an ihn heran und fasst ihn am Ärmel. «Sie haben Abel geholt, wisst Ihr das? Habt Ihr ihn gesehen? Hat er bis zum Schluss an seine Rettung geglaubt?» Ihre Stimme schwankt. «Sie haben ihn verbrannt, obwohl er unschuldig war! Es ist mir ein Rätsel, wie sie ihn überhaupt gefunden haben. Der Wald ist groß, und niemand kannte sich darin so gut aus wie er. Sie haben ihm sicherlich die Hunde auf den Leib gehetzt! Und ihn umzingelt, wie bei der Jagd. Diese Ungeheuer! Habt Ihr nicht gesehen, wie man ihn mit dem Schinderkarren abgeholt hat? Wer hat ihn gesehen?»

«Der Jesuit hat ihn bis zum Scheiterhaufen begleitet.»

«Und er hat ihm die Letzte Ölung gestiftet. Gott segne ihn! Gott vergelte es ihm!» Wieder geht sie unruhig auf und ab. «Was wäre ohne das letzte Sakrament aus Abels Seele geworden? Niemand weiß es! Und wem soll man nun Glauben schenken? … Gesegnet sei der Jesuit, dass er ihm vor dem Tod die Absolution erteilt hat! Dass er ihm seine Zaubereien verziehen hat! … Er glaubte an seine Auferstehung, armer Abel. Wenn er doch nur Recht behalten könnte …» Sie bleibt stehen und beißt sich auf die Lippen. «Ich werde uns einen Tee aufgießen.»

Sie macht ein Feuer auf der kleinen Herdstelle in der Mitte des Raums. Sie langt mit der Hand in ein verziertes, aber unbeschriftetes Töpfchen und holt kleine Zweige daraus hervor. Sie wirft sie in ein Tongefäß und füllt es mit Wasser auf, das bald anfängt zu kochen. Erst tanzen die Zweiglein an der Oberfläche, dann kämpfen sie gegen den Sog, der sie nach unten zieht. Anne schüttet die goldgelbe Flüssigkeit in zwei Becher und reicht einen davon Jaspart.

Sie trinken langsam und nachdenklich.

Kurze Zeit später beginnen sie zu zittern. Jaspart denkt noch kurz darüber nach, was sie wohl getrunken haben, doch schon bald kann er den ungewöhnlichen Empfindungen nicht mehr widerstehen. Mit jeder Pore seines Körpers spürt er ihre weibliche Nähe. Ihr raffiniertes Parfum. Ihre Wange, die sich an seine Brust anschmiegt. Er ahnt, dass der frisch aufgegossene Tee ganz bestimmt nicht einfach nur ein Kräutertee war. Es fällt ihm schwer, Worte für das zu finden, was dies seltsame Gebräu mit seinem Körper macht. Er weiß nur, dass ihn plötzlich ein unwiderstehliches Verlangen ergreift. Anne ist seine Sonne. Jede Bewegung geschieht allein ihr zuliebe.

Er streicht ihr langes Haar glatt, das in der leuchtenden Glut wie Gold aufblitzt. Er lässt seine Finger bis zu ihrem Kreuz herabgleiten. Er spürt den Ansatz ihres runden Pos und wandert mit den Fingern zu ihrer Taille. Er umfasst sie und bindet ihren Gürtel los. Ihr blaues Nachthemd hängt nun lose an ihr herab. Es umspielt ihre Hüften und bedeckt eine Ecke des Tisches, auf den sie sich aufstützen. Er blickt in ihr Gesicht. Wie wunderschön doch ihre leicht länglichen Augen sind. Er genießt den Zauber ihres Lächelns. Es kommt ihm so vor, als finde ihre Begegnung in einem fernen Land statt, das nie zuvor ein Mensch betreten hat.

Sie nestelt an der Schnur seines Umhangs, löst an seinem Hemd die oberen Knöpfe und steckt ihre Hände in die Öffnung. Sie lässt ihr Nachthemd leicht nach unten rutschen, entblößt ihre rechte Schulter und zieht ihren Arm aus dem Ärmel heraus. Die Hälfte ihrer Brust ist nackt. Ungestüm küsst er sie. Dann entblößt sie ihre andere, verletzte Körperhälfte. Ihre Schulter und ihr Busen sind dunkelrot verfärbt. Er nimmt ihre Hände in die seinen und sagt: «Ich werde dich retten.»

«Ich werde mich rächen», antwortet sie ihm wie aus der Pistole geschossen.

Er zieht sie dicht an sich heran. Von seidigem Stoff getrennt, reiben sich ihre Körper aneinander. Eilig helfen sie sich gegenseitig auf den großen, von chemischen Substanzen zerfressenen Tisch … Das grobe Holz scheuert ihnen auf der Haut und macht sie wund. Beide sind ihrer Lust hilflos ausgeliefert. Sie führt ihn mit der Hand. Ihr Verlangen kann nicht länger warten. Er dringt in sie ein. Dankbar umschließt ihn samtene Feuchtigkeit. Erleichtert findet das Auf und Ab ihrer Körper einen gemeinsamen Rhythmus.

In schwindelnde Höhe trägt sie der Rausch bis zum Höhepunkt, und von dort in schier unendliche Ferne.

Überwältigt lassen sie sich wie auf einen körnigen Sandstrand sinken, durchnässt vom Schweiß und von der Liebe. Gerüche liegen in der Luft, teils stechend, teils fad.

In dieser Nacht fallen sie noch mehrere Male übereinander her, schlafen wieder ein und drücken sich, inmitten ihrer durchgewühlten Kleider, hilflos aneinander.

Das trübe Licht des neuen Morgens dringt durch den oberen Spalt der Fensterläden. *In furore justissimae irae ... In furore justissimae irae ...*

Anne sagt zu ihm: «Komm bitte nicht mehr zu mir. Es ist zu gefährlich.» Sie lässt ihm keine Zeit zu antworten: «Schwöre mir, dass du nicht mehr zu mir kommen wirst.» Er schwört, denkt sich jedoch, dass sich ohnehin bald alles ändern wird. Wenn erst einmal alles anders ist, verliert auch sein Versprechen seine Gültigkeit.

Sie verabschiedet ihn kurz, fast flüchtig. Ihre Küsse schmecken nach Angst und nach Liebe. Schnell gewinnt die Angst die Oberhand.

Er verbringt den Tag damit, seine Aufzeichnungen zu vervollständigen. Der Aufmarsch der Kläger interessiert ihn nicht mehr, denn ihm ist klar geworden, dass das Gericht in einen Teufelskreislauf geraten ist, den nur eine höhere Macht durchbrechen kann. Ein Reiter, dessen Stillschweigen er sich erkauft hat, wird das Schreiben, das dieses Mal an die Pariser Behörden adressiert ist, abholen kommen.

Trotz des ständigen Lärms in der Schankstube kann Denvers eindeutig Schritte ausmachen, die die Treppe heraufkommen. Schnell versteckt er seine wichtige Depesche in einem Beutel.

Carache d'Autant wirkt wie abwesend. Auch sein anspruchsvoller und niemals ins Stocken geratender Redefluss vermag darüber nicht hinwegzutäuschen. «Die Menschen haben die Hölle neu erfunden. Was in der Bibel steht, ist ein Witz dagegen», die Augen des Jesuiten funkeln düster. «Kurz vor ihrem Tod haben Abel und Jeanne wie kleine Kinder geweint und um Erbarmen gefleht. Doch die Menge hat nur gegrölt und gelacht! Einfach nur gelacht! Es waren Leute aller Stände darunter, Frauen und Kinder! Manchmal hasse ich die Menschen! Unbesonnenes Pack! Durch solch unwürdige Schauspiele fühlt es sich auch noch bestätigt!»

Abwesend tritt er näher an die Staffelei heran und betrachtet die unvollendete Zeichnung des Krokus und das Modell, dessen Blätter an dem noch frischen Stängel allmählich verwelken.

«Noch nie hatte ich so stark den Eindruck, das Leben hänge nur an einem einzigen dünnen Faden. Mir ist, als sähe ich Euren Krokus mit den Augen eines Menschen, der schon morgen nicht mehr unter uns weilen wird. Bei jeder Empfindung habe ich das Gefühl, ich erlebte sie zum letzten Mal ...»

Jaspart Denvers ergänzt gerade sein Gutachten für Paris um den Augenzeugenbericht des Jesuiten, als es plötzkich klopft.

Es ist Malot. Der Gefängnisvorsteher vergewissert sich, dass ihm niemand gefolgt ist, dann betritt er den Raum. Er habe die Weinlieferung als günstigsten Moment erachtet, um dem Herrn Kontrolleur persönlich mitzuteilen, dass der Präsident bei den Vormittagsverhandlungen im Gericht sehr erbost gewesen sei. Er habe über die Waadtländer, die Juden und die Italiener geschimpft. Eben über alle, die seiner Auffassung nach am Hof des Königs ihre Intrigen spinnen. Kurze Zeit später habe der Gefängnisvorsteher vom Statthalter Châtaigne erfahren, dass Präsident de La Barelle eine Depesche vom Königlichen Rat erhalten habe. Darin werde angeordnet, dass die Provinzgerichte bis zu neuen Anweisungen per königlichen Erlass keinen einzigen Hexenprozess mehr einleiten dürfen.

«Endlich einmal eine gute Nachricht!», triumphiert Carache d'Autant.

«Freut Euch nicht zu früh», bremst ihn der Gefängnisvorsteher. «Der Präsident ist derart erbost – auch über Euch, meine Herren –, dass er beschlossen hat, alle laufenden Verfahren zum schnellstmöglichen Abschluss zu bringen. Und Ihr wisst, was das heißt.»

Gefängnisvorsteher Malot setzt seinen Hut wieder auf und empfiehlt sich. Nur ein einziger Zwischenfall im Gefängnis, und schon käme ihm seine Abwesenheit teuer zu stehen. In seinem pausbäckigen Gesicht geben sich Angst und Mut ihr Stelldichein. So schnell, wie er gekommen ist, verschwindet er auch wieder.

Jaspart und Bénédict sehen sich fragend an.

«Wir müssen der Witwe Bescheid geben», sagt der Jesuit. «Sie muss die Stadt verlassen. Geht noch heute Abend zu ihr. Sagt ihr, dass es sonst gefährlich für sie werden kann ...»

«Geht besser Ihr. Euch wird man für ihren Beichtvater halten. Aber wartet dennoch lieber bis zum Einbruch der Dunkelheit. Je weniger Leute Euch sehen, desto besser ist es. Sagt ihr, ich würde gemeinsam mit den Wirtsleuten ihre

Flucht in die Wege leiten: Sie haben mich zwar in der Hand, ich sie aber auch. Sie soll sich für einen Aufbruch in ein bis zwei Tagen bereithalten.»

Kaum ist Carache d'Autant fort, traut sich der Geheimbote aus seinem Versteck. «Ich habe gewartet, bis die Luft rein ist», flüstert er. Er schiebt sich den Umschlag unter seinen weiten Mantel und lüftet zum Abschied seinen schwarzen Filzhut.

Vom Fenster aus beobachtet Jaspart Denvers ängstlich, wie die dunkle Gestalt Richtung Norden verschwindet ...

Als er sich wieder umdreht, steht die Herbergsmutter hinter ihm. Die Leichtigkeit, mit der sie sich von einem Ort zum anderen begibt, ist ihm ganz und gar nicht geheuer ... Spöttisch mustert sie ihn. Genüsslich macht sie ihn darauf aufmerksam, dass sie über alle seine Besucher bestens im Bilde sei. Er wirft ihr vernichtende Blicke zu. Sie fragt ihn, ob er Neues über Colomban hören wolle. Er ist ganz Ohr.

«Seit heute früh ist er in Dijon!» Erst klingt sie triumphierend, doch dann schwingt leichter Groll in ihrer Stimme mit. «Jetzt hoffe ich nur, dass Euer Bischof oder Euer Protestant oder was auch immer sich wirklich um ihn kümmert. Sonst war alles umsonst.»

Aus ihren herabhängenden Mundwinkeln sprechen Drohung und Zweifel ... Und das, obwohl sie inzwischen zu Verbündeten geworden sind. Sie lädt ihn sogar ein, sich beim Abendessen mit dem Pfarrer von Miranges zu ihnen zu gesellen, denn der habe an diesem Tag Geburtstag. Er zieht die Augenbrauen hoch. Dem Pfarrer könne man blind vertrauen, versichert sie ihm. Ihr und ihrem Mann würde er niemals etwas ausschlagen.

Wenn es auch mir gelänge, sein Vertrauen zu gewinnen, wäre von ihm sicherlich so manches zu erfahren, geht es Denvers durch den Kopf.

So versammeln sie sich am Abend alle miteinander vor dem brennenden Kaminfeuer. Die anderen Gäste sind schon vor Stunden vor die Tür gesetzt worden. Wenn die Wirtin ihre Launen hat, wagt es niemand, lange zu protestieren.

Außer dem Richter und dem Pfarrer von Miranges ist zu diesem Privatgelage auch noch ein befreundetes Weinbauernehepaar eingeladen. Der Herbergsvater und die Herbergsmutter haben sich mächtig herausgeputzt. Sie hat sich ein sauberes Kleid angezogen und ein frisch gestärktes Häubchen aufgesetzt, was ihr unleidliches Aussehen sehr unvorteilhaft unterstreicht. Er trägt einen neuen Gürtel. Ein breites, purpurrotes Stoffband, in das er sich mehrere Messer hineingesteckt hat.

Allen bereitet es sichtlich Vergnügen, über andere herzuziehen.

«Es geht das Gerücht, die Frau mit dem Bart sei in letzter Zeit nicht mehr so gut in Form», macht der Wirt den Anfang.

«Einige wollen sie im Pfarrhaus laut schnarchen gehört haben», ziert die Wirtin sich nicht lange.

Der Pfarrer von Miranges sucht sich zu verteidigen. Das müsse seine Dienstmagd gewesen sein, die lieber wie ein Murmeltier schlafe, als sauber zu machen!

«Die sind sich aber todsicher, dass es die Frau mit dem Bart gewesen ist», beharrt die Wirtin.

Der Pfarrer schwört beim Kopf des Teufels, dass er sie niemals gesehen habe.

Die Herbergsmutter serviert ihm Speckscheiben, die fast so dick wie ihre Hände sind. Es sei wohl das Beste, nichts auf das Gerede der Leute zu geben, rät sie ihm. Böse Zungen würden am Ende immer ihre gerechte Strafe bekommen. Da brauche man ja bloß an die alte Bourg zu denken oder an Abel, diesen Idioten …

Die wütende Miene des Richters lässt sie innehalten. Sie will ja niemandem die Laune verderben. Um vom Thema abzulenken, eröffnet sie, dass sie für den kommenden Tag noch jemanden benötige.

«Eine Schankhilfe?», fragt der Weinbauer.

«Nein, eine Zwergin.»

Der Mann schüttelt den Kopf. Eine Kleinwüchsige zu finden sei leichter gesagt als getan. Der Herbergsvater ist derselben Ansicht, doch wenn der Kunde sich nun einmal ausdrücklich eine Zwergin gewünscht habe. Alle drei Tage brauche dieser Mann eine andere, jammert er. Der Weinbauer fragt den Pfarrer, ob er das nicht ein wenig übertrieben fände. Der fromme Mann legt die Fingerkuppen zu einem Spitzdach zusammen und sagt, dass Abwechslung vielleicht besser sei als immer das gleiche Mädchen, denn dieses würde ja sonst wahrhaftig zu einer Sünderin werden.

Die Herbergsmutter beobachtet den Richter verstohlen aus den Augenwinkeln. Er hat längst verstanden, was sie im Schilde führt. Sie will ihn in die Herbergsgeschichten mit hineinziehen und ihn zu ihrem Komplizen machen. Mit zuckersüßer Stimme versetzt sie ihm den letzten Dolchstoß: «Der Richter Bouchard müsste dennoch ein Einsehen haben, dass es so viele saubere Dirnen ohne ansteckende Krankheiten in der Gegend einfach nicht gibt.» Denvers würgt seinen Nachtisch herunter und bedankt sich bei seinen Gastgebern.

Zurück in seiner Kammer, kocht er fast vor Wut. Das Versprechen, das er Anne hat geben müssen, erscheint ihm plötzlich wie eine Zumutung. Der Jesuit würde ihm am nächsten Tag berichten, was sie entschieden habe. Er würde später mit ihr zusammen sein können, an einem anderen Ort ... Doch was hält ihn hier in dieser Kammer, mit diesen unverdauten Ereignissen im Magen, unter ihm die durchtriebenen Bürger von Miranges und obendrein diese ständige Warterei? ... Warten worauf? Nur ein einziger Name erscheint ihm wichtig: Anne. Er findet ihn wunderschön, dreht ihn in seinem Kopf hin und her, träumt, dass dahinter noch ein Mädchenname stünde ...

Er versucht kurz, sie sich an der Seite dieses Mannes vorzustellen, und beginnt sogleich, ihn zu hassen. Während dieser Zeit lebte er selbst glücklich mit seiner Frau zusammen. Mit seiner geliebten Ehefrau, die im Wochenbett gestorben ist. Das Kind hatte nicht das Licht der Welt erblickt. Und er ist allein zurückgeblieben. Heute könnte er sich erneut verheiraten, mit Anne, noch gleich an Ort und Stelle ...

Er gibt darauf Acht, dass er von den völlig betrunkenen, kreischend lachenden Wirtsleuten und ihren Gästen nicht gesehen wird. Er geht hinunter in den Keller, folgt dem unterirdischen Gang und findet ganz leicht seinen Weg vom Vorabend wieder. Schon bald ist er erneut in der Apotheke. Noch immer stehen die Töpfchen ungeordnet herum, der Mörser gibt das Geheimnis des Pülverchens in seinem Inneren noch immer nicht preis, der Tisch mit den tausend Aushöhlungen steht nach wie vor in der Mitte des Raumes ...

Vielleicht wird sie sich gar nicht freuen, ihn so schnell

wiederzusehen. Oder aber sie wird einfach nur überrascht sein und ihn dann erneut in ihre Arme schließen. Er selbst ist von freudiger Erwartung erfüllt, als er sich ihrem Schlafzimmer nähert. Die Tür ist nur angelehnt …

Er hört Stimmen hinter der Tür. Der Jesuit ist noch zu so später Stunde bei ihr? Es muss tatsächlich er sein, denn er hat eine unverkennbare Stimme. Jaspart beugt sich vor und späht durch den Spalt der Tür.

Er blickt noch ein zweites Mal hin.

Carache d'Autant sitzt neben Anne im Bett - nackt.

Sie unterhalten sich leise miteinander.

Ihr Gespräch strahlt diese Ruhe aus, zu der man allein nach dem Liebesakt findet.

Gelassen plaudern sie im Lichtschein der Kerze.

Jaspart versteht zwar nicht ihre genauen Worte, vernimmt aber den Klang ihrer Stimmen. Annes Stimme klingt wie aus höheren Sphären. Eine Vogelstimme. Die Stimme des Jesuiten ist wohltönend. Genau so spricht ein feiner Herr. Ihre Stimmen überlagern sich und trennen sich wieder. Ein erstaunliches Duo.

Wollen sie ihre Unterhaltung bis ans Ende aller Zeiten fortsetzen?

Auf einmal gibt die Tür ein knarrendes Geräusch von sich. Bevor Jaspart sich zurückziehen kann, hat d'Autant ihn schon entdeckt.

Sein plötzliches Schweigen lässt Anne ebenfalls verstummen. Sie hebt den Kopf, schaudert und wickelt sich in ihr Nachthemd ein.

«Was ist los?», fragt sie den Richter.

Da er ihr keine Antwort gibt, platziert sie ihn am Fußende des Bettes. Er lässt es mit sich geschehen.

Allmählich gewinnt die Lage wieder an Normalität.

«Was geschieht hier?», fragt Jaspart mit gesenktem Blick.

«Das kann ich auch nicht genau sagen …»

Bénédict wirkt seltsamerweise eher glücklich als verärgert.

«Habt Ihr mir einen Schreck eingejagt!», beschwert sich Anne und legt die Hand auf ihr Herz.

«Nehmt es mir nicht übel, mein Freund», sagt Bénédict mit sanfter Stimme. «Ihr wisst, dass ich mit ganz anderen Absichten hierher gekommen bin … Auch wenn es wahr ist, dass ich vom ersten Tag an Annes Charme erlegen bin. Genauso wie Ihr. Dennoch hätte ich nie gedacht, dass … Es kommt immer alles anders, als man denkt. Wir befinden uns in einer derart unwahrscheinlichen Lage …»

Jaspart fühlt sich leer und wie betäubt.

«Und diese Nacht ist zudem wunderschön», fügt Bénédict noch hinzu. «Das ist man gar nicht mehr gewohnt. Fast könnte man meinen, es sei die letzte Nacht vor dem Weltende …»

Das Licht der Kerze beginnt zu flackern. Anne verfolgt das Schauspiel ganz genau.

«Ihr habt das Keuschheitsgelübde abgelegt», murmelt Jaspart.

«Das ist eine der Bedingungen, um in den Orden aufgenommen zu werden.»

Der Pater scheint noch nicht einmal Gewissensbisse zu haben.

Anne spricht mit sanfter Stimme: «Er hat Abel begleitet. Und er hat ihm den letzten Segen gegeben. Gott wird ihm die Fleischessünde verzeihen.»

«Aber an die Sünde glauben, das tut Ihr zumindest noch?», fragt ihn Jaspart in einem Tonfall, der heftiger ist, als er es eigentlich beabsichtigt hatte.

«Ja.»

«Und an den Teufel? Glaubt Ihr an den Teufel?»

«Das ist so eine Frage. Aber so wie sich die Dinge inzwischen entwickelt haben, kann ich Eure Frage ganz offen und ehrlich mit ‹Nein› beantworten. Das mag vielleicht verwunderlich klingen. Doch in diesem Punkt hänge ich schon seit geraumer Zeit meinen eigenen Überzeugungen an. Der Teufel ist eine finstere Erfindung. Mit Jesus Christus hat er nichts zu tun.»

Anne steht der Mund sperrangelweit offen.

«Und … Gott?», fragt Jaspart.

«Ja, an Gott glaube ich. Jedenfalls die meiste Zeit.»

In den Gesichtern seiner beiden Zuhörer zeichnen sich in gleicher Weise Verwunderung und Verständnislosigkeit ab.

«Ich habe mich dafür entschieden, Jesus Christus zu dienen, und meiner Auffassung nach kommt zum jetzigen Standpunkt die katholische Religion den Lehren des Evangeliums am nächsten. Ich behaupte nicht, dass sie sich an sie hält, sondern nur, dass die anderen Religionen noch weiter davon entfernt sind. Christus selbst hat gesagt, dass die einzig wahre Religion die Liebe ist. Und daran glaube ich.»

Gern würde Jaspart ihm entgegnen, dass Jesus aber nicht von fleischlicher Liebe gepredigt habe, doch er kommt sich vor wie ein Esel. Er blickt von Anne zum Pater und vom Pater zurück zu Anne. Seine Eifersucht ist ihm lästig, macht ihn körperlich unterlegen. Wie gern würde er sich zwischen die beiden legen … Doch stattdessen sagt er bloß: «Ich werde jetzt schlafen gehen.»

Bénédict lächelt ihn an. «Da habt Ihr vollkommen Recht. Das ist das Beste, was wir jetzt machen können.»

Leicht und behände springt er aus dem Bett heraus. Sein nackter Körper ist feingliedrig und muskulös. Jaspart starrt ihn gegen seinen Willen an. Schweigend zieht der Jesuit seine Leinenunterwäsche wieder an, sein Gewand aus weißer Wolle, sein Kreuz, seinen kordelartigen Gürtel und seinen Umhang, dessen Kapuze er absetzt. Jaspart verfolgt die Metamorphose genau.

Anne hält sie nicht zurück. Ob sie erleichtert ist, allein gelassen zu werden?

Als sie sich ein letztes Mal zu ihr umdrehen, ist sie wieder ganz das junge Mädchen. Ein wenig schüchtern und etwas linkisch in ihrer Art, die Zipfel ihres Nachthemds zurechtzuzupfen. Bénédict wirft ihr mit den Fingerspitzen eine Kusshand zu. Jaspart beschränkt sich auf ein blasses Lächeln.

Die beiden Männer gehen wortlos auseinander.

Die Apotheke wirkt nun noch viel unheimlicher als zuvor. Jaspart versetzt den Beinen des Tisches einen Stiefeltritt.

Unter der Erde gräbt er sich wie ein Tier voran, das instinktiv nach dem Ausgang sucht. Schließlich findet er die Falltür, die zur Herberge führt, und hebt sie mit einem kräftigen Ruck hoch …

Ein breit grinsendes Gesicht nimmt ihn in Empfang. Die Herbergsmutter hält in der einen Hand einen Trichter, in der anderen eine Flaschenbürste. Ihr Mann hat soeben eine Flasche mit dem Inhalt eines Fässchens aufgefüllt. Sie panschen vor der Morgendämmerung ihren Wein. Gerne würde Denvers sich davonschleichen. Doch sie versperrt ihm mit Hilfe ihrer üblichen Taktik den Weg.

«Das ging dieses Mal aber schnell.» Sie wartet auf seine Antwort. Er setzt eine finstere Miene auf. Achselzuckend kommentiert sie: «War ja nicht anders zu erwarten. Sie hat ihre Meinung mal wieder geändert.» Dann dreht sie ihm den Rücken zu und setzt ihre Arbeit fort, indem sie ihre Flaschenbürste tief in einen Flaschenhals hineinstopft.

Erschöpft lässt er sich auf seine Lagerstatt fallen. Ihm ist klar, dass er keinen Schlaf mehr finden wird. Vogelschreie klingen durch die Nacht. Er überlegt sich, was er nun tun soll. Ein seltsamer Schrei ist das. Er unterscheidet jedes Mal zwei schnell aufeinander folgende Töne. Er denkt an Colomban. Dieser Vogelruf hätte ihn sicherlich interessiert ... Er zwingt sich dazu, sich den Jungen glücklich und sicher im Haus des Pastors vorzustellen ... Er kämpft gegen eine Furcht erregende Flut von Bildern an: Colomban, wie er verhaftet wird. Wie man ihn in Ketten legt ... Die Vogelschreie werden immer aufdringlicher. Ein schlechtes Omen für die Menschen. Doch für die Vögel ist es vielleicht ein Liebeslied ... Ihm fällt wieder ein, was Colomban über die Frau mit dem Bart gesagt hat: «Sie ist eine traurige Frau, die alle ihre Kinder verloren hat und nun nach ihnen sucht.» Gern würde er für ihn beten ... Aber auch dazu ist er nicht in der Lage. Gern läge er neben Anne. Oder wenn man ihn doch wenigstens einfach nur schlafen ließe. Er kann die Vogelschreie nicht länger ertragen. «Wenn sie doch endlich Ruhe geben könnten», fleht er in Gedanken. Doch bis zum Tagesanbruch muss er noch durchhalten.

Gegen neun Uhr sind die Stadtwachen sie holen gekommen. Sie waren zu zehnt. Jaspart Denvers hat sie von seinem Fenster aus beobachtet. Sie haben die Apotheke umstellt, sodass niemand mehr fliehen konnte. Er ging runter auf den Platz und sprach mit dem Statthalter, der ihm unwirsch zur Antwort gab, wen sie denn wohl holen sollten, wenn nicht die Witwe.

Die Angeklagte wurde unter Geleitschutz zum Gericht von Miranges gebracht. Richter Denvers marschierte hinterdrein. So gingen sämtliche Passanten natürlich davon aus, dass er diese Maßnahme angeordnet hatte.

Doch vor dem Gericht grenzte er sich durch seine Entscheidung, das Gebäude gemeinsam mit ihr und nicht mit den Justizbeamten zu betreten, klar von der Gerichtsbarkeit der Stadt ab. Dabei hatte de La Barelle ihm höflich eine Zusammenarbeit angeboten …

Was für eine herbe Enttäuschung er dem Präsidenten damit zumutet, lässt Denvers äußerst kalt. Doch dem Urteil, das sein Gegner nun fällen wird, fiebert er unruhig entgegen.

Die Entscheidung steht bereits fest. Die drei Richter sind sich da vollkommen einig. Königliche Beschlüsse sind nur zu befolgen, wenn deren Formulierung den Anforderungen entspricht. Derweil besteht kein Anlass, sich um die Früchte ihrer zielstrebigen Arbeit bringen zu lassen. Soll denn all ihr Schlussfolgern, Nachforschen und Entscheiden ganz umsonst gewesen sein? Und die ewige Rücksichtnahme auf den Herrn Kontrolleur werden sie sich in Zukunft schenken.

Sein Blick wandert vom Präsidenten zur Angeklagten, von der Angeklagten zum Präsidenten. Anne Dumoulin ist noch blässer als bereits in den vorangegangenen Sitzungen. De La Barelle ist in Höchstform.

Die Liste der Anklagepunkte, die er feierlich verliest, ist um einiges länger geworden. Schon lange vor dem verdächtigen Tod von Gaston Dumoulin habe seine Frau sich zahlreiche unverzeihliche Vergehen zuschulden kommen lassen: Nachlässigkeit in der Haushaltsführung, Verschwendung, nachweisbare fehlende Tugendhaftigkeit, Schamlosigkeit, Verleitung zu Gewalt und Eifersucht eines tugendhaften Ehegatten, Verachtung aller Angehörigen niederer Stände und der Diener der Kirche, gesetzeswidriger Umgang mit giftigen Substanzen …

Der Präsident sagt mit keinem Wort, ob das Gericht seine Auskünfte vom Pfarrer, von böswilligen Zeugen oder aus der Gerüchteküche bezogen hat.

Dennoch gebe es keine stichfesten Beweise dafür, dass eine Bluttat begangen worden sei, räumt de La Barelle mit der ihm eigenen tyrannischen Großzügigkeit ein. Und selbst die Folter habe die Witwe nicht dazu bewegen können, ihre Behauptungen zu revidieren. Vielmehr sei der Eindruck entstanden, sie habe daraus neue Kraft geschöpft. Zu beurteilen, ob diese Kraft auf Gott oder den Teufel zurückgehe, übersteige seine Zuständigkeit. Sofern das Gericht jedoch seinen Überzeugungen treu bleiben wolle, sehe es sich leider genötigt, die Gesetze der Gerechtigkeit zur Anwendung zu bringen.

Die Gerechtigkeit in Form des Präsidenten und seiner beiden Beisitzer erhebt sich. Die Urteilsverkündung klingt äußerst geschwollen: Die Witwe Dumoulin wird zur Verbannung verurteilt.

Noch am selben Morgen werde man sie fortschaffen. Damit sei sichergestellt, dass nichts mehr die Vollstreckung des Urteils aufhalten könne. Ein Stadtknecht würde sie in eine andere Provinz bringen und dort der Obrigkeit übergeben, welche wiederum einen Bewaffneten abstellen werde, um die Verurteilte zu geleiten … Dies Procedere werde so lange fortgesetzt, bis sie sich fernab ihrer Heimat befinde und niemanden mehr kenne. Eine Rückkehr nach Miranges sei ihr bei Todesstrafe verboten.

Das ist das Schicksal, das die unter Folter nicht geständig gewordenen Hexen ereilt. Selbst wenn ihr Widerstand sie vor dem Scheiterhaufen gerettet hat, zerstört der Übereifer des Gerichts jegliche Hoffnung auf eine Urteilsaussetzung. *Nur ein paar Tage mehr,* durchfährt es Denvers, *und dieses Verfahren wäre ganz bestimmt eingestellt worden …*

«Habt Ihr noch etwas hinzuzufügen?», fragt der Präsident die Angeklagte. Seine Zuvorkommenheit ist beinahe unverschämt.

«Ja», antwortet die Verurteilte. «Der Himmel steht mir als Zeuge bei, wenn ich Euch sage, dass dieses Urteil ungerecht ist und die Grausamkeit anscheinend in der Lage, über die Unschuld zu siegen. Aber eines Tages …»

«Was für eine Unverschämtheit! Wie könnt Ihr es wagen!»

«Aber eines Tages wird die Schande dieses Gericht heimsuchen und nicht länger mich.»

«Hinaus mit ihr!», schreit der Präsident.

«Die Angeklagte beleidigt uns in aller Öffentlichkeit», stellt Canin lakonisch fest.

«Sie ist eine Hure», beschimpft sie Bouchard.

Denvers starrt sie an, als ob er nicht mehr ganz bei Sinnen sei.

Kurze Zeit darauf verlässt die Witwe Dumoulin, umringt von den Stadtwachen, das Gerichtsgebäude. Jaspart Denvers folgt auch dieses Mal der Prozession, bei der die Beteiligten zu Fuß durch die Straßen des alten Städtchens ziehen. So erfährt die Bevölkerung von der ihr auferlegten Strafe. Die

Witwe erhält die Erlaubnis, sofern sie sich beeile, ein paar von ihren persönlichen Gegenständen zusammenzupacken.

Schemenhaft ist Carache d'Autant zu erkennen, der über den Platz huscht. Die Gäste des *Lion d'Or* verfolgen das Ereignis mit großem Interesse. Die Wirtin hebt die Hand, sobald einer von ihnen zu reden ansetzt. Wie eine Schlafwandlerin betritt die Witwe ihr eigenes Haus. Die Köpfe wandern nach oben, denn vielleicht kann man ja durch eines der Fenster einen Blick auf sie erhaschen …

Schon tritt sie wieder vor die Tür, einen bestickten Beutel in der Hand. Wie zum Aufbruch in eine große, schöne Stadt. Eine schwarz gestrichene und mit den Wappen der Stadt verzierte Pferdekutsche erwartet sie. Die Stadtwachen helfen ihr hinauf. Bleischwere Stille senkt sich über den Platz.

Ihr schmales Gesicht und ihre Schultern, die im Fenster des dunklen Wagens zu sehen sind, wirken vor Stolz und Schmerz leblos und starr. Fast keine der umstehenden Personen würdigt sie eines letzten Blickes. Der Wagen setzt sich rumpelnd in Bewegung. Schon bald ist sie nur noch an dem Tuch zu erkennen, das sie sich um den Kopf geschlungen hat.

Dann ist die Witwe fort. Schweigend verläuft sich die Menschenmenge wieder. Wie zum Abschied beginnen die Glocken von *Saint-Bénigne* zu läuten. Jaspart lauscht, bis selbst die letzten langsamen und tiefen Töne verklungen sind.

Er weiß nicht, wie lange er schon in der Schankstube sitzt. Er könnte auch nicht sagen, wie viele Gläser Wein ihm die Wirtin bereits gebracht hat. Sein Verstand ist lange außer Gefecht, als er inmitten der ihn umgebenden Nacht die hohe Gestalt im weißen Gewand wiedererkennt.

«So nehmt doch Platz», lädt er den Neuankömmling ein und weist dabei auf die Bank auf der anderen Seite des Tisches. Er weiß selbst nicht, ob er das ironisch oder verzweifelt meint. Da er weder Herr seiner Stimme noch seiner Bewegungen ist, erleichtert es ihn sehr, dass er offenbar dennoch verstanden wird.

Der Jesuit ist allerdings kaum nüchterner als er. Wortkarg sitzen sich die beiden Männer gegenüber. Sie vertiefen sich in die Betrachtung des bunten Wirtshaustreibens. Dabei denken sie beide an die gleiche Frau, wissen dies nur zu gut und finden deshalb ihre Trauer grotesk und ihr Schweigen lächerlich. Eigentlich müssten sie sich dafür, dass sie sie beide geliebt haben, duellieren oder zumindest Selbstmord begehen, weil sie sie verloren haben und zudem nicht in der Lage waren, sie zu retten.

Ein plötzlicher Lärm reißt sie aus ihren Gedanken.

Eindringliches Klagen dringt vom Platz zu ihnen herüber, immer wieder durch gellende Schreie und Glockengeläut unterbrochen …

Ein ganzer Trupp von Leuten, der von Osten her gekommen sein muss, verstopft die enge Gasse. Eine gesichtslose, lärmende Menge. Junge Leute und Männer reiferen Alters geißeln sich. Erbarmungslos schlagen sie auf die nackten Rücken ihrer Vordermänner ein. Einige Bußgänger peitschen sich sogar selbst, immer zwischen zwei Hieben, die den anderen gelten. An den dazu benutzten Zweigen flattern noch einige äußerst unpassende Rosenblättchen.

«Zierkirsche mit Blütenkrone», bemerkt ganz richtig Jaspart. «Auch unter den Blüten befinden sich kleine Dornen …»

Als sich das Ende der Prozession auf Herbergshöhe befindet, erkennen sie den Ritter von Yres. Da er das Schlusslicht bildet, bleibt sein Rücken verschont, doch dieser Schande scheint er sich durchaus bewusst zu sein. «Unwürdigster aller Unwürdigen!», ruft er selbst. Da er aber dennoch der Wortführer seiner Brüder sein möchte, wendet er sich an die Menge der Schaulustigen, die gespannt auf eine Erklärung wartet.

«Die Bußgläubigen wurden ausgemerzt! Nieder mit den falschen Propheten! Sie waren nichts als Unzüchtige, Neidhammel, Meineidige, Handlanger des Teufels! Schande über sie! Sie gehören in den Treibsand der Hölle! Ehre sei Gott! Schaut uns an! Wir sind die Unwürdigen des vergossenen Blutes. Und ein jeder soll uns sehen, gleich hier, auf diesem Platz!»

«Ihr wolltet von mir wissen, ob ich an den Teufel glaube. Ich habe meine Meinung geändert …», haucht der Jesuit und zeigt mit dem Finger auf den Ritter.

«Wir Unwürdigen», fährt der Redner fort, «geben offen zu, dass es eine große Schande ist, nichts als Abschaum, nichts als Auswurf und Dreck zu sein. Und wir nehmen auch die Sünden der anderen auf uns, ihre Anstößigkeit und ihren mangelnden Glauben! Wir tun Buße für alle Hexenverbrechen, die in dieser Gegend begangen werden!»

«Damit wären wir also wieder beim Thema», seufzt Bénédict.

«… Die des vergossenen Blutes Unwürdigen wollen es auch mit der Quintessenz des Bösen aufnehmen! Krieg der Frau mit dem zerzausten Bart!»

«Die Quintessenz steckt also unterm Frauenrock!», wagt jemand zu scherzen.

«Wie der Wolf im Schafspelz», antwortet ihm im Vorübergehen der Ritter. «Die Frau mit dem Bart führt uns mit ihrer vermeintlichen Weiblichkeit an der Nase herum!»

Die Zuschauer raunen sich Kommentare zu. Darin schwingen Misstrauen, aber auch verhaltene Bewunderung mit.

«Die Existenz von zweierlei Geschlechtern entsprach dem Willen Gottes. Als Erstes erschuf er den Mann und dann die Frau, damit sie ihm Gesellschaft leiste. Doch Eva hat Adam um sein Wissen beneidet, und dies hat sie beide zu Fall gebracht!»

Eine Art nervöser Angeregtheit ergreift die Menge der Nachfahren von Adam und Eva. Ein Mann berührt die stachelige Wange eines Unwürdigen und bekreuzigt sich. Die Herbergsmutter streckt ihnen einen Laib Brot entgegen, den sie jedoch empört ablehnen.

«War Eva eine bärtige Frau?», fragt ein kleiner Junge.

Die Frage bringt den Ritter etwas in Verlegenheit, und er stottert: «Ja … in gewisser Weise schon … Man könnte durchaus sagen, dass die erste Frau …»

«Dann gleicht die Frau mit dem Bart also der ersten Frau auf Erden!», ruft jemand munter.

Der Ritter schüttelt sein verschwitztes Haar und hebt die Hand. Ob man ihm denn nicht erst einmal zuhören wolle? «Schon sehr bald», verkündet er mit finsterer Stimme, «wird es zu … öffentlichen Teufelsaustreibungen kommen!»

«Oh!», ruft die Menge. «Und wer gibt dabei den Ton an?»

«Die Teufelsaustreibungen werden von Glaubensbrüdern durchgeführt, die sich allein darauf spezialisiert haben!»

«Und worin genau wird ihre Aufgabe bestehen?»

«Sie werden den Teufel aus den Sündigern herauspeitschen!»

«Und wo?»

«In der Grotte von *Zazé*!»

Der Pfarrer, der soeben eintrifft und sich allem Anschein nach gerade erst vom Mittagstisch erhoben hat, ist über das Schauspiel, das sich ihm darbietet, entsetzt. Der katholische Glauben ist in Gefahr! Schnell macht er sich auf den Weg zur Sakristei der Kirche *Saint-Bénigne* und kehrt mit einem randvoll gefüllten Eimer Weihwasser zurück. Dann müssen wir den Gedenktag der Gottesmutter eben ein wenig vorverlegen, denkt er sich. Bis hinter beide Ohren sollen die ihren Segen bekommen! Gesagt, getan. Ehe man es sich versieht, besprenkelt er seine Schäfchen mit Weihwasser. Die Bußgläubigen setzen sich sogleich zur Wehr. Das fehlt ihnen gerade noch, dass dieser übereifrige Katholik ihrer Beflecktheit zu Leibe rückt! Die Wassertropfen brennen auf ihren blutigen Schultern wie Essig …

Jemand will wissen, ob die Bärtige denn auch zur Grotte von Zazé käme.

«Eingeladen ist sie!», antwortet der Ritter. «So wie jeder von Euch, so nichtswürdig er auch sein mag.»

Dadurch steigt natürlich das Interesse an der vorgeschlagenen Veranstaltung. Niemand möchte sich die Versammlung in der Grotte entgehen lassen. Alle wollen wissen, wann sie das nächste Mal stattfindet. Als ihm zu Ohren kommt, dass dies am Ostersonntag sein wird, verfällt der Pfarrer von Miranges in ängstliches Quieken: «Erst nach der

Messe! Erst nach der Messe!» Doch so manch treuer Kirchgänger plant schon jetzt, gleich mit der ersten Morgenröte zur Grotte zu gehen. Nur so ist es sicher, dass man einen guten Platz bekommt.

Bevor sie das Feld wieder räumen, stimmen die Glaubensbrüder aus voller Kehle eine Art Kirchengesang an: *«Miserere nobis! Miserere nobis!»*

«Elend über uns alle», höhnt Carache d'Autant, der sich bis dahin stoisch zurückgehalten hat. «Sie sollten die Frau mit dem Bart zumindest bitten, ihnen den richtigen Ton anzugeben.»

Während sich der umherirrende Irrgesang wieder verliert, stehen Jaspart und Bénédict untätig herum und fühlen sich überflüssig. Da sie gegen ihren Willen gemeinsam zum Nichtstun verurteilt sind, kehren sie zur Herberge zurück und lassen sich in der Nähe eines der Fenster nieder. Die Menge verläuft sich nur langsam, denn es erwartet sie nichts als die unumgängliche Langeweile.

«Diese Jämmerlinge sind verrückt», seufzt Jaspart.

«Die ganze Welt ist verrückt», entgegnet Bénédict. «Allein deshalb hat der Teufel so viel Erfolg. Christus, der nicht Wahnsinn empfahl, sondern vielmehr grundlegende Veränderungen, hat über ihn kaum ein Wort verloren.»

«Und dennoch hat die katholische Kirche sich ihn gern zu Eigen gemacht.»

«Ebenso wie die Protestanten. Der reinste Wettstreit um die strengeren Vorschriften. Dank des Teufels gibt es keine Freiheit mehr!»

Jaspart bezweifelt, dass sie tatsächlich die gleiche Auffassung von Freiheit haben, doch er hält lieber seinen Mund.

Mit dem Fingernagel kratzt er am morschen Fensterrahmen herum, der vom Wasser ganz aufgeschwemmt ist. Das vergammelte Stück Holz darunter ist für die Würmer ein gefundenes Fressen.

«Habt Ihr schon von den Freigeistern gehört?», erkundigt sich Bénédict und beugt sich bei dieser Frage leicht zu ihm herüber.

«Meint Ihr diese Leute, die jegliche Art von Moralvorstellung ablehnen?»

«Nein, ich meine diese Leute, die nach Freiheit streben.»

Will ihm jetzt etwa der Jesuit, nachdem er ihm erst eröffnet hat, dass er nicht an den Teufel glaubt, auch noch auf die Nase binden, dass er zu jenen Gottlosen gehört, vor denen die Kirche ihre Gläubigen dringend warnt?

Leicht spöttisch starrt Bénédict ihn an.

Jaspart dreht den Kopf weg und blickt genau auf die Apotheke am gegenüberliegenden Ende des Platzes. Ein Sonnenstrahl dringt durch eine der blau getönten Fensterscheiben und verfängt sich im Inneren in einem der nicht sichtbaren Vorratsgläser. In der oberen Etage sind die Fensterläden geöffnet geblieben.

«Dürfte ich mich zu Euch setzen?» Die Soutane des Pfarrers berührt den Tisch. Sie nicken.

Der Mann braucht jetzt dringend ein kleines Gläschen Branntwein.

«Ihr seid aber auch kein Kostverächter!», neckt ihn die Herbergsmutter.

«Ach, viel zu selten gönne ich mir dieses Vergnügen.»

«Dabei solltet Ihr es Euch nicht verwehren. Das nötige Kleingeld dazu habt Ihr ja schließlich stets im Opferstock.»

«Na, reich werde ich damit ganz bestimmt nicht!»

Bénédict blickt nun ebenfalls zum gegenüberliegenden Haus herüber.

«Da hat man also», setzt der Pfarrer an, dem dringend nach Reden zumute ist, «die Witwe Dumoulin in die Verbannung geschickt. Möge Gott sie beschützen und ihr in der Fremde zu einem anderen Leben verhelfen … Arme Seele.» Dann fügt er, zum Jesuiten gewandt, leise hinzu: «Wisst Ihr, Herr Pater, es läuft dann immer wieder aufs Gleiche hinaus: die Sünde der Fleischeslust …»

Carache d'Autant erwidert ihm im gleichen Tonfall: «Wie man hört, bleibt den Verbannten nichts anderes zum Leben, Herr Pater …»

Statt darauf einzugehen, greift der Pfarrer lieber nach seinem Schnaps. Jaspart Denvers schnüffelt an seinem Gläschen Pinot Noir. Bénédict Carache d'Autant winkt die Wirtsfrau zu sich heran. Ihre Augen glänzen unter ihrem hellen, gelockten Haar.

Mit der Verbannung Anne Dumoulins und den Todesurteilen für Jeanne Bourg und Abel endet die Mission des Kontrollbeamten in seiner Wahrnehmung mit einer fulminanten Niederlage. Er kehrt nach Paris zurück, das Herz voller Bitterkeit, aber auch von dem unbedingten Willen beseelt, nun erst recht seine Auffassung von Gerechtigkeit in den Gerichten durchzusetzen.

Als er kurze Zeit später erfährt, dass die Richter von Dijon unmittelbar nach seiner Abreise in Miranges eingegriffen haben, fühlte er sich erleichtert. Zugleich spürte er aber auch Verzweiflung darüber, dass dieser Eingriff nicht eher hatte stattfinden können.

Als ihm mit Amtsenthebung gedroht wurde, hat de La Barelle sich widerstandslos ergeben. Der Oberste Gerichtshof von Dijon teilt Jaspart mit, dass bei der Beschlussfassung sein Bericht ausschlaggebend gewesen sei.

Der Rat des Königs zeigt sich mit der Erfüllung des erteilten Auftrags sehr zufrieden und gibt ihm zu verstehen, dass einer Beförderung zum Richter am Obersten Gericht von Paris nichts im Wege steht. Um dem Königlichen Rat nicht nachzustehen, bietet ihm der Burgunder Gerichtshof das Amt des Kammerpräsidenten an, und Jaspart willigt ein.

Im Obersten Gerichtshof von Dijon verbringt er die meiste Zeit damit, Ermittlungsgesuche abzulehnen, Urteile wegen Zauberei aufzuheben und den Richtern der kleinen Provinzen das Leben schwer zu machen. Er hat den Ruf eines Gerechtigkeitsfanatikers und Haarspalters. Die Gerichte hegen einen Groll gegen ihn, dessen Intensität nur noch mit der Angst vergleichbar ist, die er den anderen einflößt. Dennoch vermag sein strenges Veto gegen jegliche Art von Hexenjagd ihn nicht über die Niederlage vergangener Tage hinwegtrösten.

Auf den Gängen begegnen ihm täglich Anwälte, Richter, Gerichtsvollzieher, Kammerpräsidenten, der Staatsanwalt und der Oberste Präsident. Doch nur für den kurzen Moment der Begrüßung stören ihre lauten Stimmen das zurückhaltend raschelnde Ballett der roten Richterroben.

Außerhalb des Gerichtsgebäudes hingegen hören sie sich allesamt sehr gern reden. Sie sind auf neue Moden und ausgefallene Ideen aus. Sofern er nicht schon längst verwirklicht ist, beseelt sie alle der Traum vom herrschaftlichen Haus in einer der schönen Straßen der Stadt. Dazu gehört eine mit Giebeln, Karyatiden und einem Akanthusblatt geschmückte Fassade. Jaspart Denvers hört ihnen zu, doch nur selten mischt er sich in diese Art von Gesprächen ein.

Wenn sein Arbeitstag beendet ist, schließt er sich im Atelier des Hauses ein, das er angemietet hat. Dort malt er mit großem Eifer Aquarelle auf Velin und zieht als Rahmen einfach einen goldenen Tintenstrich außen herum. Demnächst wird sein *Handbuch der Botanik* erscheinen, das er der eingehenden Untersuchung der Krokusse gewidmet hat. Die Zahl der bekannten Krokusarten steigt jährlich an, und er selbst darf sich rühmen, zwei davon entdeckt zu haben. Das Buch besteht aus Tuschezeichnungen, teils farbig, teils schattiert, auf denen die Pflanzen in ihrer natürlichen Umgebung oder im Querschnitt abgebildet sind, vom Auf- bis zum Verblühen.

Fast jeden Sonntag bricht er allein zum Pflanzensammeln auf. Unterwegs spricht er höchstens mit den Kräuterfrauen, die wissen, wo im Wald sich die seltenen Pflanzen befinden, weil sie gute Beobachterinnen sind. Um Heilkräuterhändler und modische, wohlhabende Bürger, die die sterblichen Überreste der Pflanzen in silberne Schaukästen stopfen, macht er einen großen Bogen.

Das erste Handanlegen an die Skizze einer Pflanze versetzt ihn jedes Mal in einen ängstlich-euphorischen Zustand. Für diesen kurzen Moment verabschiedet er sich von der hiesigen Welt, denn jeder einzelne Strich erfordert seine gesamte Aufmerksamkeit.

So viele sind noch unbekannt, geht es ihm durch den Kopf, *aber zwei habe ich ganz allein gefunden!* Die fertigen Abbildungen glänzen auf dem Kamin. Zwei neue Krokusse, deren Farbe an Quecksilber erinnert. Daneben wirkt die Kaiserkrone mit ihren roten Glöckchen eher wie ein geistlicher Würdenträger.

Er senkt den Blick zum Kamin, in dem ein niemals ausgehendes Feuer brennt. Um das ständige Nachversorgen mit Brennholz kümmert sich wie um die sonstige Haushaltsführung eine Dienstmagd.

«Du immer mit deinen Blümchen», meint er plötzlich eine Stimme zu hören. Er zieht die Augenbrauen hoch. Über einem alten Stück Buchenholz mit dickem Astloch lodern die Flammen besonders stark. Ein Astlochauge, denkt Jaspart. Das muss ein Auge sein. Das Auge von Jeanne.

Bevor er am nächsten Abend seine Farben wieder auspackt, sucht er sich wie beiläufig davon zu überzeugen, dass das Auge nicht mehr in der Glut zu sehen ist. Doch es ist noch da. Die alte Jeanne sagt ihm höflich ‹Guten Abend›.

An sieben aufeinander folgenden Abenden ist Jeanne bei ihm zu Gast. Sie sprechen über dieses und jenes. Ihr fällt immer etwas ein. Doch manchmal bittet Jaspart sie um Ruhe. Schon den ganzen Tag über bekäme er nichts als Worte zu hören, führt er zu seiner Entschuldigung an. Sie wartet geduldig ab, bis er fast vor Müdigkeit umfällt, doch noch immer nicht zu Bett gehen kann. Das ist der richtige Moment für lange Gespräche. Eines Nachts, als sie wieder einmal sehr zum Plaudern aufgelegt und durch nichts zu bremsen ist, fährt er sie an: «Mit Euch zu reden interessiert mich im Grunde gar nicht, versteht Ihr?»

Sie lacht. Das sei nichts Neues. Mit ihr habe noch nie jemand reden wollen!

«Verzeiht mir», seufzt Jaspart.

«Ich verzeihe nichts. Was die Dumoulin betrifft, von der hört man zurzeit so gut wie gar nichts.»

«Das wird sich noch ändern. Ich lasse sie von den Ermittlungsbehörden suchen. Ich werde schon noch herausfinden, wo …»

«Was wollt Ihr denn herausfinden? Vielleicht will sie Euch gar nicht sehen.»

Die Bemerkung ist verletzend. Er widmet sich wieder seiner Zeichnung, doch sie misslingt ihm.

Es stimmt, dass die Behörden Anne Dumoulin nicht wiedergefunden haben. Die wahrscheinlichste Theorie ist, dass sie sich versteckt hält. Ob sie das tut, um ihn nicht wiedersehen zu müssen? Oder aus anderen Gründen? Während er die spitz zulaufenden Blätter eines Aronstabs ausradiert, stehen ihm blitzartig wieder bestimmte Gesten von ihr vor Augen. Wie sie ihr Kleid in der Taille zurechtzupft, ihr Haar zurückwirft oder sich mit nackten Beinen auf dem Chemikalientisch abstützt … Doch Anne ist verschwunden.

Von seiner Frau weiß er zumindest, wo sie sich jetzt befindet und was sie zusammen gemacht haben. Ihre Liebe gehört zwar der Vergangenheit an, doch keiner kann sie ihm mehr nehmen. Die Tränen, die ihm in die Augen treten, wenn er an seine Frau zurückdenkt, sind schon lange keine Tränen der Trauer mehr. Fast eher das Gegenteil.

Er räumt seine Kohlestifte beiseite und überlegt sich, dass er Anne noch nicht einmal zeichnen könnte. Sie ist für ihn unerreichbar geblieben. Wie hat sie gelebt, bevor sie ihm über den Weg gelaufen ist? Manchmal fragt er sich, ob es nicht ebendieses Geheimnis ist, das ihn noch immer an sie denken lässt. Der Gedanke an ihre Verbannung macht ihn täglich wütend. Er muss sie dringend wiederfinden.

Als eines Abends der Sonnenuntergang nicht enden will, verlässt ihn jegliche Hoffnung. Er kümmert sich nicht länger um seine Zeichenmodelle und lässt seine Aquarelle eintrocknen. Sein Wunsch, sie wiederzusehen, ist stärker alles andere. Er weiß nichts mit sich anzufangen und blickt in die Glut. Er wünscht sich beinahe, das Auge möge wieder darin auftauchen. Sehnsüchtig wartet er auf eine Prophezeiung. In jener Nacht weissagt ihm die alte Jeanne, dass seine Theorie über die Trauer ein Irrtum sei. Die Gewissheit über den Tod eines Menschen sei keineswegs besser als die Ungewissheit.

Es dauert, bis sie wieder verstummt. Sie spricht über den Tod und über viele andere Dinge. Jaspart hört ihr gebannt zu. Er hat sich inzwischen an seine seltsame Gesprächspartnerin gewöhnt. An diesem Abend schimpft sie allerdings auch mit ihm. Sie versucht ihn an grundlegende Dinge zu erinnern. Zum Beispiel daran, dass es ihre Stimme außerhalb von seiner Vorstellung gar nicht gibt.

Sieben Jahre ist es nun her, dass er Miranges verlassen hat. Seit sieben Jahren verfolgt ihn die Erinnerung an diese Stadt, und er erkundigt sich noch immer über alle sie betreffenden Ereignisse bei dem für Berufungsangelegenheiten zuständigen Richter der zweiten Instanz.

Auf diesem Wege erfährt er eines Tages von dem Selbstmord einer der Kindstötung bezichtigten Frau im Gefängnis. Das Urteil stand noch aus, doch das Gericht hatte sie einsperren lassen, um weiteren Verbrechen vorzubeugen.

Bei der Durchsicht der Verhandlungsniederschrift sucht er nach dem Namen der Frau ... Reine Briguette, genau das hatte er befürchtet.

Mehrere frühere Anklagen wegen Hexerei, die bereits gegen sie erhoben wurden, hatten damals mangels Beweisen lediglich zu einer Einstellung des Verfahrens geführt, doch dieses Mal sei die verbrecherische Natur der ihr vorgeworfenen Tatbestände eindeutig nachweisbar gewesen. Niemand kann sich erklären, wie es der Angeschuldigten gelingen konnte, in ihrer Zelle Tollkirschensamen zu verstecken. Die Aufseher haben sie im Morgengrauen tot aufgefunden. Der Gefängnisvorsteher hat seinen Fehler eingestanden: mangelnde Wachsamkeit. Darüber ist der Gerichtshof natürlich sehr erbost. Zu seiner Verteidigung hat der Vorsteher sich auf die Verzweiflung der Angeschuldigten berufen, die den Gedanken, erneut gefoltert zu werden, einfach nicht ertragen konnte. Die Nachricht über ihren Tod hat sich in der Stadt wie ein Lauffeuer verbreitet. Gegen acht Uhr haben Männer trotz des Eingreifens der Wachleute die Burg umstellt. In den umliegenden Straßen gefährdeten mit Knüppeln bewaffnete Gruppen die öffentliche Sicherheit. Stadtknechte nahmen in Windeseile Verhaftungen vor.

Jaspart Denvers legt kreidebleich die Akte zurück auf den Tisch des Richters. Eine Flut von Bildern stürzt über ihn herein. In einer nebeligen und ruhigen Landschaft lädt ein Bauer, der soeben einen Sohn bekommen hat, ihn mit ein an den Tisch ... War er einer von den Männern, die Reines Ehre verteidigt haben? Und der Stumme mit der Pfeife im Mund, der die Suppen und Ratschläge der Hebamme äußerst schätzte, wo war denn der an jenem Morgen? …

Drei Tage später wird der Gefängnisvorsteher von Amts wegen in die Freigrafschaft Burgund versetzt. Präsident de La Barelle führt als Begründung für seine Entscheidung an, dass die Disziplin im Gefängnis stark nachgelassen habe. Diese letzte banale Meldung versetzt Jaspart Denvers endgültig und vollständig in Rage.

Im Rat des Obersten Gerichtshofs von Dijon, der die Anwendung der neuen Gesetze überprüft, schlägt er eine vorschriftsmäßige Inspektion der Gerichtspraktiken in Miranges vor. Der Oberste Präsident, der ihm dazu sein Einverständnis erteilt, sähe ihn gern als Leiter eines solchen Eingriffs. Er solle möglichst bald aufbrechen und sich vor Ort der Sache annehmen.

Während er wegen seiner Abreise nach Miranges alle laufenden Angelegenheiten zu einem Abschluss bringt, erreicht ihn ein Brief von Bénédict Carache d'Autant. Es ist das erste Lebenszeichen von ihm, seit sie beide die Stadt verlassen haben. Der Jesuit teilt ihm mit, dass sein Weg ihn demnächst an Dijon vorbeiführt und er ihn bei dieser Gelegenheit gerne wiedersehen würde.

Der Gedanke an ein solches Treffen verwirrt ihn. Bénédict ist der einzige Freund, den er seit dem Tod seiner Frau kennen gelernt hat. Aber dennoch ruft sein Name nichts als unliebsame Erinnerungen hervor.

Am Abend reitet er mit glühend heißem Kopf hinaus aufs Land. In seinen Gedanken vermischt der Brief sich mit seinen Sorgen um das Schicksal der Stadt Miranges. Er nimmt sich fest vor, so effizient wie möglich zu handeln, doch er kann nicht umhin, ständig die Vergangenheit heraufzubeschwören. Er wünscht sich noch immer, die Prozesse gegen Jeanne, Reine und Anne hätten niemals stattgefunden oder alles könnte noch einmal von vorn beginnen, um anders auszugehen.

Kurz vor den Toren der Stadt führt ihn sein Weg an fensterlosen, hohen Mauern entlang, aus deren Ritzen Grasbüschel und duftende Blumen wachsen. Nur noch ein einziger Regenschauer, und schon ist der Sommer da. Am Ende des Weges taucht ein Meer von Weinstöcken vor ihm auf. Ihre großen, rotgrünen Blätter überranken die Stützen und strecken sich zusammen mit ganzen Trauben von grünen Kügelchen dem Himmel entgegen. Er klettert auf einen Hügel und blickt in weite Ferne. Ganz hinten am Horizont gabelt sich der Weg: Eine Abzweigung führt in die Berge, die andere serpentinenartig nach Miranges. Mit einem einzigen Blick sucht er die Weinberge und Hochwälder zu umarmen. Sich selbst sieht er plötzlich wie durch ein falsch herum gehaltenes Teleskop. In dieser Umgebung ist er selbst nichts weiter als ein zweibeiniges Insekt. Ein winziger Punkt inmitten eines wogenden Universums.

Kaum hat er dem Jesuiten die Hand geschüttelt, ist seine Voreingenommenheit wie weggeblasen. Carache d'Autant hat sich seine Eleganz bewahrt, ist aber wie um zwanzig Jahre gealtert. Sein Gesicht wirkt ausgemergelt, sein Haar ist schneeweiß, und er ist dünn geworden. Noch viel auffälliger ist allerdings sein trauriger Gesichtsausdruck.

Jaspart lädt ihn in eines der besten Lokale zum Mittagessen ein. Mit aristokratischer Gelassenheit lässt Bénédict sich die gute Mahlzeit gefallen. Kaum ist um sie herum der Tanz der Kellner im Gang, wird die Unterhaltung recht lebhaft. Bénédict sagt, dass er glücklich sei, mit jemandem vertrauensvoll unter vier Augen sprechen zu können.

Eigentlich wolle er sich nicht ständig darüber beklagen, wie schlecht es ihm in Lothringen ergehe. Sich davon abhalten könne er allerdings auch nicht. Sieben Jahre lang habe er dort wie in der Hölle leben müssen. Einer Hölle, der er nun bald entkommen werde, denn er sei auf dem Weg nach Spanien. Dennoch hätten ihn diese sieben Jahre um seine gesamten Kräfte gebracht. «Es war so wie in Miranges, damals, als wir uns noch beide dort aufhielten. Mit dem Unterschied, dass ich diesmal keinen Verbündeten gefunden habe, geschweige denn einen Freund ... Ich war in einem fort wie besessen von Zorn und Enttäuschung. Lothringen ist befallen von der Angst vor dem Bösen. Das einfache Volk lebt hinter Schloss und Riegel und kennt nur dieses eine Gesprächsthema, während die hohen Herren teuflischePläne schmieden, um sich zu schützen. Unterdessen wächst die Angst.»

Jaspart ermuntert ihn mit einem Kopfnicken, weiterzureden. Carache d'Autant fährt mit beinahe tonloser Stimme fort: «Oft sehne ich mich nach dem Tod, um zu vergessen. Doch ich bin von Natur aus robust und noch immer nicht besonders alt ... Wie mir scheint, gelingt es Euch besser, durchzuhalten ...»

«Ich habe mich bemüht, einen Schlussstrich unter die Gräueltaten von Miranges zu ziehen. Doch gerade dieser Tage muss ich einige alte Streitigkeiten beilegen. Es ist ein seltsamer Zufall, Euch hier ausgerechnet kurz vor meiner Abreise begrüßen zu dürfen. Gerade so, als bräuchte ich unbedingt Eure Hilfe, bevor ich mich wieder in diesen Morast begebe ...»

«Es wäre mir schier unmöglich, Euch zu helfen! Viel zu oft verfolgen mich noch immer die Bilder des Schreckens … In Wittenshauer habe ich gesehen, wie man blutüberströmte Frauen zur Hinrichtung zerrte. Mit entblößter Brust, da ihre Schamhaftigkeit niemanden interessierte. Zudem kniff man sie noch unterwegs mit glühenden Zangen … Diese unglücklichen Geschöpfe wurden vor der Verbrennung von den Männern vergewaltigt. Die Megären überhäuften sie dafür mit Flüchen und warfen ihnen obszönes Verhalten vor … Dahinscheidende menschliche Wracks habe ich gesehen, mit verstümmelten Gliedmaßen. Ich habe unglückliche Geschöpfe gesehen, die vor dem Portal einer Kirche niederknieten und gezwungen wurden, vor ihrem Tod um Vergebung zu bitten. Ich habe mich geschämt. Ich habe mich geschämt, in den Kleidern der Kirche zu stecken! Am liebsten hätte ich sie mir vom Leib gerissen, um sie den verdammten Frauen über die Schulter zu legen. Doch man hätte mich davongejagt. Meine Machtlosigkeit brachte mich zur Verzweiflung …»

Tränen treten dem Jesuiten in die Augen. Jaspart nimmt seine Hand und wundert sich dabei selbst über seine Beherztheit und über die Wärme auf der ihm zugewandten Innenseite der Hand.

Draußen unterbricht mit einem Mal ein heftiger Regenguss den strahlenden Sonnenschein.

Bénédict beruhigt sich wieder. «Ich habe mich damit einverstanden erklärt, ins Exil zu gehen. Der Leiter meiner Bruderschaft hat mich dazu ermuntert. Ich habe mich seinen Argumenten gefügt. Er hat mir zwar nicht eindeutig gesagt, dass ich allmählich den Verstand verliere, doch er hat es mir zu verstehen gegeben. Ich werde also meine früheren Ämter wieder aufnehmen. Als ich noch jung war, war ich für die Kirchenmusik zuständig. Ich hatte das Glück, die Aufführung der *Vesper der Jungfrau* des großen Monteverdi zu betreuen, den man hierzulande noch kaum kennt. Ich glaube zwar nicht, dass Gesänge wie diese mich heute trösten könnten, doch zumindest werden sie mir ein wenig Ablenkung verschaffen … Zudem bleibt mir ja im Grunde genommen ohnehin keine andere Wahl. Als den Verabreicher der Letzten Ölung will man mich nicht mehr haben. Wenn man zu viel mit dem Tod zu schaffen hat, gerät man irgendwann selbst ins Schwanken. In Madrid werde ich mich auch um Architektur und Malerei kümmern. Durch Kunst soll meiner geistigen Verfassung wieder auf die Beine geholfen werden, so haben sich das meine Oberen gedacht …»

Ein junger Justizbeamter begrüßt Jaspart, und er erwidert den Gruß. Der Wirt nutzt diese kurze Unterbrechung, um sich seinerseits zu erkundigen, ob alles in Ordnung sei. Alles sei ausgezeichnet. Am Nebentisch vergleichen zwei Diener der Kirche im scharlachroten Gewand ihren Nachtisch. Ein Anwalt tupft sich die Lippen ab und hinterlässt auf seiner Serviette rote Flecken.

«Und Ihr, Ihr bleibt der Justiz also weiterhin treu …»

«Ich wollte auf diesem Gebiet gern noch zwei, drei Dinge erreichen.»

«In den Provinzen, die der Krone Frankreichs unterstehen, werden nur selten Menschen zum Tod auf dem Scheiterhaufen verurteilt, nicht wahr?»

«Ja. Aber die Scheiterhaufen können jederzeit überall erneut entfacht werden, wenn das allgemeine Elend nicht endlich nachlässt. Ich befürchte ein Ansteigen der Verbrechen und eine Rückkehr der Hexen … Ich mache mir auch große Sorgen darum, wie mit geistig Verwirrten umgegangen wird. Sie werden immer zahlreicher. Entweder werden sie von geheimen, mehr oder minder religiösen Gesellschaften aufgelesen, oder sie müssen unerhörte Grausamkeiten seitens der Dorfbewohner über sich ergehen lassen. Die Gerichte wissen nicht, wie sie sich diesbezüglich verhalten sollen, denn dies übersteigt ihre Zuständigkeit.»

«Es ist ja schon bemerkenswert, dass die Gerichte sich zumindest mit solchen Fragen beschäftigen … Erinnert Ihr Euch, in Miranges war noch nicht einmal das der Fall … Habt Ihr Neuigkeiten von dem kleinen Linkshänder?»

«Er ist in Paris. Er macht eine Lehre bei einem Radierer. Er hat einen anderen Namen angenommen. Ein hübscher junger Mann ist aus ihm geworden, kaum wiederzuerkennen! Ich habe ihn gesehen und mich von ganzem Herzen für ihn gefreut.»

«Gut zu hören! Und … Anne. Wisst Ihr, was aus ihr geworden ist?»

«Nein. Von ihr gibt es keinerlei Spur … Ich habe Nachforschungen in die Wege geleitet – doch bisher war alles vergeblich.»

«Auch sie hat sich sicherlich sehr verändert … Ich wüsste zumindest gern, ob sie noch unter uns weilt oder sich schon lange an anderen Ufern befindet. Für die Toten kann man nämlich nichts mehr ausrichten.»

«Ich glaube, sie lebt. Und was die Toten angeht … Gott nimmt sie bei sich auf.»

«Ja, das sage ich auch immer.»

«Doch das ist nicht, was Ihr glaubt?»

«Ich bin mir nicht sicher. Im Interesse der Verurteilten war ich immer sehr bemüht, daran zu glauben. Ich erinnere mich an Abel, der in seiner letzten Stunde den Glauben verloren hat. Ich habe ihm befohlen, seinen Glauben nicht aufzugeben. Ich habe ihn angefleht. Ich habe ihm geschworen, dass es tatsächlich einen Gott gibt und dass er ihn aus seiner Seelenqual erretten wird! Ich bin untröstlich, wenn ich mich an seinen Blick erinnere, als er mir sagte, dass er nichts als Leere sehe. Und auch Jeanne hatte längst den Glauben verloren. Die Angst mobilisierte alle ihre Kräfte. Sie war keine Frau mehr, sondern ein noch lebendiges Wesen, das seine Eingeweide entleerte. Das Jenseits war für sie nichts als ein großer Haufen Scheiße.»

Der Jesuit beißt sich auf die Lippen: «Seht Ihr, ich komme immer wieder darauf zu sprechen. Ich komme einfach nicht dagegen an. Es gelingt mir nicht, zu schweigen …»

«Lasst uns einen kleinen Spaziergang machen, wenn Euch das recht ist. Das wird uns ein wenig entspannen.»

Bénédict ist sehr überrascht, wie viele Klöster und kirchliche Hospitäler es in den sich bergauf schlängelnden Straßen gibt. «Es scheint, dass die Religion auf zahlreiche Vermittler zwischen dem Allmächtigen und dem Elend angewiesen ist», spöttelt er. Jaspart lächelt und stellt erleichtert fest, dass Bénédicts spöttische Ader endlich wieder die Oberhand gewinnt. Doch ihre Begegnung neigt sich bereits ihrem Ende zu.

Als sie sich an diesem Abend verabschieden, ist ihnen klar, dass sie sich nicht mehr wiedersehen werden. Und sie wissen ebenso, dass Bénédict auch in Spanien nicht zur Ruhe kommen wird, selbst wenn er sich noch so sehr danach sehnt. Auf der abschüssigen Gasse fallen sie sich in die Arme, doch es dringt kein Wort mehr über ihre Lippen.

Einen Moment lang blickt Jaspart der hoch gewachsenen und behänden Gestalt hinterher, wie sie sich durch die Reiter hindurch davonschlängelt. Dann hebt er die Hand zu einem letzten freundschaftlichen Gruß.

Sechs Wachleute begleiten die Kutsche, in der noch zwei weitere Justizbeamte mitfahren, die ihm zur Seite stehen sollen. Der Mond steht schmal und scharf geschnitten am Himmel, genauso wie vor sieben Jahren. Doch seine äußeren Spitzen sind nun nach rechts gerichtet, da er im letzten Viertel seines Zyklus steht. Jaspart Denvers würde gerne glauben, dass dies das Ende eines bösen Traumes ist.

Die beiden jungen Justizbeamten überschlagen sich förmlich vor Diensteifer. Denvers befragt sie zu einigen undurchsichtigen Punkten der Rechtslage, denn er will sich über seine Befürchtungen Gewissheit verschaffen. Fehlerlos leiern sie die Antworten herunter. Beide wirken sie wie an die fünfzig, dabei sind sie kaum dreißig. Ihre gepuderten Perücken findet er überaus unangemessen. Und dann auch noch diese neumodische Kleidung der jungen Leute, die sich für die juristische Laufbahn entschieden haben. Als sei ihr Aufzug nicht so schon grotesk genug, lassen sie sich auch noch überall Stulpen und Schleifchen anbringen.

Auch wenn er selbst immer auf ein ordentliches Aussehen bedacht gewesen ist, kann er sich kaum vorstellen, dass er in ihrem Alter auch eine so lächerliche Figur abgegeben hat. Und dass er heute vornehm in seiner Dienstrobe als

Justizbeamter am Obersten Gerichtshof vor die Leute tritt, hat allein strategische Gründe.

Wesentlich eleganter als das *Lion d'Or* erstrahlt am Platz *Saint-Marcel* die Herberge *Auberge de la Paix*. Die Wirtsleute bereiten dem Kammerpräsidenten einen großartigen Empfang und nehmen dafür allerlei Umstände auf sich, so wie das im Burgund und auch anderswo zunehmend Sitte wird. Die dunkle Nussbaumholzeinrichtung mit gedrechselten Tisch- und Stuhlbeinen ist nagelneu, und auch die Wände sind frisch geweißt.

Die beiden jungen Justizbeamten sind in der Stadt bei einer Person mit sehr gutem Ruf untergebracht. Dabei handelt es sich um dieselbe Gastgeberin, die damals auch schon Carache d'Autant, ihren späteren Beichtvater, aufgenommen hat. In der Herberge *Lion d'Or* steigen keine königlichen Beamten mehr ab.

Nach dem Abendessen macht er einen Spaziergang durch Miranges. In der lauen Sommernacht wirkt die Stadt, als sei hier die Zeit stehen geblieben. Die Brunnen, die Bäume, die Steine der Häuser, alles ist noch wie früher. Wie selbstverständlich lenkt er seine Schritte in Richtung *Place du Lion d'Or*.

Die Apotheke steht noch immer an ihrem Platz und durchbricht den Kreis, den die anderen Gebäude bilden. Die Fensterläden sind noch immer unten zu und oben offen. Das Haus steht leer, doch es scheint auf die Rückkehr seiner einstigen Bewohner zu warten. Jaspart fragt sich, warum Anne Dumoulin nicht zurückkehrt. Vielleicht ist sie über die jüngsten Beschlüsse bezüglich der Verbannten nicht informiert und weiß gar nicht, dass sie das Recht hat, ihr Eigentum wieder in Besitz zu nehmen. Oder sie hat ein neues Leben begonnen. Sie ist in eine neue Hülle geschlüpft und hat einen anderen Namen angenommen. Wie gern wäre er jetzt in seiner alten Herberge, in der Kammer, von der aus man den Lichtschimmer sah, der verriet, dass sie zu Hause war. Doch in ihrem Fenster brennt kein einziges Kerzenlicht, ebenso wenig wie im Wirtshaus gegenüber.

Dabei ist das Gasthaus gar nicht geschlossen, es ist nur gerade so gut wie kein Betrieb.

«Herr Richter! Was verschafft uns die Ehre Eures Besuchs?» Eiligen Schrittes kommt der Pfarrer auf ihn zu. Die Worte ‹Richter› und ‹Ehre› würde außer ihm niemand in einem Atemzug nennen, und deshalb verdient er es, dass man seinen Gruß freundlich erwidert.

«Mit der Herberge *Lion d'Or* geht es bergab», berichtet ihm der Pfarrer, dem sein Redebedürfnis deutlich anzumerken ist. «Seit dem Tod ihres Mannes hat es sich die Besitzerin mit allen verdorben. Die Leute aus dem Ort haben den Verdacht, sie sei für Colombans Verschwinden verantwortlich. Erinnert Ihr Euch noch an diesen Burschen, dieser Linkshänder, der Furcht erregende Dinge zeichnete? Schon im Alter von zehn Jahren war er verdorben bis ins Mark. So etwas kommt vor … Die Herbergsmutter schafft es einfach nicht, ihren Kopf wieder aus der Schlinge zu ziehen. Stattdessen erzählt sie überall, dass der Junge schon längst ein Vermögen gemacht habe und inzwischen reicher als jeder Einwohner von Miranges sei. So etwas gefällt den Menschen natürlich nicht. Um sie zu ärgern, entgegnen ihr bestimmte Leute, sie hätten ihn unter den Aussätzigen gesehen, und andere sagen ihr wiederum, der Junge sei im Gefängnis. Unterdessen läuft ihr Geschäft nur schleppend. Jedenfalls ist bei der Alten der Wind aus den Segeln. Sie kehrt wieder dahin zurück, wo sie hergekommen ist: ins Elend … Erinnert Ihr Euch noch an diesen wunderbaren Abend, als wir alle gemeinsam am Kamin gegessen haben? Das war noch die gute alte Zeit. Jetzt steigt nur noch finsteres Volk in dieser Herberge ab: Fuhrmänner, Taschenspieler … Man traut sich da gar nicht mehr hin …»

In der Herberge wird Jaspart Denvers mit abschätzenden, verstohlenen Blicken gemustert. Die Gäste sitzen alle schweigend vor ihrem Glas Wein. Er macht erst gar nicht in der Schankstube Halt, sondern geht gleich durch bis zur Küche … Zu seiner eigenen Verwunderung freut es ihn, die Herbergsmutter zu sehen. Ihr sitzen inzwischen einige Kilo Speck mehr auf den Rippen, und alles hängt schlaff an ihr herunter. Sie ist grau im Gesicht geworden, doch ihr Blick ist noch der alte.

«Schau an, schau an! Welch hoher Besuch», begrüßt sie ihn. «Wollt Ihr etwa ein Zimmer? Ich hätte noch nicht einmal Bettwäsche für Euch. Ich hab alles verkaufen müssen. Mir bleibt nichts weiter als dieses Gemäuer und noch einige volle Fässer, sonst hat mir der Wirt nichts hinterlassen. Was habt Ihr also bei mir verloren?» Sie blickt ihn forschend an: «Ihr wollt mir doch wohl hoffentlich keinen Ärger bereiten. Davon hatte ich in der letzten Zeit mehr als genug!»

Ihr Gesicht erstarrt zu einer rachsüchtigen Fratze.

«Ich wollte vorbeischauen und Euch erzählen …»

«Von Colomban?» Erschrocken reißt sie die Augen auf, so als sei zu erwarten, dass er ihr von einer entsetzlichen Katastrophe berichten wird, um ihr damit ihr Bild vom sozialen Aufstieg Colombans ein für alle Mal zu zerstören.

«Es geht ihm gut. Er hat mir aufgetragen, Euch zu grüßen. Und seinen Dank lässt er Euch auch noch einmal ausrichten.» Den letzten Satz hat Denvers schnell hinzugedichtet.

«Ach so? Er lässt mir also seinen Dank ausrichten? Und warum tut er das nicht hier bei mir an Ort und Stelle? Weil er nach wie vor nichts als ein verkommenes Subjekt ist, das ist der Grund. So etwas Undankbares! Missratener Bursche! Und zu was hat er es sonst noch so gebracht? Obwohl mir das ja im Grunde egal sein kann. Ich kenne nur die Variante, er sei durch das Papiergeschäft reich geworden, und so ist es recht. Mehr will ich darüber gar nicht wissen. Es sei denn, er kommt und rettet mich aus diesem Elend hier … Doch selbstverständlich wird er ganz andere Sorgen haben. Kinder kennen keine Dankbarkeit …»

Daraufhin dreht sie ihm den Rücken zu, greift nach einer Flasche, stopft ihr wie einer Gans den Trichter in den Flaschenhals und füllt sie mit dem Inhalt einer anderen Flasche auf, genauso wie damals …

Am Tag darauf beginnen die Anhörungen. Dieses Mal sind es keine Angeschuldigten und Zeugen, die vorgeführt werden, sondern diejenigen, die die Gerichtsbarkeit ausüben.

Im Empfangssaal für Adelige und Botschafter lässt Jaspart Denvers ein kleines Privatbüro für sich einrichten und mit einem hölzernen Paravent umstellen. Vor dem prunkvollen Tisch aus italienischem Marmor steht für die Herren vom Fach, die er zu befragen wünscht, ein Damastsessel bereit.

Was de La Barelle betrifft, weiß er nicht so recht, worauf er sich gefasst zu machen hat. Der Mann ist gerissen und wird auf der Hut sein. Anders als der Jesuit hat ihn das Elend vor seinen Augen wohl eher verjüngt als altern lassen. Ihn plagen sicherlich keine Gewissensbisse. Doch nach all den Jahren des von oberster Stelle geduldeten Amtsmissbrauchs in Miranges wird es dem Präsidenten einleuchten, dass er nur schwerlich auch weiterhin im Amt bleiben kann. Es sei denn, er hat noch einen geheimen Zaubertrick auf Lager.

Geradezu unterwürfig begrüßt Timothée de La Barelle seinen neuen Vorgesetzten. Der Mann hat zwar seinen Standesdünkel abgelegt, aber nicht seine Raffinesse. Als man ihn fragt, was für Verfahren derzeit laufen, erwähnt er zwei Viehdiebstähle und einen Nachbarschaftsstreit und fügt diensteifrig hinzu, dass das Gericht seit dem Inkrafttreten der neuen Direktiven seine Arbeit mit größtmöglicher Gelassenheit verrichte.

Denvers hakt die Finger ineinander und beugt sich vor. «Habt Ihr also aufgehört, nach der Frau mit dem zerzausten Bart zu suchen?»

De La Barelle zuckt noch nicht einmal mit der Wimper. «Wir haben sie nicht finden können, diese … Person. Vielleicht ist sie ja eines natürlichen Todes gestorben. Oder sie war sogar eine von diesen … Verurteilten, die nicht alles gestanden haben. Das lässt sich nicht so einfach sagen.» Er schüttelt den Kopf. «Das ist wirklich alles andere als einfach …»

Denvers blickt ihn fest an.

«… Ich glaube, dass die Ausübung von Zauberpraktiken nachgelassen hat», fährt de La Barelle fort. «Seit einigen Jahren interessiert man sich immer weniger für Hexen. Vielleicht hat die Frau mit dem Bart auch schlicht und ergreifend ihre spezielle Aura eingebüßt …» Er räuspert sich, so als würden ihm die Worte im Hals stecken bleiben.

«Sind es die Hexenprozesse, die weniger zahlreich geworden sind, oder die Hexen selbst?»

«Hmh … Ich glaube, diese beiden Dinge sind eng miteinander verbunden. Doch ich muss gestehen, dass auch ich in dieser Frage mit meinem Latein am Ende bin. Das Gericht zu Miranges, dessen Präsident ich bin, wendet ganz einfach nur die bestehenden Gesetze an. Es obliegt ihm nicht, die Natur der Verbrechen zu definieren, sondern lediglich, das Verbrechen als solches zu ahnden.»

«Und Ihr persönlich habt zu dieser Frage keinerlei Meinung?»

«In meiner Eigenschaft als Präsident, nein. Wenn wir uns jetzt hier unter anderen Umständen gegenübersäßen – vielleicht», antwortet de La Barelle und riskiert einen vielsagenden Blick.

Der Mann ist klug und berechnend. Denvers versucht, ihn trotz seiner Ausflüchte festzunageln. Und schließlich gibt der Justizbeamte tatsächlich seine Theorie zum Besten: Die Fälle von Hexerei gingen zurück, weil in der Gesellschaft das Gefallen an Gräueltaten nachgelassen habe. Noch vor zehn Jahren sei die Stimmung im Volk eine ganz andere gewesen.

«Und Ihr ward gezwungen, Euch solchen Stimmungen widerstandslos anzuschließen?»

«Anschuldigungen, die meiner Ansicht nach nicht haltbar waren, habe ich zurückgewiesen. Das Verfahren gegen

Reine Briguette aufgrund von Denunzierungen als Hexe habe ich eingestellt …»

«Bei anderen Anschuldigungen ward Ihr nicht so zimperlich. Das Gericht, das sich unter Eurem Vorsitz befindet, hat sich weder durch Milde noch durch Klarsicht einen Namen gemacht … Empfindet Ihr nicht mitunter Bedauern angesichts der von Euch verurteilten Menschen?»

«… Ich empfinde eher den Drang nach Fortschritt. Die Justiz muss nach der Vollkommenheit streben, doch sie gelangt nur mühselig an ihr Ziel. Wir handeln im Sinne der Opfer und nehmen es dabei in Kauf, unter Umständen auch einmal zu Unrecht eine Strafe aufzuerlegen. Ein Gerichtspräsident ist im Übrigen oftmals ganz allein auf sich gestellt.»

«Hält Euch etwa Euer besonders der Zukunft geltendes Augenmerk davon ab, die Vergangenheit zu überdenken?», hakt Denvers noch einmal nach.

«Natürlich bringt man als Justizbeamter beträchtliche Zeit damit zu, Fehler, die in der Vergangenheit geschehen sind, zu analysieren. Doch es stimmt durchaus, dass ich mich in erster Linie für den Fortschritt interessiere.»

«Das mag ja sein, Herr Präsident. Dennoch werden wir nun der Vergangenheit einen ausführlichen Besuch abstatten. Ich trage mich mit der Absicht, sämtliche Hexenprozesse, die in Miranges unter Eurer Federführung stattgefunden haben, einer Prüfung zu unterziehen.»

De La Barelles blaue Augen werden glasig trüb.

«… Es ist Euch sicherlich bekannt, dass alle, die im Zuge von Hexenprozessen um ihr Eigentum gebracht wurden, inzwischen Anrecht auf Wiedergutmachung haben … Wer umgebracht wurde, dem nützt das natürlich nichts …» In möglichst banalem Tonfall setzt er hinzu: «Da müsste man wohl einmal gründlich darüber nachdenken, wen das Gericht von Miranges noch entschädigen könnte.»

Betroffenes Schweigen zieht auf einer Totenbahre durch den Saal.

Die Antwort auf die delikate Frage, was der Gerichtspräsident von Versetzungen halte, scheint ihm nicht schwer zu fallen. Staatsanwalt Canin sei schon viel zu lange am Gericht von Miranges, als dass er sich noch an die Reformen gewöhnen würde. Eine Versetzung bekomme ihm daher sicherlich gut … Dann sei da auch noch dieser Arzt, den man nun schon vor vier Jahren nach Miranges berufen habe … Der neue Gefängnisvorsteher beklage sich bereits, denn gesunde Gefangene wären ihm natürlich lieber. Über all die anderen gebe es nichts Besonderes zu berichten. Der Statthalter benehme sich beispielhaft, wie schon eh und je …

Denvers bedankt sich bei de La Barelle und erklärt ihm, dass er natürlich erst mit allen betroffenen Personen sprechen müsse, bevor er eine Entscheidung treffen könne.

Nachdem der Gerichtspräsident gegangen ist, bleibt Jaspart noch etwas Zeit bis zur nächsten Vorladung. Unentschlossen geht er im Prunksaal auf und ab und hadert mit sich selbst. Was soll er tun? Soll er diesen Mann, der Unschuldige in den Tod geschickt und Anne Dumoulin verbannt hat, tatsächlich entlassen? Es stimmt, dass er im Grunde nur seine Pflicht getan hat, trotz seines Übereifers. Zudem wird er ihm, dem Kammerpräsidenten, zukünftig gehorchen. Was will er denn noch mehr? Oder wäre ihm allen Ernstes ein junger, aalglatter Justizbeamter, der noch ein ganz unbeschriebenes Blatt ist, lieber? Am Ende gar einer wie die zwei, die ihn hierher begleitet haben? Oder Richter wie Canin und Bouchard, die weder den Verstand noch das Verhandlungsgeschick eines de La Barelle besitzen? Er persönlich würde ihn sehr gerne ans Ende der Welt versetzen lassen. Doch so einfach ist das nicht. Wendehälsen hat man immer etwas vorzuwerfen, doch mitunter sind sie auch sehr nützlich.

Der Nächste auf seiner Liste ist Canin. Gesenkten Hauptes betritt er den Raum. Einige Höflichkeitsfloskeln weiß er zum Glück noch auswendig, sodass er sich ganz seiner Schmährede gegen die gegenwärtigen Zustände widmen kann. Da sich ihm nun endlich einmal die Gelegenheit biete, sich persönlich mit einem Justizbeamten des Obersten Gerichtshofs zu unterhalten – von dem er so tut, als habe er ihn noch nie gesehen –, würde er gerne das Übel in all seinen Ausmaßen beschreiben: Der Atheismus greife immer stärker um sich, das Verbrechen gedeihe besser denn je, und Respekt gegenüber Gesetz und Ordnung würde allmählich zum Fremdwort …

Seine Stimme klingt lauter als je zuvor, auch wenn Denvers sich redlich Mühe gibt, so leise wie möglich zu sprechen. De La Barelle hat seinen Staatsanwalt vollkommen richtig beurteilt … Canin vermisst die Zeit, als das Gericht von Miranges seine Beschlüsse noch am Vormittag traf, sie am Nachmittag vollstrecken ließ und gegen Abend die Akte beiseite stellte. Heutzutage, so beklagt er sich, da katzbuckelten ja alle nur noch. Die Franzosen äfften die Italiener nach, die Italiener wären bereits halbe Türken, ein jeder verliere langsam seine Seele. Selbst das Gericht sei bald nicht mehr wiederzuerkennen.

In diesem Punkt gibt der Kammerpräsident ihm Recht. Doch mit solchen Problemen müsse er sich auch nicht länger persönlich herumschlagen, denn andernorts würden auf ihn wichtige Aufgaben warten.

Canins Lippen werden wulstig.

In der Festung von Brégannec werde dringend ein Staatsanwalt gebraucht. Abgesehen von Denis Malot, dem ehemaligen Gefängnisvorsteher von Miranges, wolle dort niemand hingehen. Doch auch dort müsse nun einmal Gerechtigkeit walten. Es gehe ja nicht an, dass in einer der Provinzen ein Rechtsvakuum bestehe!

Canins Blicke suchen ihn zu verschlingen.

Denvers redet unbeirrt weiter. Es sei dringend. Das Eintreffen eines Justizbeamten dürfe unter keinen Umständen länger herausgezögert werden. Am idealsten wäre es, wenn diese Versetzung innerhalb der nächsten Tage erfolgte … Wie denn Richter Canin darüber denke …

Er denke darüber … dass er leicht seekrank werden würde … und er in dieser fernen Bretagne ein Fremder wäre …

Der Mensch gewöhne sich schließlich an alles. Und katzbuckeln würde dort wirklich auch keiner.

Richter Bouchard sagt, er habe immer gern am Gericht von Miranges gearbeitet. Seinen Beruf kenne er in- und auswendig, und er sei in der Lage, ein Urteil zu sprechen, ohne sich überhaupt die Akte zu dem Fall anzusehen, so sehr sei das für ihn Routine geworden. Selbstverständlich wisse er, dass zurzeit Reformen umgesetzt werden, und er halte sich strikt an die Anweisungen, doch ein Krimineller sei nach wie vor ein Krimineller und ein Dieb eben ein Dieb. Aber etwas sei dennoch irgendwie faul in dieser Stadt.

Der Kammerpräsident hört ihm aufmerksam zu.

Was ihm zu schaffen mache, sei keineswegs die Gerichtsroutine, sondern der Alltag in Miranges. Früher seien die Leute zusammengekommen, da habe es noch Feiern gegeben, doch jetzt langweilten sich alle zu Tode. Selbst mit der Frau mit dem Bart sei niemand mehr hinter dem Ofen hervorzulocken. Deshalb würde Richter Bouchard gern die Stadt verlassen. Auf einen anderen Posten berufen werden. Gern würde er mit Leuten zusammentreffen, die Freude an schönen Frauen hätten, an feinen Speisen und an guter Unterhaltung. In Miranges läge der Hund begraben.

Eine Versetzung kann nur stattfinden, sofern sie der Justiz und nicht privaten Belangen dienlich sei, erinnert ihn der Kammerpräsident.

Dem stimmt Bouchard zu. Die Unterhaltung verhakt sich in einer Endlosschlaufe sinnentleerter Argumente. Vergeblich sucht der Richter nach Worten: Er hat in seinem Leben so oft angeklagt, dass er noch nicht einmal mehr sich selbst verteidigen kann.

Der Gerichtsschreiber ist noch immer das sanftmütige, fast durchscheinende Wesen von damals. An eine Versetzung auf einen anderen Posten ist bei ihm gar nicht zu denken.

Der Gefängnisvorsteher ist ein Neuankömmling und spricht nur wenig. Es ist unmöglich, zu ihm Stellung zu beziehen.

Der Statthalter lässt sich schwerfällig in den Sessel sinken. Er gibt sich ruhig und respektvoll. Er sei durchaus dazu bereit, neue militärische Aufgaben zu übernehmen. Wer auch immer sein Herr sein möge, er sei bereit, ihm zu dienen. So ähnlich wie de La Barelle hat auch Statthalter Châtaigne eine sehr strikte Auffassung von Pflicht. Und für einen Diener des Staates sei Pflicht sogar die oberste Tugend. Ein Diener des Staates, der nicht mehr gehorchen wolle, habe seine Ehre bereits verloren ... Von Malot, seinem Freund aus früheren Tagen, habe er keinerlei Neuigkeiten. Manchmal vermisse er ihre albernen Scherze sehr. Der neue Vorsteher sei alles andere als ein Spaßvogel.

Der Henker hört gar nicht mehr auf, sich zu beschweren. Niemand habe etwas für ihn übrig. Noch nicht einmal seine Frau. Zudem sei er neuerdings so gut wie arbeitslos. Er komme noch nicht einmal mehr auf drei Hinrichtungen pro Monat! Da habe er ja nun wirklich schon ganz andere Zeiten erlebt. Wenn das so weitergehe, dann sei er bald arm wie eine Kirchenmaus. Noch zehre er von dem Geld, das er sich durch den Verkauf von Folterwerkzeugen hinzuverdiene. Alles zu Schleuderpreisen, versteht sich. Es bleibe ihm also nichts anderes übrig, als einen Nebenberuf auszuüben. Nichts, auf das er stolz sein könne, ganz bestimmt nicht lukrativ, aber immerhin etwas. Zum Glück habe der Wundarzt von Miranges einen Unfall gehabt. In einer mondlosen Nacht sei er in eine Reihe von Nadeln gestürzt. Dabei habe er sein ganzes Blut verloren und sei platt wie eine Flunder in sich zusammengesackt. Die Chirurgie sei von der Kirche zwar nicht gut angesehen. Doch von irgendetwas müsse er ja leben! Und so viel anders als sein eigentlicher Beruf sei es ja im Grunde auch gar nicht. Statt aufzuschnibbeln würde er jetzt eben zusammennähen. Mit dem Trinken sei er jetzt allerdings etwas vorsichtiger geworden, nicht, dass es da am Ende noch zu Verwechselungen komme, scherzt er. Spaß müsse sein, das Leben sei ernst genug.

Am darauf folgenden Tag gibt Kammerpräsident Denvers seine Beschlüsse bezüglich des Gerichts von Miranges bekannt.

Wenn auch anders als bisher, würden der Gerichtspräsident und der Statthalter ihre Arbeit fortsetzen. Die beisitzenden Richter Canin und Bouchard würden von den beiden jungen Justizbeamten ersetzt, bei denen er diesbezüglich bereits vorgefühlt habe und deren Namen übrigens denen der bisherigen Amtsinhaber recht ähnlich seien (irgendetwas wie Canard und Bouchin). Der Gefängnisvorsteher möge sich nach einem Arzt umschauen, der die Kranken tatsächlich heilt. Der Henker möge bitte selbst zusehen, wie er zu seinem Unterhalt komme. Der Gerichtsdiener würde zum Beamten auf Lebenszeit ernannt. Gleiches gelte für die Stadtwachen und für alle Wachleute, die bereits am Gericht arbeiteten, sowie für diejenigen, die demnächst ernannt würden. Zwei Benediktiner würden die Lücke füllen, die durch den Weggang zuerst des Ritters und dann auch noch des Jesuiten entstanden sei.

Er bleibt also im Amt, und zudem schafft man ihm Canin und Bouchard vom Hals, da kann de La Barelle nun wirklich zufrieden sein. Da er augenblicklich wieder ganz in die Rolle des feinen Herrn schlüpft, schlägt er vor, die Vergangenheit mit einem Abschiedsessen zu besiegeln, sofern der Richter des Obersten Gerichtshofs dagegen keine Einwände zu erheben hätte. Da gerade Pilzsaison sei, wäre er auch gern bereit, seine Pilzernte zur Verfügung zu stellen: all die Kostbarkeiten, die er sonst seiner Familie mitzubringen pflege. Da würde es dann Steinpilze, Pfifferlinge und auch Schirmpilze geben, vielleicht ja sogar Kaiserlinge, die man natürlich keinesfalls mit Fliegenpilzen verwechseln dürfe! Der Präsident ist bestens aufgelegt, der frische Wind macht auch ihn um Jahre jünger.

Entschlossenen Schrittes bewegt er sich in einem blau-weißen Nebel voran. Die weiße Farbe rührt von den Krokussen her, die das Ende des Winters verkünden. Es wundert ihn, sie jetzt in dieser ausgestorbenen Stadt zu sehen, denn es ist ja Sommer. In der Nähe eines Kreuzgangs lächelt ihm Anne Dumoulin zu. Er tritt näher an sie heran, streckt seine Hand der ihren entgegen, findet sie jedoch nicht. Er berührt ihren Arm und muss mit ansehen, wie dieser zu grauem Staub zerfällt. Entsetzt betrachtet er das Verschwinden des Körperteils. Anne scheint das nichts weiter auszumachen. Sie lehnt sich gegen eine Wand, die hinter ihrem Rücken zerbirst …

Schweißgebadet setzt er sich in seinem Bett auf und versucht zu begreifen, wo er ist. Die breiten Stoffbahnen des Baldachins wellen sich sanft in der Luft, die durch die geöffneten Fenster hereindringt. Sein Körper sackt nackt und verletzlich in das weiße, weiche Bett zurück.

Noch ist es finster draußen. Es wird kaum zwei Uhr morgens sein, doch dieser Albtraum hat ihn hellwach gemacht. Er durchmisst mit seinen Schritten den Raum. Er muss sich dringend wieder entspannen.

Er geht hinunter auf die Straße. Wohltuende Kälte erfrischt seine Wangen. Er geht schnellen Schrittes. Die schmale Mondsichel leuchtet in funkelndem Sternenlicht. Seine Schritte hallen wider. Er geht von einem Platz zum anderen, von *Saint-Marcel* bis *Saint-Bénigne*.

Aus offen stehenden Fensterläden dringen Schnarchen und Flaschenklirren … Am Ende der abschüssigen Straße erkennt er das seitliche Profil der Herberge. Das Schild ist nicht mehr da, stattdessen sind nur noch zwei Eichen zu sehen, die sich im Wind bewegen. Ihm fällt auf, dass im Innern Licht brennt. Die Herbergsmutter ist noch auf. Genaueres will er lieber gar nicht wissen.

Er möchte an Annes Haus vorbeigehen, sich vergewissern, dass sie tatsächlich nicht da ist, den Traum verscheuchen.

In der Apotheke ist es stockfinster. Doch plötzlich entdeckt er im oberen Stockwerk ein Licht. Jemand ist im Haus. Vielleicht treibt sich da oben ein Landstreicher herum. Er lehnt sich an die Wand, kommt allmählich wieder zu Atem. Ganz bestimmt ist es nur ein Dieb. Er starrt mit weit aufgerissenen Augen nach oben. Ein Schatten huscht an der Kerze vorüber. Ihm bleibt vor Aufregung das Herz stehen. Sie ist es. Auch wenn er sie nicht gesehen hat, ist er sich absolut sicher.

Sie ist zurückgekommen. Sie ist da.

Wie um seine letzten Zweifel zu beseitigen, taucht sie am Fenster auf. Deutlich zeichnet sich ihr Umriss ab, schwarz auf verschwommenem, farblosem Hintergrund.

Am ganzen Leibe zitternd, betätigt er den Klopfer. Ein Pferd blickt ihn an. Das Tier ist hinter dem Laden an einem verrosteten Ring angebunden. Es vergeht einige Zeit, bis sie an der Tür ist. Das Pferd wirkt erschöpft. Es ist tatsächlich Anne.

Er ist innerlich so aufgewühlt, dass er kein einziges Wort herausbekommt. Sie trägt Reisekleidung. Sie nimmt ihr Häubchen ab, wirft es auf einen Stuhl und sagt, sie sei eben erst angekommen. Er verschlingt sie mit seinen Blicken. Sie wirkt besorgt und dreht unruhig den Kopf in alle Richtungen. Er traut sich nicht, ihr allzu nahe zu treten. Auch wenn ihre Wangen stark eingefallen sind, findet er sie fast noch schöner als zuvor.

«Hier wurde alles rausgetragen», stellt sie fest und beißt sich dabei auf die Lippe. «Diese Hunde haben sich einfach selbst bedient.» Sie zeigt mit der Hand durchs leere Zimmer. «Im Schlafzimmer sind nur noch das Bettgestell und die Matratze.»

Er folgt ihr nach oben. Überall liegen dicke Staubschichten. Darin sind Fußspuren zu erkennen.

«Diese Hunde!», flucht sie erneut. «Oder Hündinnen! Die Herbergsmutter hat sich bestimmt reichlich bedient. Sie kennt ja den Weg ins Haus.» Bitterkeit verzerrt ihre Stimme. Ihre Gefühle sind in diesem Moment sehr gegensätzlich. Er ist glücklich über ihre Rückkehr. Sie ist wütend, weil sie sieht, wie ruchlos man sie ausgeplündert hat.

Er fragt sie, ob sie über die jüngsten königlichen Bestimmungen informiert sei. Selbstverständlich. Sonst wäre sie bestimmt nicht hierher gekommen. Er sagt ihr, im ganzen Land hätten ja Boten den Erlass verlesen und auch dort, wo sie sich aufgehalten habe, müsse sie ganz bestimmt etwas gehört haben. Ihre Antworten klingen zerstreut. Sie ist nach wie vor nur mit dem Verschwinden ihres Eigentums beschäftigt. Sie hebt einen alten Kerzenleuchter in die Höhe, in dem noch eine unförmige Kerze steckt, und verlässt dann wortlos das Zimmer. Er folgt ihr, wenn ihm auch nicht ganz klar ist, was dabei nun seine Rolle sein soll. Er könnte ihr ja einfach erzählen, dass er nun in Miranges das Sagen hat, doch sie hat keine Fragen an ihn. Unruhig irrt sie von Raum zu Raum.

In der Apotheke ist er, genau wie sie, über den Zustand

der Räumlichkeiten schockiert. Alle Töpfchen sind aus den Regalen verschwunden. Kein einziges Möbelstück ist mehr vorhanden, nicht einmal der große Tisch mit den von den Chemikalien zerfressenen Stellen. Der Boden ist mit Glassplittern übersät, so als habe man sich darum geschlagen, wer welches Töpfchen stehlen dürfe. Keramikscherben liegen in allen vier Ecken des Raums. Er bückt sich und liest die Innschrift *Goldpu.* Anne seufzt. «Sie wussten nicht, wie sie die Dose mit dem Goldpuder aufbekommen sollten, und da haben sie sie einfach zerbrochen.»

Inmitten dieser Szenerie der vollständigen Verwüstung können sie über nichts anderes als über diese unendliche Leere sprechen. Über alles, was einmal war und nun nicht mehr ist.

«Ich habe dich gesucht», sagt er.

«Ich weiß.»

Er zittert. Sie hat es gewusst. Jeanne hat also Recht gehabt …

«Ich habe verschiedene Berufe ausgeübt», sagt sie.

«Das kann ich mir gut vorstellen.»

«Meine letzte Anstellung kannst du dir bestimmt nicht vorstellen.»

Abwartend blickt er sie an.

«Ehefrau.»

«Du hast dich also … wieder verheiratet …»

«So hatte ich genug zu essen und anzuziehen.»

«Und dein Mann …» Er spürt, wie seine Stimme versagt, obwohl das jetzt wirklich nicht der richtige Moment dafür ist. «… Hast du ihn verlassen?»

«Ich wollte zurück nach Miranges.»

Eine verschlagene Hoffnung wird in ihm wach. Sie macht sie sogleich wieder zunichte.

«Sie müssen mir eine Entschädigung zahlen.»

«Ja, da hast du ganz Recht. Das ist man dir in der Tat schuldig ...»

Sie sammelt den Henkel von einer Blumenvase vom Boden auf, guckt ihn sich genau an und wirft ihn wieder hin.

«Aber was ist ... mit deinem Mann?»

«Du immer mit deinen Fragen! ... Du hast dich ja überhaupt nicht verändert.»

Ihr Verhalten hingegen hat sich sehr verändert. Unruhe überkommt ihn. Sollte die Verbannung sie noch mehr verändert haben, als es sich ihre Peiniger in ihren kühnsten Träumen ausgemalt haben? Ihr Gesichtsausdruck, vor allem der Mund, zeugt von einer Brutalität, die er zuvor nie an ihr bemerkt hatte.

«Mein Mann bedeutet mir nichts.»

Jaspart weiß nicht so recht, ob er über diese Antwort beunruhigt oder erleichtert sein soll. «Und ich?», murmelt er. «Bedeute ich dir noch etwas?»

Sie bleibt ihm die Antwort schuldig. Voller Ungeduld fragt er sie: «Weißt du, dass sich alles ändern wird? Dass ich nun Richter des Obersten Gerichtshofs bin und de La Barelle mir zu gehorchen hat? Weißt du das, Anne?»

«Ja.»

Enttäuschung überkommt ihn ... Dieser Moment, auf den er nun sieben Jahre lang gewartet hat, den kann er doch jetzt nicht einfach zwischen diesen finsteren Mauern verstreichen lassen!

«Ich werde deine Eheschließung annullieren lassen und dabei als Begründung anführen, dass du gezwungen worden bist, dich zu ... dich zu ...»

«Mich zu verkaufen?»

«Ich könnte dazu die momentane Welle der Wiedergutmachungen ausnutzen. Und dann, Anne, und dann werden wir beide zusammen sein.»

«Zusammen?»

«Ja. Ich werde um deine Hand anhalten. Obwohl, das kann ich ja auch schon hier und jetzt tun. Auch wenn das an diesem Ort ein wenig lächerlich ist, oder vielmehr finster. Obwohl, nein, es ist ein großer Augenblick! Für mich ist es ein großer Augenblick der Freude.»

Er weiß nicht mehr so recht, was er eigentlich sagen will, noch, was er empfindet. Seine Verunsicherung hindert ihn daran, sich natürlich zu geben, über Liebe zu reden statt gleich über Heirat. Er nähert sich ihr, legt ihr die Arme um die Hüften. Sie steht ganz steif und lässt es sich gefallen.

«Sag doch etwas, Anne. Sag mir, dass du mein Angebot annehmen wirst. Sobald alles wieder gut ist. Es lässt sich alles wieder einrenken, hab Vertrauen. Wirst du mein Angebot annehmen?»

«Ich kann es nicht annehmen.» Sie weicht einen Schritt zurück. Dann tritt sie wieder ganz dicht an ihn heran und sieht ihm fest in die Augen. Er dreht den Kopf zur Seite. Mit wütender Stimme fügt sie hinzu:

«Und nie wieder will ich etwas mit dieser Bagage zu tun haben! Mit diesem folternden Pack! Bis in den Selbstmord treiben die einen! Niemals werde ich ihnen verzeihen!»

Jaspart blickt fest in ihr wunderschönes Gesicht, das vor Wut ganz verzerrt ist. Er fragt sie mit tonloser Stimme: «Gehöre ich für dich etwa auch zu diesem Pack?»

«Ja», antwortet sie ihm wie in einem Hauch.

«Du bist ungerecht.»

«Aber du bist doch immer noch Richter! Hast du etwa noch immer nicht genug von diesem Beruf?»

Ihr spöttischer Tonfall missfällt ihm. «Die Situation ist

doch jetzt eine ganz andere. Natürlich bleibe ich im Amt, und für einen Rücktritt ist jetzt ganz bestimmt nicht der rechte Zeitpunkt. Ich habe meine Verpflichtungen, so wie jetzt ein Abschiedsessen bei Gericht. Aber wirklich wesentlich sind ganz andere Dinge, und die haben eine ganz andere Bedeutung. Ich bin für die Wiedergutmachungen zuständig. Das betrifft sehr viele Leute ...»

«Ein Abschiedsessen», spöttelt Anne.

«Nicht länger als ein ganz normales Mittagessen, so will es hier nun einmal die Sitte. Wirklich wichtig ist doch nur, was sich dadurch für die Stadt Miranges ändert. Und auch für uns beide, Anne. Wenn du es willst, werden wir zusammen fortgehen. Das ist durchaus möglich.» Er versucht ein Lächeln. «Das wäre dann weitaus mehr als eine Wiedergutmachung, nämlich eine Wiedergeburt.»

«Du sprichst wie ein Pater!»

Einen Moment lang herrscht Schweigen.

«Wo ist der übrigens hin?», fragt Anne mit leiser Stimme.

«Er ist nach Spanien gegangen.»

«Er hat gut daran getan.»

Jaspart überlegt sich andere Argumente: Sie werden in Dijon leben, sie wird die Apotheke verkaufen ... Doch dann verzichtet er darauf. Sie sagt, und dabei bekommt ihre Stimme wieder ihre gewohnte Sanftheit zurück, dass sie sich etwas hinlegen müsse. Ihre Reise habe sieben lange Tage gedauert. Wenigstens ihr Bett sei ja noch an Ort und Stelle. Das hätten sie ihr nicht wegtragen können.

Schon ganz bald, so versichert er ihr, würde de La Barelle ihr persönlich das Geld auszahlen müssen. Er sei sich nicht ganz sicher, ob sie das ein wenig tröste, doch er lege größten Wert darauf, dass de La Barelle ihr das Geld persönlich aushändigen müsse.

Ein Lächeln huscht über ihr Gesicht, verschwindet jedoch sofort wieder: «Wie viel werden sie geben?»

Etwas verdutzt gibt er ihr zur Antwort: «Es wird schon so einiges sein.»

Sie fasst nach seiner Hand, führt sie an ihre Lippen. Es könnte liebevoll gemeint sein, doch sie meint es als Verabschiedung.

Er lässt diese grazile und mysteriöse Frau allein in ihrem geplünderten Haus zurück.

Die Nacht ist sternenklar. Der Kirchturm von *Saint-Bénigne* ragt wie ein senkrechter Pfeil in den Himmel. Ganz langsam schiebt sich eine Wolke über die flachen Dachziegel. Als er das Dach genauer betrachtet, glaubt er, dort Colomban hocken zu sehen.

An einem schönen, sonnigen Nachmittag wird der Witwe Dumoulin vom Gericht von Miranges die Wiedergutmachungssumme ausgezahlt.

Das Gleiche gilt für vier andere Frauen, doch alle Blicke richten sich nur auf die Witwe. Das zu der Zeremonie zugelassene Publikum, das im hinteren Teil des Saals kaum genug Platz hat, macht sich durch respektvoll verhaltenes Räuspern und Stuhlgerücke bemerkbar. Die Stadtwachen tragen nagelneue Uniformjacken in den Farben Frankreichs und stehen vollständig regungslos.

Der offizielle Aufmarsch kann beginnen. Dem Kammerpräsidenten in seinem blutroten Gewand folgt der Gerichtspräsident, der in seinem Umhang mit Pelzbesatz beinahe majestätisch wirkt. Die beiden neuen Richter, die über und über mit kleinen Schleifchen verziert sind, gehen erhobenen Hauptes voran. Der gestrenge Gefängnisvorsteher trägt die Symbole seines Berufs auf einem Kissen zur Schau: zwei gekreuzte Schlüssel. Die Aufseher, die Feierlichkeiten nicht gewohnt sind, treten einander auf die Füße. Das Schlusslicht des Zuges bilden drei junge Gerichtsdiener in goldgelber Livree.

Auf ein Zeichen des Statthalters hin beginnt das Ritual. Trommeln werden geschlagen, die Soldaten richten ihre Spieße auf. Dann ergreift der Gerichtspräsident das Wort. Nach der Ehrenbezeugung an den Kammerpräsidenten verliest er in einer schwer verständlichen Sprache die Urteilsbegründungen gemäß der königlichen Amnestie für die fünf anwesenden Frauen, die wegen der vermeintlichen, jedoch nicht belegten und keine Verbrechen nach sich ziehenden Ausübung von Zauberei zu Unrecht verfolgt worden seien … Im Namen der Gerechtigkeit, zu der Seine Königliche Majestät durch Gottes Gnaden berufen sei …

Weiter hört Kammerpräsident Denvers nicht mehr zu. Sein Blick gilt der Witwe Dumoulin, dringt bis tief unter ihren schwarz funkelnden Schleier …

De La Barelle hält seine Rede nicht bloß, er deklamiert sie. Je länger er spricht, desto mehr gewinnt man den Eindruck, dass die Geschichte von Anfang an eines schönen Tages diese wundervolle Inszenierung hat ermöglichen sollen. Anne spielt darin die Rolle der würdevollen, in ihrer Ehre verletzten Frau. Die anderen vier Begnadigten sind in Tränen aufgelöst. Einem Teil des Publikums geht es ebenso. Böenartiges Mitleid weht durch den Saal. Anne Dumoulin tritt vor und nimmt die von Seiner Majestät, dem König Frankreichs, gestiftete Geldbörse entgegen. Jaspart Denvers hält es kurz für möglich, dass sie die Goldstücke gleich nach Erhalt durchzählt. Aber nein, unerreichbar und anmutsvoll kehrt sie zu ihrem Platz zurück. Er überlegt sich auch allen

Ernstes, dass das Publikum auf des Königs Gunst eifersüchtig sein könnte. Aber nein, das Publikum lächelt wohlgefällig. So kommt er zu dem Schluss, dass sich außer ihm niemand hilflos fühlt.

Die Herbergsmutter hat vor ihrer Herberge Stellung bezogen. Sie hat die Arme über dem Bauch verschränkt und atmet die milde Spätsommerluft ein. Ihr finsterer Blick macht den Vorübergehenden nicht gerade Lust, bei ihr auf ein Gläschen Wein einzukehren. Ist es die Ehrung der Opfer, die sie so verärgert hat? Die Herbergsmutter hat während der Zeremonie durch Abwesenheit geglänzt. Als sie Jaspart vorübergehen sieht, mustert sie ihn kritisch. Er grüßt sie und erntet zum Dank ihren spöttischen Blick. Sie weiß, wo er hingeht. Sie ist über alle seine Angelegenheiten bestens informiert, könnte jedem lückenlos darüber berichten. Diesen Mann, der nun zum mächtigsten Mann der Stadt Miranges geworden ist und dem sie hinterherschaut, bis er bei der Apotheke um die Ecke verschwindet, kennt niemand so gut wie sie.

Anne wirkt viel entspannter als bei ihrem ersten Wiedersehen. Über ihre Lippen huscht sogar ein Lächeln. Jaspart gibt sich redlich Mühe, ihr auf die gleiche Art und Weise entgegenzutreten. Er beglückwünscht sie, sagt, dass er sich darüber freut, dass er hat mit ansehen können, wie das Gericht seinen Fehler in aller Öffentlichkeit eingestehen musste. Er brennt darauf, zu erfahren, was sie mit dem Geld anfangen will, ob sie in Miranges bleiben werde oder zu diesem zweiten Ehemann zurückkehren wolle, den sie offensichtlich genauso wenig liebe wie den ersten …

Sie bietet ihm ein Glas Wein an, um auf das Ereignis anzustoßen. Sie hat bereits etwas zu essen und zu trinken sowie einige Küchenutensilien und Teller gekauft. Sie will also offensichtlich nicht sofort in ihre neue Heimat zurückkehren.

Eine Unterhaltung kommt in Gang. Sie dankt ihm für die Rolle, die er bei der ganzen Sache gespielt hat. Er holt tief Luft. Langsam lernen sie sich neu kennen. Sie sprechen über ihre erste Begegnung und über die Krokusse im Wald von Miranges. Anne erzählt von ihrem neuen Zuhause in der *Vendée*, wo es keine Krokusse gibt. Zu feucht sei der Boden. Das Wasser sei überall. Die Wandervögel würden sich Pfahldörfer bauen und diese dann dem Wind überlassen, sobald ihre Jungen das Nest verlassen hätten. Bei Sonnenuntergang tanzten die Kraniche über den durchweichten Feldern. Die kalte Feuchtigkeit ziehe in die Häuser. Und in die Herzen der Menschen. Über ihr Eheleben verliert sie kein Wort. Dann ist sie mit einem einzigen Satz wieder gemeinsam mit ihm im Wald von Miranges, und sie wandern über die steinigen Wege. Die Leute hätten ein Herz, das jeweils ihrer Umgebung entspreche, sagt sie, es sei hart und fest oder eben so feucht, dass es fast verschimmele …

Nebeneinander gegen das steinerne Spülbecken gelehnt, scheinen auch ihre Körper sich wiederzuentdecken. Wie vier sonderbare Strebebögen scheinen ihre Beine gemeinsam den Stein zu stützen. Ihre Unterhaltung ist entspannt und gerät nicht ins Stocken. Ihre Hüften berühren sich wie zufällig. Sie legt einen Finger auf seinen Schenkel. Er dreht sich zu ihr hin und berührt sie im Nacken. Sie umarmen sich sanft, und sogleich schmiegen sich ihre Körper dicht aneinander. Vorsichtig streichelt er ihr übers Haar und über die Schultern.

Leidenschaftlich umarmen sie sich in der verdreckten Küche. Ungeduldig rutschen sie am Spülbecken hin und her und spüren die Wärme ihrer Körper. Alles erscheint seit dem letzten Mal wie unberührt, so als gelte es lediglich, ihr Liebesspiel von damals nach einer kurzen Unterbrechung wieder aufzunehmen. Sie streifen ihre Kleider ab, spüren die Berührung ihrer Haut, das leichte Erzittern. Er entblößt sie von der Taille an abwärts und entkleidet sich dann selbst. Ihre Körper verschmelzen zu einer sich torkelnd fortbewegenden Einheit. Sehr bald verspürt er ihren feuchten Spalt an seinem Glied und dringt stöhnend in sie ein. Der atemlose Rhythmus des Liebesspiels macht sie vor rauer Wollust wie beschwipst, und sie erreichen gemeinsam den Höhepunkt.

Noch vollkommen außer Atem und kraftlos warten sie ab, bis sie wieder ganz bei Bewusstsein sind. Schweißüberströmt und mit vom Staub verschmierten Körpern liegen sie aneinander geschmiegt auf dem Boden. Wellen der Zärtlichkeit schneiden sie noch immer von der Außenwelt ab. Sanft flüstern sie sich sehr ernste Dinge ins Ohr. Sie berührt ihn im Gesicht, er wickelt sich einzelne Strähnen ihres hellen, gelockten Haars um die Finger.

Er fährt ihr mit der Hand vorsichtig über den Oberkörper. Die Brandmale an den Schultern und an der Brust sind noch immer deutlich zu spüren. Verheilt, aber dennoch unauslöschlich. Was mag sie darüber ihrem zweiten Ehemann gesagt haben, überlegt Jaspart, während sie sich wieder ankleidet. Über diesen Mann weiß er überhaupt nichts.

Ein wenig später stellt er ihr die Frage ganz ohne Umschweife.

«Ich habe ihm gesagt, das seien Wegelagerer gewesen», gibt sie ihm zur Antwort.

«Und er hat nie Verdacht geschöpft?»

«Ich weiß es nicht.»

«Und was hast du ihm gesagt, um deine Abreise zu rechtfertigen?»

Sie dreht den Kopf weg, greift nach einem in einer Ecke liegenden zerbrochenen Gefäß.

«Du stellst zu viele Fragen.»

«Hat er dich nicht gefragt, wo du hinwillst?»

Ohne ihm zu antworten, schüttet sie Mehl auf einen Teller und schlägt ein Ei auf. Jaspart sieht ihr dabei zu, verfolgt die knetenden Bewegungen ihrer Finger im Teig. Gern würde er sie um die Taille fassen, doch er zögert. Und er will auch unbedingt wissen, was …

«Dein Mann wartet doch jetzt bestimmt auf dich.»

Sie reicht ihm eine Decke und schlägt vor, auf dem Boden zu Abend zu essen, denn ein Tisch sei ja nicht mehr da. Zusammen breiten sie das weiße Tuch aus. Sie senkt den Blick auf die improvisierten Gedecke und wirkt mit einem Mal sehr nachdenklich. Er beobachtet sie.

Plötzlich fragt sie ihn, ob er am nächsten Tag denn unbedingt an diesem Gerichtsbankett teilnehmen wolle? Jetzt ist er es, der ihre Fragen als zu aufdringlich empfindet. Er sei in seiner Funktion als Richter am Obersten Gerichtshof in der Stadt und daher dazu verpflichtet, dem Gerichtshof diese Ehre zu erweisen. Habe er denn nicht auch am Morgen an den Feierlichkeiten teilgenommen? Sie bittet ihn inständig, nicht zu dem Festessen zu gehen, und sei es auch nur ihr zuliebe. Nur dies eine letzte Mal, verspricht er ihr, dann werde er sich nie wieder mit diesen Menschen abgeben.

Sie greift nach ihrem Korb, holt einige Zweige Thymian und Anis daraus hervor und platziert sie neben den Gläsern. Er hält sie sich kurz unter die Nase und lächelt. Sie tut es ihm nach. Die Tischdecke und die Kräuter erinnern sie an die Picknicke im Wald. Mit Abel, im Sommer. Sie stockt, fügt jedoch dann hinzu, dass sie ihn mehr als ihre beiden Ehemänner zusammen vermisse.

«Er vollführte den Liebesakt mit allem, was ihn anzog», sagt sie leise. «Er liebte die Bäume und die Tiere, er küsste die Pflanzen und sprach mit dem Regen ... Er war in die Liebe vernarrt. Ich werde ihn niemals vergessen. Nachts träume ich oft von ihm. Manchmal nimmt der Traum ein böses Ende, und Abel stößt Schreie aus. Zu Lebzeiten waren seine Schreie als Lockruf gedacht, doch in diesem Traum gleichen sie einem Wimmern, einem Ausdruck des Schmerzes. Aber ich kann ihm nicht helfen, denn meine Arme sind aus Staub ...»

Jaspart holt tief Luft, stärker könnten sich ihre Träume gar nicht ähneln. Er schweigt und sieht Abel wieder vor sich, die große graue Buche, das Krokusfeld ... und wie sie gleich darauf aus dem Nichts aufgetaucht war.

Abel sei als Kind, so fährt sie fort, im Wald ausgesetzt worden. Doch die Wölfe hätten ihn nicht angerührt! Er ganz allein habe sich in Sicherheit gebracht. Aus diesem Grund habe er sich für unbesiegbar gehalten. Er sei weder verhungert noch vor Kälte umgekommen und kein wildes Tier habe ihn zerfleischt. Also sei er ein Mann der Wälder geworden. Doch dann hätten ihn die Menschen eingefangen. Und sie hätten seinen Tod verursacht. Er habe sich für unsterblich gehalten, doch er habe sich geirrt ... Sie zögert erneut, setzt dann aber hinzu, dass sie trotzdem im Wald von Miranges nachsehen werde, ob er nicht doch noch da sei ...

Schweigend essen sie die Küchlein, den sie zubereitet hat. Der Givry-Wein, den sie ihm dazu einschenkt, mundet ihm sehr. Es kehrt wieder ein wenig Ruhe in seinem Kopf ein, er überlegt, was für ein Glück er doch gehabt habe, sie hier wiederzufinden, bei bester Gesundheit und fernab des Schreckens vergangener Zeiten. Er fühlt sich wie berauscht von den Düften ihres Körpers. Er empfindet keinerlei Eifersucht wegen ihrer Liebe zu Abel und teilt ihr Mitleid mit dem grausam zu Tode gebrachten Irren. *Ein Mann, der es nicht leicht gehabt hat, das Licht der Welt zu erblicken*, hatte Reine Briguette über ihn gesagt. Einfach wieder erloschen war es somit für ihn auch nicht.

Plötzlich steht Anne auf, geht einige Schritte durch den Raum, lehnt sich an die Wand und stützt sich dabei auf den Rand des Steinwaschbeckens. Dann blickt sie Jaspart mit leuchtenden Augen an und eröffnet ihm, dass es zu großen Veränderungen kommen wird. Gierig lauscht er ihren Worten. Sie wiederholt ihre Voraussage noch einmal. Unruhe überkommt ihn.

«Die Wiedergutmachungen ...», bringt er ganz zögerlich hervor, «sind doch auch schon ein gewaltiger Umschwung.»

«Das Wesentliche steht noch bevor.»

Sie redet in Andeutungen. Er versteht nicht, worauf sie hinauswill.

Mit etwas ruhigerer Stimme eröffnet sie ihm, dass sie Miranges verlassen wird. Sie sieht ihn ganz fest an und fügt hinzu, dass sie selbst zum Äußersten bereit sei. Er senkt den Blick, um sich wieder zu fangen. Als er erneut nach oben blickt, wirkt Anne wieder ganz normal, höchstens ein wenig verblüfft, als wäre sie aus einem bösen Traum erwacht.

Während sie im Raum herumschwirrt, pfeift sie zwischen den Zähnen eine Melodie, zu der sie mit der Zunge den Takt schnalzt. Die Melodie ist erst überhaupt kein Lied, besteht dann aus wenigen aneinander gereihten Tönen und geht danach in ein Säuseln über. Er hilft ihr dabei, die Reste des Abendbrots zu beseitigen, und summt mit ihr mit. Fast mechanisch bewegen sie ihre Lippen. Ihre Stimme ist wunderschön und für eine Frau ungewöhnlich tief.

In furore justissimae irae, tu divinitus facis potentem. Er fragt sich, warum es ausgerechnet dieser bedrohliche Text sein muss: Aus der Wut über einen überaus gerechtfertigten Zorn heraus schenkst du mir die Macht. Anne summt weiter, scheint auf das, was sie da singt, gar nicht zu achten: *Emittet verbuum suum et liquefaciet ea.* Sie weiß also, wie das Lied weitergeht. Er entsendet sein Wort, und Tauwetter setzt ein. *Flabit spiritus eius et fluent acquae.* Er lässt den Wind wehen und die Gewässer fließen. Leise beginnen sie das Lied noch einmal von vorn.

Als er ihr Haus verlässt, fühlt er sich federleicht. Durch die dunklen Straßen trägt ihn die Hoffnung bis zur *Auberge de la Paix.*

Verworrene Albträume suchen ihn heim und halten ihn in einem Schwebezustand zwischen Wachsein und Schlaf. Am nächsten Morgen fühlt er sich furchtbar müde. Mit Mühe und Not quält er sich aus dem Bett, um festzustellen, dass es ihm vollkommen unmöglich ist, sich auf den Beinen zu halten. Entsetzliche Unterleibsschmerzen plagen ihn. Er stellt fest, was es damit auf sich hat: Sein Penis ist mit Bläschen übersät, und seine Hoden sind geschwollen. Im Schritt ist die Haut stark gerötet und brennt.

Der unverzüglich herbeigerufene Inhaber der *Auberge de la Paix* nimmt regen Anteil. Euer Ehren werden nicht an dem Bankett teilnehmen können, das im Hause vorbereitet wird. Seine Angestellten seien alle in Alarmbereitschaft. In zwei Stunden müsse das Essen ans Gericht geliefert werden. Der Gerichtspräsident persönlich habe sich am Vorabend von dem ordnungsgemäßen Zustand sämtlicher Zutaten überzeugt. Die größte Herausforderung bestehe darin, die Speisen warm zu halten. Wenn die *Auberge de la Paix* sich um nichts als den Wein hätte kümmern müssen, so wäre das ein Leichtes gewesen. Doch dieses Glück sei allein dem *Lion d'Or* beschieden. Nur eine Lieferung! Und für den Wein hätten die viermal so viel genommen wie sonst! … Dass Denvers nun krank sei, tue ihm natürlich außerordentlich Leid! Er würde den Arzt von Miranges holen lassen. Ob Euer Ehren den nicht vielleicht sogar kenne?

Der Mann erscheint mit einer unglaublichen Menge an

Instrumenten, die ihm zwei seiner Assistenten tragen. Die gesellschaftliche Stellung des Patienten verbietet es ihnen jedoch, der Untersuchung beizuwohnen oder gar einen Blick auf seine Wunden zu werfen.

Dem Medikaster genügt es schon, die betroffenen Körperteile mit einem Stäbchen ein wenig anzuheben, um seine Diagnose zu stellen.

Eilig schlägt er wieder das Laken über den entstellten Unterleib und winkt die jungen Männer heran. Sie schreiben auf, was er ihnen diktiert: starke Dekokte und mindestens dreimal pro Tag einen Aderlass. Er fügt sogleich hinzu, dass er selbst dies nicht übernehmen könne, denn er könne kein Blut sehen, da dieses ihn an Fleisch erinnere, und das finde er nun einmal widerlich. Dann erklärt der Gelehrte mit feierlicher Stimme, dass es sich um eine beschämende Krankheit handele, um eine dieser Geschlechtskrankheiten, die viele mit dem Teufel in Verbindung brächten. Dem Kranken rät er, die Entwicklung des Übels genauestens zu beobachten und die roten Flecken zu zählen. Kaum ist das Honorar kassiert, spritzt er sich mit Melissengeist ein und verschwindet.

Den ganzen Vormittag über lauscht Jaspart Denvers dem geschäftigen Treiben in der Herberge, dem Beladen der Lieferkarren und dem Anfahren der Wagen … Ein Diener, der es eilig hat, bringt ihm gegen elf Uhr eine Mahlzeit. Eine Kohlsuppe, so hat es der Arzt verordnet, die er zusammen mit der flüssigen Arznei zu sich nehmen soll. Den Kohlgeruch findet er widerlich, und die flüssige Arznei ist von grünlicher Farbe. Er lässt alles unangerührt zurückgehen und bestellt eine *Brioche* und eine Flasche *Meursault.*

Der Wein belebt seinen Geist. Er fragt sich, was Anne wohl gerade macht.

Die Pusteln schwellen nicht ab, schön anzusehen ist das nicht, da hat der Arzt nicht Unrecht. Doch zumindest ist er vorläufig noch am Leben.

Rufe dringen von der Straße herauf. Jaspart Denvers, der in Halbschlaf gefallen war, nähert sich dem geöffneten Fenster. Gerade wird es Nacht, eine mondlose finstere Nacht. Leute rennen durch die Straßen, raunen sich die Neuigkeit zu und verschwinden sogleich wieder. Es ist etwas geschehen, das die gesamte Stadt Kopf stehen lässt.

In großer Eile kleidet er sich an. Jemand klopft an seine Tür und tritt ein. Er hat gar keine Zeit, sich über dieses nicht dem Protokoll entsprechende Vorgehen zu wundern, denn drei bewaffnete Stadtwachen reden gleichzeitig auf ihn ein.

«Etwas ganz Entsetzliches hat sich zugetragen! Ein Massaker! Ein Massenmord! ...»

Eilig lässt man ihn auf einem Pferd der Wachleute aufsitzen und schafft ihn zum Gerichtsgebäude. Er verspürt höllische Schmerzen, als er den Fuß wieder auf den Boden setzt. Stark hinkend nähert er sich dem eleganten Gebäude, das von Stadtwachen mit überraschten Gesichtern umstellt ist. Ganze Gruppen von Schaulustigen beginnen sich zu bilden.

Die Szene, die sich dem Betrachter bietet, ist entsetzlich.

Die vom Tod überraschten zwölf Teilnehmer des Festmahls liegen in grotesken Haltungen verdreht auf dem Boden oder auf dem Tisch. Der Kopf des Gerichtspräsidenten ist weit über die Rückenlehne nach hinten geneigt, der weit aufgerissene Mund wollte gerade noch nach Luft schnappen. Canin ist zusammen mit seiner Ehefrau ein Stück über den Boden gerollt. Der Pfarrer liegt zwischen zwei zerbrochenen Gläsern der Länge nach hingeschlagen auf dem Tisch. Der Statthalter, dem der Schrecken noch immer ins Gesicht geschrieben steht, will sich dem Anschein nach an der Tischdecke festklammern, um nicht zu Boden zu gleiten. Bouchard sieht wütend aus, wie er da mit heraushängender Zunge zwischen Tisch und Stuhl eingeklemmt ist. Fast überall liegen zerbrochene Teller und Krüge, man sieht Spuren von vergossenem Wein und Erbrochenem, ganz wie nach einer Teufelsorgie …

Langsam geht Jaspart Denvers um den Tisch herum. Er zwingt sich dazu, jedes der Opfer ganz genau anzusehen und sich alle Einzelheiten genau einzuprägen. Es sind keinerlei Blutspuren zu sehen. Es ist zu keinerlei Übergriffen, geschweige denn Kampfhandlungen gekommen. Die zwölf Personen haben sich keineswegs untereinander getötet. Sie sind weder durch blanke Messerklingen noch durch Geschosse ums Leben gekommen. Sie müssen vergiftet worden sein. Aber wie bloß? Die gläsernen Augen der beiden Wachen, die in ihrer letzten Sekunde gegeneinander gestoßen sind, geben keine Antwort auf diese Frage. Sie weisen allein darauf hin, dass es vollkommen unsinnig ist, davon auszugehen, der Tod habe die zwölf Personen auf natürliche Art und Weise ereilt.

Tod durch Vergiften, wiederholt er leise für sich. Für die zwei jungen Richter, die die Untersuchungen durchführen müssen, wird dies keine leichte Aufgabe sein. Doch zugleich ist es eine gute Gelegenheit. Ihre Karriere wird mit der Aufklärung eines spektakulären Falls beginnen. Wie es scheint, haben sie davon jedoch noch gar nichts mitbekommen. Dies verheißt natürlich nichts Gutes. Er schickt Wachen zu ihrer Gastgeberin aus. Er ordnet auch an, die Neugierigen davon abzuhalten, den Saal zu betreten. Es beruhigt die Soldaten, sich inmitten des Chaos an Anweisungen halten zu können.

Jaspart Denvers gibt sich redlich Mühe, sämtliche Bemerkungen aufzuschnappen, die sich die Schaulustigen laut oder leise zuraunen. Angst und Provokation scheinen hier dicht beieinander zu liegen. Da er nichts sagt, kümmert sich auch niemand um ihn. Lieber drängt man sich um diejenigen, die etwas wissen. Wer als Erster eingetroffen ist, kam noch in die Gunst, das entsetzliche Schauspiel mit eigenen Augen ansehen zu können. Die anderen müssen sich mit den aus erster Hand erhaltenen Zeugenaussagen begnügen. Alle suchen sie zu verstehen.

Es geht ein Wind in der warmen Sommernacht. Er weht in die Flammen der Fackeln, mit denen die Menschen von überallher aus der Stadt zusammengelaufen kommen. Die Bevölkerung ist in Alarmbereitschaft, gerade so, als sei Krieg ausgerufen worden. Kinder mit nackten Füßen laufen weinend umher. Frauen in Nachthemden wenden sich barsch an ihre Nachbarinnen. Die Männer bemühen sich vergeblich, sie zum Schweigen zu bringen. Doch auch sie wollen allzu gern etwas wissen. Knüppel und scharfe Gegenstände tauchen auf. Von einer Gruppe zur anderen raunt man sich zu: «Die Frau mit dem Bart!» Jemand sagt, sie habe vollkommen Recht gehabt, die hätten es nicht besser verdient.

Er will gerade den Platz verlassen, als ein Name ihn innehalten lässt. Reine Briguette. Jemand hat über sie gesprochen. Er dreht sich um und erkennt den stummen Mann, der an jenem verfluchten Tag, an dem sie ihr Haus ‹inspizierten›, am Kamin gestanden hat. Jaspart fröstelt es, die

Anwesenheit dieses Zeugen stört ihn. Doch der Mann sieht ihn gar nicht: Er hört den anderen Invaliden zu, die um ihn herumstehen, und pflichtet ihnen bei. Wenn die Reine noch da wäre, die würde schon wissen, wie man die Bärtige besänftigt. Doch die Reine ist nicht mehr, und die Bärtige lässt sich gehen … Von einer anderen Gruppe vernimmt er den Namen von Jeanne Bourg. Eine Frau beschuldigt sie. «Die spricht noch immer ihre Verwünschungen aus!»

«Die Jeanne ist doch schon lange zu Asche verbrannt!», entgegnet ihr eine andere. «Ich hab's mit eigenen Augen gesehen in Saint-Pierre-des-Corps.»

«Die macht von da unten weiter, da bin ich mir sicher!»

Das Eintreffen der beiden jungen Justizbeamten sorgt für Aufsehen. Sie kommen auf imposanten Pferden dahergeritten und tragen nagelneue Gewänder mit Schärpen. Bald werden sie in Miranges das Sagen haben. Neben ihnen sieht Jaspart Denvers in seinem unauffälligen Aufzug und so ganz ohne Perücke nur noch wie ein sterbenskranker Adeliger aus.

Da draußen niemand mehr die Menge zurückhält, stürzen die Menschen in das Innere des Gebäudes, um die makabre Szene zum ersten oder wiederholten Mal zu begaffen. Doch kaum befinden die Leute sich im Innern des Gebäudes, hat das Gedränge ein Ende. Die Bewegungslosigkeit der Toten versteinert die Lebenden.

Während ihn ein stechender Schmerz an seine Erkrankung erinnert, wird Kammerpräsident Denvers mit leiser Stimme von den beiden Justizbeamten begrüßt, die auf seine Anweisungen warten. Es werde wohl nicht so einfach sein, die Schuldigen zu finden. Eine unvoreingenommene Untersuchung des Falls sei in die Wege zu leiten. Überall würden bereits die abwegigsten Gerüchte gestreut. Die Bevölkerung beginne erneut, an die Boshaftigkeit von Hexen zu glauben, selbst wenn diese schon seit langem verbrannt seien.

Die beiden jungen Richter wollen einen guten Eindruck machen. Sie versichern, dass sie sich von dem Gerede nicht beeindrucken lassen. Sie seien nicht voreingenommen. Für sie seien allein die königlichen Beschlüsse ausschlaggebend. Dennoch sei es nicht verkehrt, wenn sie zudem auch eine persönliche Überzeugung hätten, entfährt es Denvers. Um der Ansicht zu sein, dass Hexenverfolgungen Wahnsinn sind, brauche man keine königlichen Beschlüsse! Wohlweislich behält er es für sich, dass man bei Hof über die Einstellung der Verfolgungen eher geteilter Meinung war …

Gewichtig schreiten die drei Vertreter des Gesetzes zwischen den Opfern einher und tauschen leise Bemerkungen aus. Die Blicke der Einwohner von Miranges besagen, dass man sie für Aas fressende Raubtiere hält.

Der Arzt von Miranges kann Tote nicht ausstehen, doch die Stadtwachen sind auf seine Ausflüchte nicht eingegangen, denn sie hatten die strikte Anweisung erhalten, ihn holen zu gehen. Während die städtischen Ermittler sich mit Vermessungen und der Untersuchung von Gegenständen befassen, wird der Vertreter der Wissenschaft von den Richtern geradeheraus befragt.

Für ihn bestehe keinerlei Zweifel daran, dass es sich um Tod durch Vergiften handelt. Das wagt, ehrlich gesagt, niemand zu bezweifeln. Aber was für ein Gift sei denn dazu verwendet worden?

Pilze natürlich. Die Überreste von gebratenen Pilzen zu untersuchen sei unglaublich schwierig, aber warum denn sollte man nach Gott weiß was für Erklärungen suchen, wenn es doch so unglaublich einfach ist, jemanden mit Fliegenpilzen umzubringen?

Es hätte ja auch jemand Gift in die Soße mischen können …

De La Barelle habe sich einfach geirrt, da ist der Arzt sich ganz sicher. Das wäre im Übrigen nicht das erste Mal, dass der Präsident …

Denvers fährt ihm über den Mund und befiehlt einem Stadtknecht, er möge ihm eine Maus bringen. Der hoch gewachsene Bursche gerät ganz aus dem Häuschen. Eine Maus? Wo solle er denn die herbekommen? Und vor allem wie? Halt irgendeine Maus, von irgendwoher und irgendwie eingefangen! Er solle halt zusehen!

«Wurden denn alle Pilze von de La Barelle gepflückt?», fragt einer der Richter.

«Es wäre ja schließlich möglich, dass man da auch noch andere Sorten beigemischt hat», fügt wie ein Echo sein Kollege hinzu.

«Die aufgetragenen Speisen sind zu untersuchen.»

«Und auch der Wein, der geliefert wurde.»

«Wer sind denn übrigens die Lieferanten?»

Richter Denvers denkt nach. Als die beiden jungen Justizbeamten sein Schweigen bemerken, hören sie sogleich auf, mit lauter Stimme Fragen zu stellen.

Wäre die Herbergsmutter zu einer solch niederträchtigen Tat in der Lage? Immerhin ist sie die Einzige, die von den Gnadenakten des Gerichts nicht profitiert hat. Ihr hat man ihren Colomban weggenommen. Den hat ihr niemals jemand wiedergebracht. Die Blütezeit ihres Geschäfts ist schon lange vorüber … Sie ist bisher nicht aufgetaucht, um zu erfahren, was passiert ist. Ebenso wenig wie Anne Dumoulin übrigens. Dabei ist es eigentlich vollkommen ausgeschlossen, dass jemand auf dem Platz *Lion d'Or* die Schreie und den allgemeinen Aufruhr nicht gehört hat.

Ein Stadtknecht erscheint und hält eine Maus am Schwanz.

Kammerpräsident Denvers dankt ihm und bittet ihn, dem Tier ein paar Tropfen von dem Wein zu geben, der zu dem makabren Festessen gereicht wurde. Die Maus krümmt sich. Sie streckt die vier Pfötchen in die Luft und verendet. Also der Wein.

An der Ecke, an der sich die Apotheke befindet, ist kein Pferd mehr angebunden. Jemand hat die Eingangstür zugezogen, aber nicht abgeschlossen. Denvers und seine beiden Assistenten dringen ins Haus ein. Eine beunruhigende Stille geht von den verlassenen Räumen aus. In der Küche zeugt eine zu einer Kugel zusammengerollte Decke davon, dass hier erst kürzlich ein Mahl stattgefunden hat. Schweigend starrt Denvers auf das steinerne Spülbecken. Mit dem gleichen Blick mustert er die Wände und muss sich selbst darüber wundern, dass er dabei nichts empfindet. Selbst seine körperlichen Schmerzen sind mit einem Mal verschwunden.

Mit einem Wink führt er die beiden Richter nach oben. Er kann sich seine innere Unruhe nicht erklären. Warum befürchtet er mit einem Mal, Anne könne ihnen hier oben entgegentreten? Als er die Tür zu ihrem Schlafzimmer aufstößt, schlagen ihm Kerzengeruch und feuchte Frische entgegen. Das spärliche Licht, das durch die Fensterscheiben hereindringt, lässt auf der Matratze den Abdruck eines menschlichen Körpers erkennen, der dort geschlafen haben muss. Anne Dumoulin hat die Nacht also hier verbracht, und zwar allein.

Vergeblich suchen die beiden jungen Richter nach der Börse mit den Goldmünzen. Der Umstand, dass sie die Stadt verlassen hat, deute darauf hin, dass sie die Schuldige sein müsse, bemerkt einer der beiden. Dies aber sei noch lange nicht erwiesen, verbessert ihn Denvers. Dennoch kommt es ihm in den Sinn, dass die Stadtwachen sehr bald Anweisungen erhalten werden, sie aufzugreifen, und diese Anweisungen wird zweifelsohne er erteilen müssen. Es sei denn, es handelt sich ein weiteres Mal um einen tragischen Irrtum. Woher soll man wissen, ob nicht die Herbergsmutter einen Racheakt verübt hat?

Sie erwartet sie bereits. Diese Toten berühren sie nicht im Geringsten, das steht ihr klar ins Gesicht geschrieben. Vor ihrer Tür stehend, drei Stufen höher als alle Vorübergehenden, hat wie gehabt sie allein das Sagen. Ihr Blick wandert von der einen Ecke des Platzes zur anderen, mustert kritisch den aufgeregten Mob und die drei Richter, die sich ihr nähern. Ohne Umschweife eröffnet ihr Denvers, dass der Bankettwein vergiftet war.

«Vergiftet?», fragt sie beinahe fauchend. Er befürchtet, dass sie sich mit ihrem ganzen Gewicht auf ihn fallen lässt, und dies trotz der beiden Richter, die links und rechts von ihm stehen. Doch sie besinnt sich … Schneidet unzählige unmögliche Grimassen … Dann lacht sie leise und höhnisch.

«Vergiftet mit Zyanid, was?»

«Wie könnt Ihr das wissen?», fragt sie einer der Richter.

«Ich kann schließlich lesen.» Dann schüttelt sie den Kopf

und sagt wie abwesend: «Sie hat es geschafft ... Das muss ihr erst einmal einer nachmachen ... Die schlägt alle Rekorde.»

«Was wollt Ihr damit sagen, *‹Ich kann schließlich lesen›?*», wünscht der zweite Richter von ihr zu wissen.

Sie kneift die Augen zusammen, wirft ihnen allen dreien prüfende Blicke zu und weist dann mit dem Kinn auf das Haus gegenüber: «Unter dem Waschbecken in der Küche befindet sich ein doppelter Boden. Darin steht der Topf mit dem Zyanid.»

«Seid Ihr in ihr Haus gegangen?», erkundigt sich Denvers nervös.

«Da bin ich nicht die Einzige ...»

«Ihr habt ihr ganzes Hab und Gut verkauft, nicht wahr, Ihr ward das?»

«Wie sollte ich denn auch wissen, dass sie zurückkommt?»

«Ich könnte Euch verhaften lassen», zischt er ihr zu, «wegen Diebstahl und Vertrauensmissbrauch.»

«Ich weiß über viele Dinge Bescheid ...», droht sie ihm und hebt ihre dicken Arme in die Luft. Plötzlich klingt ihre Stimme beinahe hell und zart: «Ich bin die Einzige, die alles weiß!» Dann hüpft sie behände von einem Fuß auf den anderen: «Wenn de La Barelle auch nur ein einziges Mal zu mir gekommen wäre, um sich bei mir Rat zu holen, statt mir meinen Jungen wegzunehmen, dann würde es am heutigen Tag anders um ihn stehen!»

Die drei Justizbeamten sind über ihre Unverschämtheit fassungslos. Sie lässt sie sprachlos stehen, grummelt, dass noch viel Arbeit auf sie warte, und kehrt zurück in ihre Höhle.

Anne ist nach der Auslieferung des Weins nicht mehr zum Gericht gegangen. Sollte sie das Gift in den Wein gekippt haben, so muss dies zu einem früheren Zeitpunkt geschehen sein. Ihr Keller und der Keller vom *Lion d'Or* sind unterirdisch miteinander verbunden …

Die Assistenten warten. Denvers fordert sie auf, nachsehen zu gehen, ob unter der Spüle aus Stein tatsächlich ein Topf stehe … Lieber fügt er nicht sofort hinzu, dass er daran nicht den geringsten Zweifel habe.

Er steht wartend auf den Stufen, die zum Eingang der Herberge hinaufführen, und setzt seine Überlegungen fort. Gaston Dumoulin ist eines sehr plötzlichen Todes gestorben. Eine Herzattacke oder seine eigenen pharmazeutischen Mittelchen haben ihn hinweggerafft. Oder aber auch er wurde vergiftet … In diesem Fall hätte der entsetzliche Canin am Ende sogar Recht behalten … Das kann er einfach nicht akzeptieren. Das gliche einer persönlichen Niederlage. So perfekt hätte Anne ihm nun auch wieder nichts vormachen können. Dann fällt ihm ein, wie sehr sie ihren Ehemann, dieses ruchlose Geschöpf, gehasst hat … Was ihn am meisten beschäftigt, ist die Tatsache, dass er sie trotz allem so wenig gekannt hat. Anne, die geheimnisvolle und schöne junge Frau aus dem Wald von Miranges. Anne, die zu Unrecht Verurteilte. Anne, die wunderbare Liebhaberin …

Ihm wird auch klar, dass sie ihn gerettet hat. So kann man es ruhig ausdrücken. Diese beschämenden Pusteln sollten ihn vom Geschehen fern halten … Doch die Rechnung geht nicht auf, denn von dieser Katastrophe wird niemand verschont bleiben. Es ist natürlich richtig, dass Richter Denvers bei der apokalyptischen Gerichtsszene fehlt. Aber dennoch hat er hier alles verloren.

Siegesbewusst heben die jungen Justizbeamten den Topf mit Zyanid, den sie entdeckt haben, in die Luft. Die Untersuchungen werden dieses Mal trotz der ungewöhnlichen Umstände ohne besondere Schwierigkeiten verlaufen! Denvers fordert sie auf, in klarer Form schriftlich festzuhalten, dass das gefundene Gift wohl das gleiche ist, das auch in den Wein gekippt wurde. Die Untersuchungen befänden sich allerdings noch ganz am Anfang, ermahnt er sie zur Sachlichkeit. Etwas ernüchtert schwingen sich die beiden jungen Leute wieder in den Sattel.

Während er den beiden in der engen Gasse verschwindenden Reitern nachblickt, geht ihm eine wahnwitzige Idee durch den Kopf. Was, wenn Anne sich auf den Weg in den Wald gemacht hätte, um dort nach Abel zu suchen? Er muss sich darüber Gewissheit verschaffen. Zum Gericht kann er ohnehin nicht gehen. Seine Schmerzen sind doch wieder deutlich zu spüren.

Schnellen Schrittes eilt er in den Wald. Seine Augen gewöhnen sich schnell an die Dunkelheit. Bei den letzten Häusern der Stadt angelangt, schlägt er den steinigen Weg ein. Seine Laterne streift im Vorübergehen das Gebüsch. Er riecht, von der Ebene hochsteigend, den Anisgeruch des am Boden liegenden Heus. Rotfarbene Winden ranken sich am Dornengestrüpp entlang. Gegen den Nachthimmel hebt sich schemenhaft eine Gruppe von Eichen mit ihrem straußförmigen Astwerk ab.

Dann taucht die mit Butterblumen dicht besiedelte

Waldlichtung vor ihm auf ... Er rechnet fest damit, Anne zu sehen, doch alles Suchen ist vergeblich ... Die große Buche wiegt ihre grünen Zweige, die ihr selbst die Nacht nicht schwarz färben kann, im Wind. Um den Baum näher zu betrachten, stellt er seine Lampe auf dem Boden ab und fährt mit dem Finger über den Baumstamm. Das Holz scheint weich und elastisch wie die Haut eines jungen Tieres zu sein. Jaspart tritt näher und schließt den Baum in seine Arme. Eine merkwürdige Art von Erleichterung überkommt ihn, so als habe er lange Zeit geweint.

Und während er sich fest an die große Buche klammert, fällt ihm das Lied wieder ein. *In furore justissimae irae ...* Er blickt nach oben und sieht, wie der Mond als eine schmale Sichel am Himmel steht. Er denkt wieder an die Frau mit dem Bart, an das, was über sie gesagt worden ist. Ihre Stimme soll zugleich schön und falsch, tröstend und zornig klingen, dem Tod die Richtung weisen und sich über ihn hinwegsetzen. *In furore justissimae irae ...* Nun hört er das Lied im Rascheln der Buchenblätter und im Vibrieren des Nachthimmels, der durch die Zweige scheint. *In furore justissimae irae ...*